KB253768

조인애 소설집

소 리 재

도서
출판 **계간문예**

조인애 소설집

소 리 재

연극을 보고 나면 연극배우가 되고 싶었고 박물관에 가면 고고학자가 되고 싶었던 때가 있었다. 소화주머니가 여러 개 달린 잡식 동물처럼 무엇이든지 다 허겁지겁 삼키며 폭식을 자제 못하던 시절이었다. 존재의 무게를 더하기 위해 가진 에너지를 전부 쏟아 붓던 그 때는 어느 길을 선택하더라도 모든 것이 다 가능해 보였다.

지금 나는 소설 쓰는 사람이 되었다.

만일 나에게 되새김위가 있어 그 잡다한 양분이 골고루 섭

취 되어 피가 되고 살이 되어 있다면, 굳이 소설을 쓰지 않고도 충분히 행복해 있을 것이다. 그러나 내 빈약한 위 기능은 조절이 불가능한 토악질과 설사로 나를 계속 괴롭히고 있다. 내게 있어 소설 쓰는 일은 이 소화불량증을 치유하는 과정이다.

이제는 무게를 내려놓기다. 좌충우돌하며 살아온 삶의 여러 장르들을 하나하나 걸러나가는 작업 또한 만만치 않다. 나는 그 거름망으로 글쓰기를 붙들고 있다.

아이들 키우는데 열심을 다하던 사십 대 초, 나는 바이올린을 전공하려는 딸아이의 조기 유학을 위해 독일을 방문한 적이 있었다. 그 때 괴팅엔 대학의 한 유학생이 주선하여 그곳 지식인들과 함께 할 기회가 있었다. 그저 차 한 잔 같이 하는 모임이었는데, 그들이 주고받는 대화의 분위기에 나는 완전히 압도당하고 말았다. 교육학, 철학,등을 전공하는 인문학도들의 독일어 발언 내용은 물론 나의 이해 저편에 있었다. 그러나 나는 대화에 임하는 진지한 자세만으로도 그들의 지적 용량을 감지할 수 있었다. 그것은 균형 잡힌 지식의 섭생으로 골격이 건장한 엘리트들만이 드러내 보일 수 있는 고양된 분위기였다. 그때 우리네를 돌아보고 나를 살펴보았다.

한 달간의 여행이 끝난 후 나는 즉시 대학의 평생교육원에 신청서를 냈다.

문학소녀도 아니었고 그 흔한 백일장에서 입상한 경험도 없었던 나는 무턱대고 소설 창작반에 들어갔다. 무언가를 토해내야 살 것 같았기 때문이다.

출구가 보이지 않는 동굴 속에 오랫동안 갇혀있던 시절이 있었다. 외롭고 추웠던 나의 겨울이었다. 어둠을 더듬으며 나는 계속 앞으로 걸어갔다. 빨간색과 파란색을 가려내는 리트머스 시험지 같은 것이 있어 이 길의 이정표가 되었다면 아마 나는 도중에 들어왔던 길로 다시 나갔을 지도 모른다. 막막함 때문에 속도를 낼 수는 없었지만 튼튼한 두 다리만을 믿고 부족한 테크닉을 땀으로 채우며 산을 오르듯 걸음을 옮겼다. 드디어 한 줄기 빛이 내 길을 비춰주었다. 개안수술 후 처음 눈을 뜨는 사람처럼 세상이 너무 눈부셔 나는 실눈을 뜨고 이 동굴을 나선다.

양평의 봄이 다시 뾰족 뾰족한 얼굴을 내밀며 뜰을 가득 채우고 있다.

오늘 아침엔 얇은 비닐 옷 한 장으로 영하 20도의 겨울을 이겨낸 텃밭의 상추 포기에서 어린잎을 땄다. 이 봄 첫 수확이다. 뒤뜰에 소복하게 돋아난 참나물 싹을 뜯어 함께 버무려 밥상에 올렸다. 너무나 여린 새 싹이어서 입안 가득히 풍성한 식감을 즐기지는 못했지만, 그런대로 푸성귀의 상큼함은 맛볼 수 있었다.

이 책을 읽는 이에게 그런 푸성귀 맛이라도 전할 수 있기를 감히 기대해본다.

양평의 봄뜰에서, 조 인 애

목차

벚꽃열차

“로저 가이슬러, 지, 이, 아이, 에스, 엘, 이, 알. 네, 여기 리스트에 있습니다. 잠깐만 기다려 보십시오……. 그 손님 천사백이 호실입니다. 감사합니다.”

M호텔 직원은 친절한 말씨로 내가 찾고 있는 객실 손님을 확인해 주고 전화를 끊었다. 호텔에 전화를 걸려고 할 때부터 두근거리던 심장이 로저가 한국에 왔다는 것이 확인되자 순

간 멈춰 버렸다. 가열된 엔진처럼 마구 앞으로 달려 나가려는 가슴을 진정시키며 나는 생각을 다시 정리해 보기 시작했다.

　오늘 아침 가족들이 모두 집을 나가고 난 후, 집 안 청소를 마치고 FM 라디오를 들으며 차를 마시던 중이었다. 미국 아이오와 주 남성 합창단 공연을 알리는 음악회 안내방송이 나왔다. 나는 마시던 찻잔을 그 자리에 놓고 벌떡 일어났다. 아이오와라는 지명을 접할 때마다 내 마음엔 늘 작은 소용돌이가 일렁인다. 얼마 전, 이룰 수 없는 사랑 이야기를 주제로 아이오와를 배경으로 한 메디슨 카운티라는 영화를 관람하였을 때도 나는 눈물을 줄줄 흘리며 그 영화를 보았다. 로저의 고향이 아이오와이기 때문이다. 합창단 연주는 바로 오늘 저녁이었다. 평소 음악회를 자주 다니는 나는 그때라도 표를 구하여 공연장을 찾는 것은 그리 어려운 일이 아니었다. 그러나 나의 의중이 연주에 있지 않고 사람을 만나는 데에 있기 때문에 방송을 듣자마자 나는 몇 군데 전화부터 걸기 시작했다. 연주 장소인 예술의 전당으로 먼저 버튼을 눌렀다. ARS의 안내에 따라 서너 차례 추적 번호를 거친 뒤에 겨우 담당자와 통화를 하게 되었다. 나는 먼저 오늘 저녁 연주하는 합창단의 명단을 알 수 있겠느냐고 물었다. 사람의 목소리이긴 했지만 거의 기계음과 닮아 있는 여직원은 자기네는 그런 것까지는 알 수 없다고 했다. 바로 통화를 끊으려는 기세를 늦추며 나는 단원들의 투숙 호텔을 알아내는데 간신히 성공했다. 그리고 그들이 묶고 있는 M호텔로 전화를 걸어 로저가 한국에 와 있다는 것을 확인했다.

그와 나는 오래 전, 미 팔군 소속 합창단인 필그림에서 함께 노래를 불렀었다. 한국에 오기 전 그는 아이오와 주립대학을 다녔다고 했다. 그리고 오늘 저녁 연주하는 합창단은 20대 청년에서 할아버지까지 낀 아마추어들로서 켄터키 옛집과 스와니 강을 작곡한 포스터의 곡으로 시작하여 헨델과 바그너의 오페라 합창까지 폭넓은 레퍼토리를 들려줄 거라고 방송은 소개했다. 이름과 고향이 맞고, 지금 50대가 된 그가 이 합창단 단원에 낄 가능성은 높았다. 합창단 명단에서 확인한 그 이름이 내가 찾는 로저임이 틀림없을 거라고 나는 확신했다.

사월은 가장 잔인한 달, 죽은 땅에서 라일락을 키워 내고,
기억과 욕망을 뒤섞으며, 봄비로 잠든 뿌리를 뒤흔든다.
차라리 겨울은 우리를 따뜻하게 했었다.

큰오빠를 사월의 제단에 바친 우리 집으로선 사월은 마땅히 잔인한 달이었다. 대학에 들어오기 전까지만 해도, 나는 4·19가 있어서 사월을 그렇게 부르는 줄 알았다. 그러나 시인이 아파하는 4월의 의미를 알고 나서도 한참의 세월이 흐른 뒤에야 나는 이 시구(詩句)를 가슴으로 이해할 수 있었다. 그리고 벚꽃이 피는 계절이 오기만 하면, 자주 가슴앓이를 했다.

나의 4월은 스물다섯 해 전 어느 토요일, 서울역 광장에서부터 시작했다. 진해 벚꽃놀이 관광 열차는 오전 8시 30분에 출발하도록 예정되어 있었다. 나는 로져와 광장 건너편 육교 앞에 있는 USO에서 8시에 만나기로 약속했었다. 이곳은 한

국에 거주하는 미국인들에게 한국문화와 접할 수 있도록 관광, 스포츠, 공연물의 안내와 기타 생활정보를 제공해 주는 미국 정부기관이었다. 그는 10분이 지나도록 나타나지 않았다. 20분이 되자, 나는 불안하여 더 이상 가만히 있을 수가 없었다. 육교를 건너 서울역 광장으로 나가 보았다. 그러나 아무리 키가 큰 서양인이라지만 붐비는 인파 속에서 그를 찾는 일은 가능한 일이 아니었다. 역 광장에는 여러 기관의 푯말을 앞세운 단체 관광객들이 줄을 지어 모여 있었다. 그들 중 일부는 열차를 전세 내어 기획한 여행사 직원의 안내에 따라 객차의 번호대로 벌써 승차를 시작하고 있었다.

D대학 영문과에 적을 두고 있던 나는 영어만은 전교 다섯째 안에 들던 실력을 가지고도 원하는 대학에 들어가지 못하여 심한 열등의식이 있었다. 그래서 삼 학년 초에는 학교는 거의 출석하지 않고 외국어 학원에서 시간강사로 아르바이트를 하고 있었다. 그 당시 도심의 골목에서 흔히 볼 수 있던 미어, 일어 쪽 간판을 걸어 놓은 영세 학원이었다. 이 학원 측에서 강사

와 학생 간의 친목을 위해 제의한 1박 2일의 벚꽃 놀이에 나는 로저와 함께 가기로 하였다. 여행비용은 각자 부담이었다. 미국인 강사가 모자라 쩔쩔매는 원장에게 원어민들과의 교제 실력을 과시할 기회도 되고, 또 필그림에서 만난 로저와 건전한 관계를 진행할 수도 있을 것 같아 이 여행을 계획했었다. 인천에서 통학을 하던 나는 밤늦게 끝나는 학원을 구실로 그때에는 후암동에 자취방을 얻어 독립된 생활을 하고 있었다.

25분이 지났는데도 로저는 나타나지 않았다, 티켓은 각자 소지하고 있었지만, 그를 내버려 두고 혼자만 승차할 배짱도 없었고 또 의미도 없었다. 30분이 넘자 나는 육교 위의 난간에 기대어 이리저리 사람에 부딪히면서 안절부절못하고 서 있었다. 그때 어디선가 쏭! 쏭! 하는 소리가 들렸다. 육교 위에 있는 나를 먼저 발견한 로저가 내 이름을 큰 소리로 부르며 달려오고 있었다. 내 이름 백송희를 줄여 그는 나를 쏭이라고만 불렀다. 나는 그를 향해 육교 계단을 넘어질 듯 내리달렸다. 그가 나를 부둥켜안고 개찰구로 달려 나갔을 때에는 이미 기차는 떠난 뒤였다. 그의 팔을 떨쳐 내고 나는 땅바닥에 털썩 주저앉고 말았다. 땀을 뻘뻘 흘리면서도 그는 약도 오르지 않는지 재미있다는 표정으로 나를 내려다보고 있었다. 미국인인 그는 응접실처럼 쾌적한 건물 안에서 여유롭게 나를 기다리고 있었고, 나는 도로에 면한 USO 간판이 붙은 정문 밖에서 기다리고 있다가 서로 어긋난 결과였다. 이들의 문화에 입문하던 시절에 빈번히 있었던 실수 중 하나였다. 그후 나는 이들과 약속을 할 때에는 안이냐, 밖이냐를 정확히 규정하는 전치사의 사용을 철저히 지켰다. 기차를 놓친 순간 나는 이미 벚꽃놀이를 포기했었다. 그러나 숙식이 포함된 티켓을 되물으러 여행사에 들렀을 때, 로저가 나를 설득하기 시작했다. 티켓 값의 50%는 반환할 수 있었지만 별도의 추가 요금을 더 들여서 다음 열차를 타고 가서 나머지 일정에 합류하자는 것이다. 그 편이 훨씬 더 경제적이라며 나에게 설명을 했다. 나의 이해를 구하는 그의 차분한 음성에는 정연한 수학적 논리 말고도 또 다른 간절함이 묻어 있었다. 나는 그의 눈

길을 피하면서 고개를 끄덕였다.

　로저는 내게 납득할 수 없는 의구심만을 남겨둔 채 한국을 떠났다. 그와 보낸 마지막 밤은 세월이 많이 흘렀어도 퇴색되지 않고 내 뇌리에 선명히 박혀 있다. 그런데 그가 여기 한국에 다시 와 있다는 것이다. 바야흐로 이 의구심에서 풀려날 절호의 기회였다. 그를 만나야 할 열망이 분명한 이상, 나는 더 머무적거릴 이유가 없었다. 중학생 아이들이 집에 들어오려면 아직 서너 시간의 여유가 남아 있었다. 먼저 입고 나갈 옷을 챙기려고 나는 옷장 문을 열었다. 음악회에 자주 입고 다니는 검은 벨벳 원피스에 진주 목걸이를 먼저 꺼내 보았다. 그러나 목 부분이 너무 패어 있어서 나이가 그대로 드러나보였다. 그리고 찬찬히 다시 생각해 보니까, 그와 공연장에서 부닥뜨리게 되면 우연한 만남으로 짧게 스쳐 버릴 수도 있었다. 나는 계획을 바꿨다. 그의 호텔로 직접 찾아가기로 했다. 의상도 청바지에 회색 터틀과 감색 재킷으로 선택했다. 남편에게는 미국서 잠시 방문한 옛 친구를 만나러 간다고 할 것이다. 이런 일은 최근에 간혹 있는 일이어서 그네들과 밤을 새운다고 하면 남편은 쉽게 믿어줄 것이다. 영화 〈해리가 셀리를 처음 만났을 때〉의 그들의 관계처럼 로저도 친구이다. 그 많은 사월을 아프게 보낼 때에도 지금처럼 남편을 속인다는 가책은 들지 않았었다. 나는 양심의 소리를 무디게 하려고 교활한 유다가 되어 갔다. 그리고 어떤 미묘한 척도의 해석에 따라 친구와 연인으로 판가름하려는 그 유다의 계산에 서글퍼졌다. 소를 앞에서 끌고 가는 것과 뒤에서 몰고 가는 것을 구별하여 절도의 여부를 결정짓는 세상의 잣대에 어느덧 길든 것이다. 그러나 남편을 아프게 하고 싶지 않은 나의 합리화를 최선으로 하며 나는 로저와의 재회를 준비하기 시작했다.

다시 M호텔에 전화를 걸어 합창단 일정을 알아보았다. 그들은 오후 내내 공연 장소인 예술의 전당에서 리허설을 하고 있다가 연주가 끝난 밤 10시 이후에나 호텔로 돌아오게 되어 있었다. 그리고 바로 내일 일본으로 떠날 예정이었다. 나는 남편에게 전화를 걸었다. 여비서가 건네준 수화기에서 넉넉한 여유를 풍기는 그의 굵은 음성이 흘러나왔다. 8년이나 연상인 남편은 최근 이사로 승진을 했다. 그는 흔쾌히 나의 저녁 외출을 허락해 주었다. 여행 일정을 빠듯하게 잡고 나온 재미 교포들이 저녁 시간 이후에나 친구를 불러내는 것에 그는 이미 익숙해 있었다. 나는 어쩌면 자고 올 수도 있다고 했다. 남편은 오늘 저녁도 회식이 있다며, 아이들 저녁밥이나 잘 챙겨 주고 다녀오라고 했다. 그가 밤길 운전을 조심하라고 걱정스러운 말로 전화를 끊었을 때, 나는 내 안의 유다에게 도움을 청했다. '그를 아프게 해서는 절대 안 돼!'

일부러 부담을 피하려고 옷은 평상복 차림으로 선택했지만, 화장과 머리 손질은 정성을 들이고 싶었다. 연말 모임 때처럼 곧장 미장원으로 달려가 단골 미용사에게 맡기면 손쉬운 일이겠지만, 직접 계란 노른자를 풀어 팩을 준비했다. 욕조에 더운물을 가득 담아 몸을 담갔다. 실핏줄까지 새 혈액으로 환기를 받은 전신은 젊은 생기로 가득 차 올랐다. 목욕을 끝낸 나는 안방 커튼을 가리고 포레의 레퀴엠 판을 찾아 오디오를 틀었다. 그리고 요 위에 누워 준비된 팩을 얼굴 위에 펴 바르기 시작했다. 한 친구가 자기 결혼식 날 드라이브 코스로 동작동 국립묘지로 갔다는 얘기를 듣고 실소를 한 적이 있었다. 친구는 그곳이 사진 찍기 좋은 경치이고 식장에서 가깝다는 신랑의 의견에 단순히 따랐다는 것이다. 지금 그녀는 이혼하고 혼자 살고 있다. 로저 생각을 할 때면, 나는 늘 이 장송곡을 들으며 사랑의 무덤 속을 찾아들곤 했다. 그것은 슬픔의 미학을 읊조리는 미숙한 소녀의 감상만은 아니었다. 우리가 처음 만났던 날 우리는 이 곡을 함께 불렀었다.

내가 나가던 필그림 합창단은 용산 미 팔군 교회 소속으로 우리나라 최초의 직업 합창단이었다. 작곡가 이동훈 선생님께서 지휘를 하고 AFKN의 윌슨 씨가 단장이었다. 윌슨 씨를 포함하여 테너와 베이스 파트에 한두 명의 미국인을 제외하면 20명 정규대원 대부분이 음악을 전공하는 한국인 대학생이었다. 군인 교회의 특정상 일정한 수준을 가진 성가대원 확보가 어렵기 때문에 보수를 제공하는 전문 합창단을 두고 예배를 드렸다. 일요일은 하루 종일 커피향 속에서 영어를 말하며 미국생활을 했다. 오전, 오후 두 번의 채플에 출석하여 설교 때마다 졸고 앉아 있었지만 우리는 필그림 단원인 것에 자부심을 가지고 다녔다. 성악을 전공하진 않았지만 타고난 목소리가 좋아 어려서부터 선명회 합창단에서 노래를 불렀던 나는 이 전공자들과 어울리는데 조금도 뒤지지 않았다. 시창과 청음이 포함된 오디션에 당당히 통과되어 음대생보다는 월등한 영어 실력으로 본고장 언어를 익히려 열성으로 다녔다. 이렇게 내가 쏼라쏼라를 잘한다고 남자 대원들은 나에게 쏼순이라고 골려 대었다. 그래도 이 별명이 부럽다며 나를 계속 따라다니는 경선이라는 친구가 있었는데, 그 애는 나중에 딸순이라는 별명이 붙여졌다.

로저를 처음 만난 날은 진눈깨비가 내리던 2월, 어느 토요일 오후였다. 그 주 초에 유명한 미국정부 고위층 한 분이 타계하여 주한미군에서는 이 분을 위한 애도행사를 가졌었다. 레퀴엠은 죽은 자의 명복을 신께 비는 가톨릭 미사곡이다. 이 난해한 합창곡을 우리 필그림이 연주하게 되었다. 바로 다음 날 있을 레퀴엠 연주와 곧 다가오는 부활절 칸타타 준비로 우리는 일요일 정기 연습 외에 하루 더 나와 연습을 하기로 했다. 합창대원의 교통편과 영내 출입의 편리를 위해 미 팔군에서는 버스를 제공해 주었다. 이 버스의 마지막 정거지점인 삼각지 로터리에서 나는 이 버스를 타곤 했는데 그 날은 놓쳐 버리고 말았다. 그러나 교회가 있는 사우스 포스트까지는 걸어갈 수 있는 거리였다. 하지만 버스를 놓치게 되면, 출입하기가 여간 불편한 게 아니었다. 게이트에 신분증을 맡기고, 목적지와 사유를 일일이 기입해야 하는 행정적 절차 말고도 또 다른 곤욕을 나는 치러야 했다. 게이트 앞에서 미군을 기다리는 기지촌 여자들 틈에 끼어 목적지가 교회이며 합창단원이라고 아무리 교양 있게 말하여도 8군 유니폼을 입은 수문장들은 우리를 개보다 별로 낮지 않게 취급하곤 했다. 이 끔찍한 통과

절차를 걱정하며 나는 연둣빛 스프링코트의 깃을 귀 밑까지 올리고, 발끝에 시선을 떨어뜨리고 걷고 있었다. 게이트가 가까워지자 진한 향수 냄새가 나며 껌 씹는 소리가 요란하게 들렸다. 그때 저만치 앞서서 걷고 있던 체격이 좋은 한 미국인이 내가 가까이 오기를 기다리고 있었다. 내가 의아한 표정으로 그의 앞을 지나치려 하자 그가 내게 다가오며 말을 걸었다.

"하이, 필그림 멤버지요?"

"네, 그런데요……."

나는 필그림이란 말에 안심이 되어 얼른 그에게 반가운 기색을 보였다. 그 미국인이 자기도 합창 연습을 하러 가는 중이라고 말을 했을 때 나는 그가 몇 주 전쯤 필그림에 한 번 왔다간 군복 입은 병사였음을 알아차렸다. 혼잡한 게이트 주변을 벗어나기 위해 그는 서둘러 나를 에스코트하기 시작했다. 이때 우리를 줄곧 지켜보고 있던 머리카락을 노랗게 물들인 여자 하나가 잽싸게 달려 나오면서 자기도 함께 데려가 달라고 그의 팔짱을 끼며 매달렸다. 미국인이 에스코트를 하면 다른 절차 없이도 쉽게 통과되기 때문이다. 그가 점잖게 거절을 하고 나만을 데리고 영내로 발길을 돌리자 "야, 이 양키 놈아, 옆구리에 책 낀 년 데리고 자면 거시기가 춤을 추냐?" 하는 소리가 내 뒤에서 들렸다. 뒤에서 와, 하는 여자들의 웃음소리가 내 뒤통수를 때렸다. 우리는 촉촉이 젖은 보도를 밟으며 교회를 향해 함께 걸어갔다. 거기서도 한 블록은 더 걸어가야 했다. 그가 앞장서서 인도한 길은 숲 속 골프장 옆을 지나는 조용한 지름길이었는데 나는 이 길을 그때 처음 걸어봤다. 바로 부대 울타리 밖에는 이 땅 임자들이 비좁은 곳에서 몸을 부대끼며 살고 있는데, 여기는 한적한 공원 같았다.

얼굴 앞에서 팔랑이던 하얀 눈송이가 땅에 닿는 순간 물로 변하며 보도를 촉촉이 적셨다. 그가 얼굴 가득히 미소를 띠며 말을 시작했다.

"내 이름은 로저 가이슬러이고요, 아이오와주에서 왔어요. 당신 이름은 무엇입니까?"

"저는 백송희라고 해요. 미국식으로 하면 송희 백이지요."

"아하! 쏭이— 그냥 쏭이라 불러도 되요? 쏭, 쏭, 당신은 아름다운 이름을 가졌네요. 그래서 노래를 잘하나 봐요. 하, 하, 하, 그리고 당신도 나를 그냥 로져라고 부르세요."

그는 자기네 식으로 송이 첫 이름이고 희가 중간 이름으로 이해하고 있었다.

"우리 한국 사람들은 친구 사이에만 그렇게 불러요."

"오우 우리 오늘 친구 됐어요. 쏭, 나 한국 온 지 두 달 되었는데, 이렇게 영어 잘하는 여자친구 쏭이 처음이에요. 나는 운이 좋은 남자입니다, 하 하 하."

그는 신이 나서 혼자서 이야기를 계속했다. 자기 가족은 할아버지 때, 스칸디나비아에서 미국으로 이민 왔으며 자기 집은 미시시피 강 연안에 있는 데번 포트 근교에서 옥수수 농장을 한다고 했다. 어머니가 교회에서 오르간 반주를 하고 있으며 로잘린이라는 여동생이 있다고 했다. 그리고 가족 모두가 음악을 좋아한다고 했다. 그리고 내게서도 그만큼의 세세한 가족 소개를 바라는 눈치였다. 나는 한국 여자는 처음 만나는 사람 앞에서는 그런 세세한 말을 다 하지 않는다고 얌전한 척 내숭을 떨었다. 평소의 쏼순이가 아니었다. 눈발이 완전히 빗물로 변해 머리칼을 적시었지만, 아무도 빨리 걸으려고 하지 않았다. 스물한 살의 여자와 스물세 살의 남자는 그렇게 젖은 숲 속을 오래오래 걸었다. 우리가 숲 속의 교회로 가까이 다가가자, 구름이 낮게 내려앉아 지붕 위 첨탑은 하얀 면사포를 두른 듯 물안개 입자에 둘러싸여 있었다. 교회 안에서는 포레의 레퀴엠이 흘러나왔다.

다음날 메인 포스트 교회에서 레퀴엠 연주를 마친 우리 필그림 대원들은 별관에 브런치로 준비해 놓은 뷔페에 모였다. 아침밥과 점심밥의 합성어인 이 브런치야말로 우리가 제일 기다리는 시간이었다. 우리들은 햄과 베이컨을 수북이 접시에 쌓아 놓고 플로리다 오렌지 주스를 세 컵 네 컵 마셔 댔다. 한국인이 한 번 용산 미 팔군 건물에 들어갔다 나오면 금세 화장실 휴지가 동나던 시절이었다. 무식하게 많이 먹어댄 것이 부끄러웠던지 우리는 오히려 양키들의 흉을 보는 적이 많았다.

그날도 한 남자 대원이 뚱뚱한 미시즈 윌슨의 오리걸음 흉내를 내어 모두가 폭소를 터뜨리고 있는 중이었는데, 그때 로저가 문을 열고 들어왔다. 아침 채플 때 살짝 눈인사만을 나누고 헤어져서 아쉬워하던 차에 그가 다시 돌아와 나는 반가웠다. 그는 미국인 특유의 웃음을 만면에 가득 띠고 나 있는 쪽으로 성큼성큼 걸어왔다. 모두가 주시하고 있는 것도 아랑곳하지 않고, 이 철없는 양키가 불쑥 데이트 신청이라도 할 것 같아 당황한 나는 얼른 경선이의 도움을 청했다. 그녀는 나보다 성격이 훨씬 활달하여 짧은 어휘를 가지고도 자주 유머를 사용하는 재치가 있었다. 그날 아침 내게서 로저의 얘기를 전해들은 그녀는 나의 들러리가 되어 그와의 대화를 엉뚱한 쪽으로 끌어갔다. 그날 로저는 청바지에 하늘색 셔츠를 입고 있었다. 아직 청바지 문화에 익숙지 않은 우리는 영어책에서 배운 대로 블루진은 교회에 입고 오면 안 되는 작업복으로만 알고 있었다. 우리 자신들도 일요일엔 촌스러울 정도로 완벽한 정장을 하고 다녔다. 이날 로저의 차림을 보고 경선이가 "당신은 우리

나라 구두닦이 소년처럼 보인다."고 그에게 농담을 건넸다. 그 때까지 우리가 양키 흥을 보고 있던 참이라 이 말에 모두 와하고 폭소가 터졌다. 순간 로저는 얼굴이 조금 붉어지는 듯하더니, "내가 그렇게 보입니까?" 하며 말을 태연하게 되넘겼다. 그리고는 식탁 위에서 냅킨을 집어 들고는 별안간 내 앞에 쭈그리고 앉았다. 그리고 "나는 당신의 구두닦이입니다."라고 말하며 내 구두를 닦는 시늉을 하는 것이었다. 이번에는 그의 순발력이 발휘되어 모두 그의 익살에 호감을 보냈다. 한국 여대생을 얕잡아 보지 못하도록 양키를 견제하려 했던 경선이의 의도가 오히려 로저를 우리 속으로 가깝게 끌어 놓았다.

다음 주 그는 넥타이를 매고 나와서 정중하게 커피를 사겠다고 하여 나는 경선이와 함께 그를 따라갔다. 미군과 같이 다닐 때, 사방에서 던지는 가시 돋친 시선을 나 혼자서는 도저히 막아낼 자신이 없었다. 다행히 경선이는 '주인의 상에서 떨어지는 부스러기를 기다리는 개'로 자신을 지칭하며 재치 있는 유머로 우리와 동석을 했다. 딸순이는 로저와 내가 더 자연스럽게 만나도록 해주었다. 작은 몸집 때문에 피아노 전공에 애로를 느낀다는 경선이와 함께 있으면 오히려 나의 늘씬한 몸매는 더욱 돋보여졌다. 이렇게 우리는 매주 명동으로, 광화문으로 셋이 몰려다니기 시작했다. 그러다 3월이 끝나갈 때였다. 해마다 봄이 되면 각 음악대학에서 우수한 졸업생이 출연하는 신춘 음악회가 열린다. 이 음악회에 선발된 성악하는 선배의 반주를 자기가 맡게 되었다며 경선이는 로저와 나를 명동의 국립극장으로 초대했다. 그날 저녁 위대한 갯츠비처럼 품위를 갖추고, 나온 그와 신데렐라처럼 차려입은 나는 경선이를 저만치 무대 위에 떨구어 놓은 채 객석에 나란히 앉았다. 음악회가 끝난 후 그는 촛불이 밝혀진 식탁으로 나를 데리고 갔다. 처음으로 둘만이 함께한 자리였다. 거기서 그는 말을 잊고 촉촉한 눈빛으로만 나와 교감하고 싶어 했다. 나는 왕궁의 무도회에서 오래오래 놀고 싶었다. 그러나 벽시계가 12시를 치면 나는 이 야회복을 벗어야 한다. 그날 정식으로 데이트를 청하는 로저에게 나는 벚꽃 관광에 그를 끌어들이는 것으로 대답을 대신했다.

　소프라노 솔로의 끊어질 듯 가는 고음이 하늘로 솟구쳐 오르자, 우렁찬 합창이 오케스트라와 장엄한 화음을 이루면서 그 뒤를 따라 오르고 있었다. 그 메시지가 창공을 벗어나 궁창을 건너서 하늘 보좌에 닿을 때쯤, 나는 자리에서 벌떡 일어나 얼굴에 바른 팩을 떼어내기 시작했다. 아이들이 돌아오기 전까지 화장과 머리 손질을 끝내고 싶었다. 팩을 한 효과로 파운데이션을 듬뿍 펴 발랐는데도 들뜨지 않고 화장이 잘 받았다. 늘어진 눈꼬리에다 아이라인을 그리고, 와인색 립스틱으로 입술을 깔끔하게 칠했다. 한결 상큼한 표정이 되었다. 머리는 단발 스트레이트 파마를 클립으로 말아 풍성하게 부풀린 후, 다시 드라이어로 단정하게 마무리를 했다. 미장원에서 막 나왔을 때의 그 어색함이 없어서 오히려 더 마음에 들었다. 학교에서 돌아온 아이들은 둘 다 사내라서 그런지 엄마의 변화에 별 관심을 보이지 않고, 각기 제 방으로 들어가 버렸다. 나는 저녁을 준비하여 식탁에 차려 놓고 7시가 넘자 잠실 아파트에서 나왔다. 시간은 충분했지만, 어서 빨리 혼자가 되고 싶었다. 오늘 로져가 묵고 있는 M호텔은 그와 마지막 시간을 보낸 T호텔과 가까운 거리에 있었다. 남산 쪽으로 가려고 나는 올림픽 대로로 차를 몰았다. 퇴근시간이어서 한남대교로 나가는 진입로에 들어서니 차들이 전혀 움직이지 않았다. 지금쯤 예술의 전당에서는 아이오와 합창단의 공연이 한창 진행 중에 있을 것이다. 혹 실황중계라도 할까 하는 기대를 하며 여기저기 주파수를 돌려보았지만, 아무 곳에서도 합창은 나오지 않았다. 이제라도 서초동으로 차를 돌려 그가 노래하는 모습을 보고 싶었지만, 자칫 잘못 하다간 오늘 밤 그와의 만남이 빗나갈 것만 같아 나는 애초의 계획대로 집중하기로 했다. 아직 11월 초인데, FM에선 슈베르트의 '겨울 나그네' 가 흘러나오고 있었다. 대중의 정서를 앞서서 이끌기 위해 매스컴은 계절을 앞당겨 가는 모양이다. 피셔 디스카우가 부르고 있었다.

로져의 목소리도 바리톤이었다. 해운대 바닷가에서 처음

그의 노래를 들었을 때, 나는 비엔나 소년 합창단을 흠모하던 내 소녀적 꿈이 현실로 이루어지고 있는 것에 감격했다. 그는 그즈음 세계적으로 유명했던 테너 스테파노와 마리오란자에 의해 널리 알려진 '비코우즈', '투나잇', '물망초' 같은 곡을 낮은 톤으로 불렀다. 그의 음색은 바순(가장 낮은 소리를 내는 목관악기)처럼 부드러웠고, 훌륭한 음악성을 갖고 있었다. 그 순간 나는 로저를 사랑하지 않을 수 없었다. 그리고 동시에 헤어질 수밖에 없는 필연의 아픔을 예감하며 가슴속에 응어리가 생겨나기 시작했다.

벚꽃 관광은 토요일 해운대에서 일박하고 다음날 진해 벚꽃 축제인 군항제에 참석한 후 서울로 돌아오는 일정이었다.

서울역 출발에서부터 단체 관광에서 어긋난 우리는 돌아올 때까지 영어학원 일행과는 합류하지 않았다. 처음 타 본 새마을호의 아늑한 분위기는 아침부터 뛰어다녔던 긴장을 일시에 풀어 주었다. 식당차 안에서 그와 다정하게 마주앉은 나는 이제 학원 원장과의 약속 같은 것은 아주 잊어 버리고 있었다. 기차가 낙동강 기슭을 달리고 있을 때, 그가 살며시 내 손을 잡았다. 나는 창 밖으로 시선을 돌리고 조용히 그의 체온을 받아들였다. 노을이 아름답게 물든 고즈넉한 풍경을 함께 바라보며 우리들은 오랫동안 그렇게 말없이 있었다. 그의 얼굴도 노을에 붉게 물들어 있었다.

해운대에 도착하여 여행사 본부를 찾아갔을 때는 이미 날이 어두워졌다. 나는 여행사 직원들에게 뒤늦게 도착한 사정을 설명하고 방 배정을 요구했다. 모든 티켓은 2인 1실의 숙박조건이었다. 하지만 나는 방이 두 개가 필요했다. 관광단체의 방 배정은 이미 끝난 뒤였다. 추가 요금을 내겠다며 두 개의 방을 고집하는 나를 그들은 어이없다는 표정으로 바라보더니 결국 나의 완강한 태도에 밀려 복도를 사이에 두고 마주보는 방을 두 개 마련해 주었다. 장급의 여관이었다.

밤바다는 예상외로 몹시 추웠다. 저녁을 먹은 후 해변으로 나온 우리는 미처 두꺼운 옷을 준비하지 못하여 둘 다 벌벌 떨고만 있다가 바로 여관으로 들어왔다. 그러나 잠들기에는 너무 이른 시간이었다. 그리고 사람들과 어울려 노는 곳으로는 내가 나가기 싫어했다. 우리는 여관방에 있는 담요를 하나 꺼내 가지고 다시 바닷가로 나갔다. 담요를 어깨에 함께 둘러쓰고 바위 위에 앉았다. 그가 노래를 부르기 시작했다. 나는 허밍으로 화음을 넣으며 그를 따라 불렀다. 멀리 모래사장 끝에서 등댓불이 반짝이고, 파도는 우리 발 밑에서 조용하게 부서지고 있었다. 내 얼굴 위로는 알 수 없는 눈물이 줄줄 흘러내렸다.

한남대교를 건너자, 장충동 쪽으로 차량이 조금씩 빠지고 있었다. 국립극장 건너편에 있는 T호텔에 먼저 들렀다. 로저와 함께 왔었던 구관 앞으로 가서 차를 주차했다. 호텔의 여러 부대시설이 신관으로 옮겨져서 주차공간이 넉넉했다. 다행히 17층에 있었던 스카이라운지는 여전히 같은 곳에서 영업하고 있었다. 나는 라운지의 카운터에서 전화번호가 적혀 있는 성냥갑을 얻어 핸드백 안에 넣고 M호텔로 다시 차를 몰았다. 9시가 넘고 있었다. 곧장 M호텔의 프런트로 가서 합창

단 멤버인 로저 가이슬러 씨에게 메모를 전해 달라고 부탁을
했다. 그리고 프런트 직원이 내가 준 메모지를 가이슬러의 객
실 키에다 테이프로 부착한 것을 확인한 후 다시 T호텔로 돌
아왔다. 자동차로 5분이면 닿을 수 있는 거리였다.

필그림 합창단을 기억하시나요?
백송희입니다.
아래 번호에서 전화를 기다리고 있겠습니다.
저는 지금 T호텔 스카이라운지에 있습니다.

이 편지를 받은 그가 곧 전화를 줄 것으로 나는 믿고 있었
다. 그가 어떤 상황에 부닥쳐 있는지 예측하기가 어려웠다.
한 박자 뒤로 물러나 그를 기다리기로 했다. 화장실에 들러
얼굴을 다시 매만진 후 라운지의 구석진 곳에 자리를 잡고 앉
았다. 물론 외국인의 전화를 기다리고 있다고 웨이터에게 미
리 언급해 두는 것도 잊지 않았다. 주문한 진 토닉이 탁자 위
에 놓였다. 그와 함께 즐겨 마시던 칵테일이다. 솔 내가 나는

36

진은 레몬 조각과 어우러져 싱싱한 젊음의 냄새를 풍겼다. 싸한 기운이 혀끝을 적시며 가슴으로 밀고 들어왔다.

진해를 다녀온 후 나는 더는 경선이를 끼우지 않고, 로저를 만났다. 여름이 가고 낙엽이 길가에 뒹굴던 날, 그는 나에게 사랑한다고 말했다. 하지만 나는 내 감정을 말로 드러내는 순간 내 몸마저 무너져 버릴 것을 알았다. 나는 침묵했다. 사람들 앞에서 그와의 관계를 숨기고 싶었던 나는 크리스마스를 앞둔 어느 날 필그림을 그만두었다. 덕수궁, 비원으로 내가 그를 안내하면, 그는 골프장 옆에 있는 유솜 클럽에서 저녁을 샀다. 음악회도 자주 다녔는데, 이때마다 나는 아는 얼굴을 피하기 위해 변장용 가발을 쓰고 나와 그를 놀라게도 했다. 이제 나는 점점 더 사람들의 눈을 피해 그와 만나고 있었고, 그는 더 넓은 부위로 나와 체온을 나누고 싶어 했다. 그러나 해운대 바닷가에서 눈물까지 보이던 내가 여관으로 들어오자마자 굿나잇 한마디로 문을 닫고 내 방으로 들어와 버린 것을 경험한 그는 꽤나 끈질긴 인내심으로 나를 기다리고 있었다.

어느 날 박물관에서 조선 시대 은장도를 설명하던 중, 우리 집은 대단히 보수적이어서 여자들은 항상 은장도를 지니고 다닌다고 말해 주었다. 그가 깜짝 놀라며 내 은장도를 보여 달라고 했을 때, 나는 마음속에 깊이 간직하고 있다고 했다. 그러나 겉으로는 완강한 태도로 일관했지만 나는 이미 사랑과 은장도라는 모순에 흔들리고 있었다. 조용한 아침의 나라는 벌써 깨어 일어나 기지개를 켜고 있던 중이었다.

나의 아버지는 충직한 공무원으로 원호처에 근무하고 있었다. 그는 김구 선생을 수행했다는 조부와 큰오빠의 희생을 상기시키며 하나 남은 아들과 두 딸에게 족보의 소중함을 강조하곤 했다. 할아버지께서 직접 지으셨다는 내 아버지의 함자는 백자, 국자, 수자이다. 이 때문에 나는 중학교 한문시간에 반 아이들에게서부터 놀림을 받은 적이 있다. 자기 가족 이름을 한자로 쓸 줄 아는 몇 안 되는 아이들 중에 나도 끼었는데, 우리들은 칠판에다 가족의 이름을 적고 우리말로 토를 달아

읽었다. 내 차례가 되어 내가 조그만 목소리로 "백 국 수"라고 발음을 하자 아이들이 "와" 하고 웃었다. 약이 오른 나는 독립운동가이었던 할아버지 이야기까지 곁들여 나라 국에 지킬 수라고 애국자의 족보를 자랑했다. 로져에게도 이 이야기를 했다. 나와의 교제가 순탄치 않음을 알리기 위해서다.

그는 나의 자취방이 보고 싶다고 오래 전부터 졸랐다. 나는 그와 후암동 대로변에서 헤어지곤 하였는데, 매번 거절해 오다가 눈이 내리던 어느 날 밤 집 앞까지 데려다 준 그를 매몰차게 쫓아 버리지 못하고 그날은 내 방으로 그를 데리고 들어왔다. 내가 세 들어 있는 집은 한옥이었는데 나는 문간방에 살고 있었다. 주인 몰래 그를 숨겨 들여놓느라고 발꿈치를 들고 살금살금 기어들어왔다. 아랫목에 이불을 깔아 놓은 방바닥은 따뜻하였다. 우리는 나란히 벽에 기대 앉아 이불 속에 다리를 묻고 밖에서 사가지고 온 군고구마를 콜라와 함께 먹었다. 얼었던 몸이 풀리면서 나른해졌지만, 나는 긴장을 풀 수가 없었다. 온돌방이 신기한 듯 여기저기 내 소지품을 살펴

보고 난 그가 갑자기 자세를 바꾸더니 책상 앞에 있는 의자에 올라앉았다. 그리고 정면으로 내 얼굴을 마주보며 말을 했다.

"나 오늘 당신에게 할 중요한 말을 가지고 있어요. 쏭, 내 말을 잘 들어봐요. 나 한 달 후면 군 복무 기간이 끝나요. 더 이상 군인이 아니예요. 그래도 나 미국 가지 않을 거예요. 한국에 더 남아 쏭과 함께 지내고 싶어요."

"아니 어떻게 그게 가능해요?"

"내가 벌써 다 계획해 놓았어요. 나 한국말 배우려고 해요. 한국말 잘해야 쏭 아버지 만날 수 있어요. 연세대학에 한국어 학당이 있어요. 거기 등록하면 학생 비자 받을 수 있어요. 그리고 나 쏭하고 학원에서 영어 가르치면서 돈 벌 수 있어요. 이 방 너무 작아요. 아파트 빌려서 쏭과 함께 살고 싶어요."

한 마디 한 마디 짧은 문장을 사용하며 그는 나의 이해를 확인했다.

그가 떠나는 날이 내 무도회의 종료 시간이었다. 그즈음 나는 하루하루 카운트다운을 하며 그와 만나고 있었다. 그런데 그가 파티의 연장을 제안해 온 것이다. 결혼 전 먼저 거치는 그들의 관습이다. 나는 또 침묵했다. 조여오는 시간의 그 팽팽함에 숨이 막힐 것 같은 긴 정적이 한동안 그 방을 채우고 있었다. 바로 그때였다. "똑, 똑," 유리창 두드리는 소리가 났다. 길가 창문 쪽이었다. 그것은 왕궁 벽시계의 타종소리였다. "송희 있니? 빨리 문 열어라." 어머니 음성이었다. 그 소리는 꽝! 하고 징을 두드리는 굉음으로 증폭되어 내 귀를 내리쳤다. 파티는 이렇게 끝났다. 눈 때문에 밤늦게 도착한 어머니는 양손에 김치와 밑반찬이 들어있는 보퉁이를 들고 있었다.

이틀 후 나는 아버지에 의해 인천 집에 감금되었다. 집에서 출근할 테니 학원만은 나가게 해 달라고 애원하였지만, 아버지는 딸에게 내릴 수 있는 최악의 벌을 가함으로써 일체의 외출은 금지됐다. 미국 유학을 가려고 학원 강사를 하며 적금까지 들고 있는 나를 가족들은 절대 믿어 주지 않았다. 양색시가 되어서라도 미국을 가려 했느냐고 치명타를 가하며 아버지는 끝까지 딸을 왜곡했다.

다시 봄이 돌아오고 진눈깨비가 내렸다. 거듭된 단식투쟁으로 위장을 상한 내가 겨우 죽을 먹으며 기운을 차리고 있을 때, 경선이가 나를 찾아왔다. 당시에는 부자들만이 집에 전화를 두고 살았다. 해쓱한 얼굴로 모자를 쓰고 방에 누워있던 나는 그녀를 보자마자 왈칵 울음을 터뜨렸다. 경선이는 나에게 로저의 편지를 가져다주었다. 내가 보고 싶다는 말과 함께, 아파트 전화번호와 그가 나가는 학원의 이름이 거기 적혀있었다. 나는 로저가 한국을 떠났을 거라고만 생각하고 있었다.

11시가 되었다. 그동안 나는 두 잔의 진 토닉을 비우고 한 차례 화장실을 다녀왔다. 실내 장식이 낡고 구식이어서인지, 조용하고 전망이 좋은 곳인데도 T호텔 스카이라운지에는 일본인으로 보이는 서너 명의 손님을 빼면 텅 비어 있었다. 한남동 쪽의 야경을 내려다보며 내가 얼음이 채워진 세 번째 잔을 마시려 할 때, 웨이터가 전화를 받으라고 알려줬다. 얼굴이 화끈 달아오르고, 가슴이 쿵쿵 뛰었다. 예감은 적중했다. 떨리는 다리를 간신히 일으켜 카운터에 가서 수화기를 건네받았다. "당신이 쏭입니까? 오우 쏭! 연주회장에서 혹시나 하고 당신을 기다렸습니다. 연락 주셔서 대단히 감사합니다. 제가 바로 그리로 가겠습니다." 흥분한 음성이었지만, 나는 로저의 목소리임을 알아차릴 수 있었다. 드디어 로저와 다시 만나게 된 것이다. 정신을 못 차리게 가슴이 떨려서 그저 예스, 쌩큐, 오케이, 같은 흩낱말만으로 답을 하고 전화를 끊었다. 내가 나이가 들어서인지 세계화에 편승한 시절 때문인지, 영어를 하는 나를 아무도 이상하게 보는 사람은 없었다. 그들은 나를 미국에서 온 교포쯤으로 여기는 것 같았다. 이제 5분 후면 로저가 들어올 것이다. 그는 떠나면서 내게 '아임 쏘리' 라고 했다. 미안하다는 것인지, 유감스럽다는 것인지 나는 그의 의중을 모르고 있다. 그가 왜 그렇게 나를 떠나야 했는지를 오늘 그에게 물어 볼 것이다. 아무래도 진 토닉을 다섯 잔은 더 마셔야 할 것 같다.

경선이가 인천 집을 다녀가고 사흘 후, 나는 로저와 이 호텔에 들었다. 우리에게 더는 복잡한 말이 필요하지 않았다. 첫날 밤을 맞는 새색시로 치장하기 위해 나는 적금을 해약했다. 백화점에 들러 레이스가 예쁜 속옷을 오래 시간을 들여 골랐다. 신혼여행을 떠나는 신부처럼 화사하게 차려입고 나온 나를 보자마자 그는 달려와 부둥켜안았다. 고구마를 먹다가 어머니에게 들킨 지 두 달 반 만이었다. 우리는 명동에서 저녁을 먹고 남산을 드라이브하여 이 호텔로 들어왔다. 마음이 육체와 일치하는 곳에 나의 진실은 있었다. 아버지의 딸은 외국인과 결혼은 할 수 없겠지만 사랑은 잃고 싶지 않았다. 나는 신혼부부처럼 그와 팔짱을 끼고 호텔방으로 들어갔다. 그가 할리우드 영화에서처럼 나를 들어 안아 침대에 던져 놓았을 때였다. 순간 어이없는 일이 벌어졌다. 탄력이 강한 침대에 머리가 부딪치면서 신경을 써서 단단히 머리 위에 고정해 두었던 내 가발이 벗겨져 버린 것이다. 그리고 거기 아버지에 의해 삭발당한 내 민머리가 그대로 드러났다. "오우! 노! 오우! 노! !" 그는 신음에 가까운 소리를 내며 그 자리에 가만히 서 있었다. 나는 본능적으로 침대 커버를 끌어당겨 몸에다 휘어 감았다. 그리고 얼마나 있었을까? 반 시간은 지난 듯했다. 바순 같은 로저의 음성이 나지막하게 들렸다. "아임 쏘리 쏭." 그리고 조용히 문 닫히는 소리가 났다.

그 후 로저는 어느 곳에도 연락이 닿지 않았다. 아파트에도 학원에도 한국어학당에도 그의 존재는 한국에 남아 있지 않았다. 지금 그 로저가 이리로 다가오고 있다. 나는 후들거리는 다리를 딛고 서서 그를 맞이할 것이다.

2009 문예연구 봄호

소리재

　지난 추석, 나는 남편과 함께 걸어서 고향을 다녀왔다. 명절이 화요일에 들어 있어서 토요일부터 다음 주 수요일까지 닷새간의 황금연휴를 갖게 되었다. 많은 사람이 비행기로 떠나는 패키지여행에 마음을 들썩이고 있을 때, 우리는 큰댁이 있는 충주까지 걸어가기로 한 것이다.

　길 위에는 많은 이야기가 있다. 빛바랜 일기장을 펼쳐

보듯 우리는 이야기 속으로 걸어 들어갔다. 아들은 군에 가 있고 딸은 외국에서 언어연수 중이어서 마침 우리 내외만 단출하게 떠날 기회가 주어졌다. 시부모님이 돌아가신 후부터 우리 가족은 명절 당일 하루에 남편 고향을 다녀오고 있었다. 해마다 겪는 지옥 같은 귀향 대열에서 벗어나 시골길을 걷고 있을 생각이 떠오른 순간부터 우리는 축제를 맞이하듯 설레는 마음으로 이 도보여행을 준비하기 시작했다. 나는 먼저 큰댁에 보낼 선물부터 준비하여 우편으로 부쳤다. 그리고 추석에 인사드려야 할 곳도 일찌감치 다녀왔다. 화분 밖으로 내놓기, 냉장고 정리하기 등 집을 비우는 동안 꼭 해 두어야 할 자잘한 집 안 일들도 미리미리 챙겨 놓았다. 그리고 혹시라도 예고 없이 찾아올지 모르는 손님을 위해 경비 아저씨에게 특별히 부탁도 해 놓았다.

영혼이 깨어 있고 싶으면 오래 걸어 보라고 하지 않던가? 우리 여정은 대부분 국도와 지방 도로를 따라가겠지만 가능한 대로 찻길을 피해 숲과 논둑길을 택하여 걸으면 자연이 마련한 시간과 공간을 잠시 빌리는 놀라운 여행이 될 것이었다. 그러나 백 킬로미터가 되는 거리를 오로지 두 발로만 걷는 것은 쉽게 얕잡아 볼 일이 아니다. 평소 등산을 자주 하여 기본 체력은 잘 다져 있는 우리 부부에게도 이처럼 먼 장거리 트래킹을 위해서는 많은 준비가 따랐다. 남편과 나는 출발 한 달 전부터 난이도를 높여 훈련에 들어갔다. 신이 우리 인간을 위해 마련해 둔 수많은 선물을 놓치지 않기 위해서는 최대로 예우를 갖춰 몸가짐을 만들어야 하기 때문이다.

나는 미사리에 살고 있다. 강을 사이에 두고 검단산과 예봉산이 서로 마주 보고 있는 곳이다. 이 산들이 좋아 이곳에 아파트 단지가 들어서자마자 재빨리 이사하여 지금껏 만족하여 살고 있다. 검단산 등산로는 시작하는 초입에서 능선까지 계속 완만하여 부담 없이 늘 다닐 수 있다. 그 뿐만 아니라 북한에 천 마리의 소를 보낸 재벌의 가족묘지가 있는 울창한 숲과 팔당 댐에서 이제 막 탈출하는 물줄기가 시원하게 한눈에 잡히는 산행은 서울 근교 어느 산에서도 맛볼 수 없을 것이다. 댐 위쪽으로는 남한강과 북한강의 두 물이 합하여 망망한 호수처럼 그득하게 담겨 있는 물의 동네 두물머리가 보인다. 남편과 나는 체력의 강도를 높이기 위해 평소에는 자주 찾지 않는 예봉산도 주중으로 한 차례씩 올라갔다. 얼마 전 멧돼지가 출현하여 산 아래 사람들을 놀라게 했던 예봉산은 숲이 깊고 덤불이 우거져 있다. 검단산에 비하면 정상까지 계속 가파른 길이어서 훨씬 힘들다. 그러나 새벽 일찍 출발하면 오전 중으로 집에 돌아올 수 있어 출근시간을 늦추면서까지 남편은 훈련에 열심이었다. 주말에는 평지를 십 킬로 이상 걸어 다니기도 했다. 광주군과 남양주에는 자동차를 피해 한적히 걸을 수 있는 길을 우리는 많이 알고 있다.

충주 가는 길은 여러 갈래가 있다. 중부와 내륙 고속도로, 그리고 국도가 있다. 걸을 수 있는 국도는 그보다 더욱 선택이 많다. 우리는 명절을 쇠고 돌아올 적마다 밀리는 귀성 차량을 피해 여러 다른 노선의 국도를 이용한다. 충주에서 장호원, 이천, 광주를 거쳐 하남으로 또는 장호원, 여주, 양평으로 해서 미사리로 온다. 도보 여행을 안전하고 유쾌하게 하려면, 가능한 자동차를 피해야 하고 아름다운 경치를 택해야 한다. 여주 양평은 조선 시대부터 알려진 명품 고장이다. 청담 이중환 선생은 사람이 살아가는 이치를 논하면서 첫째 물과 불을 살펴보는 것이 마땅하다고 한다. 다음이 오곡이고, 그 다음은 풍속이며, 또 다음은 산천 경치가 좋아야 한다는 것이다. 사대부가 낙향하여 살 만한 곳을 택할 때 도움을 주기 위해 쓴 〈택리지〉에서 그는 이렇게 조언한다.

'대저 높은 산과 급한 물과 험한 산과 빠른 여울은, 한때 구경할 만한 경치가 있어, 다만 절이나 도를 닦는 도사들이 사는 도관 자리로서는 합당하지만, 영구히 대를 이어 살 곳으로 만들기에는 좋지 못함이 틀림없다. 야읍이라도 시내와 산, 강과 산의 경치가 있어 혹 넓으면서 명랑하고 혹 깨끗하면서 아늑하며, 혹 산이 높지 않아도 수려하고, 혹 물이 많지 않으면서 맑으며, 기이한 바위와 이상한 돌이 있어 음침하거나 험악한 모습이 전혀 없는, 이런 곳이라야 영묘한 기운이 모인 곳이다.'

그러면서 선생은 강가에 살 만한 곳으로는 평양 외성을 팔도 중에서 으뜸으로 치고, 다음으로 춘천의 우두촌, 여주의 백애촌, 그리고 충주 목계를 꼽고 있다. 원래 양평이란 지명은 없었다. 양근과 지평이 합쳐 양평읍이 된 것은 근대의 일이다. 선생의 시대에는 이곳은 너무 작은 고을이어서 언급이 안 되었을 것이다.

우리는 두말할 여지없이 양평, 여주의 길을 택했다. 남편이 은퇴하면 우리는 양평에 전원주택을 장만하려고 벌써부터 계획하고 있었다. 남한강 상류로 계속 물길을 따라 거슬러 올라가면 여주를 지나 충주에 닿는다. 애초부터 이렇게 멋진 길을 알고 있었기에 걷기로 했던 것이다.

아름다운 경치는 정신을 즐겁게 하고 감정을 화창하게 한다. 그리고 걷기 예찬은 반복하지 않아도 누구나 다 아는 사실이다. 옛 부터 체력을 강화하려면 약보(藥補)보다는 식보(食補)로, 식보보다는 행보(行補)라고 했다. 서양에서는 다리가 곧 의사라는 격언도 있다. 올바른 방법으로 꾸준히 걸으면, 혈행을 원활하게 하여 몸을 건강하게 할 뿐만 아니라, 뇌를 활성화시켜 두뇌 나이도 젊게 한다고 한다. 뇌신경 물질의 하나인 세로토닌은 걸을 때 많이 생겨 다양한 자극으로 뇌에 싱싱한 정보를 입력한다. 새로운 정보가 없으면 뇌는 빨리 늙는다. 그리고 이 세로토닌이 부족하면 우울증에 걸리기 쉽다고도 한다.

드디어 연휴가 시작되는 금요일, 우리는 아침 일찍 출발을 했다. 예보와는 달리 날씨가 맑았다. 하늘은 높이 푸르고 서늘한 바람이 솔솔 불었다. 전날 기상 캐스터는 중부 지방은 곳에 따라 흐리고 비가 올 거라 예보했다. 그리고 이번 추석에는 전국적으로 보름달 보기가 어렵다고도 했다.

우리는 아파트에서 나와 팔당 대교를 건넜다. 평소 승용차로 다닐 때와는 전혀 다른 분위기다. 다리 위 보행자 도로에서 내려다본 강물은 까마득히 먼 아래에서 시퍼렇게 흐르고 있었다. 대형 트럭이 지나칠 때는 교량이 출렁거리기까지 했다. 고소 공포증이 심한 나는 파킨슨병 환자처럼 팔다리를 부들부들 떨었다. 남편의 옆구리를 꽉 부여잡고서야 간신히 걸음을 뗄 수 있었다. 여주대교를 건널 일이 또 걱정이 되었다.

다리 건너 오른쪽으로 돌면 팔당 댐이 있다. 며칠 전 내린 폭우로 만수가 된 댐은 수문을 여러 개 열어 놓아 물줄기는 폭포가 되어 아우성을 지르며 떨어지고 있었다. 중앙선 철로가 국도를 바투 끼고 왼쪽으로 나 있었다. 우리는 좌우로 기찻길과 강물을 끼고 걸었다. 철로를 등에 지고 오랜 시간 견뎌온 축대에는 붉고 노랗게 가을 물이 든 갖가지 덩굴 식물들이 우거져 있었다. 인위적으로 예술 작품을 생산하는 것보다 자연의 다듬어지지 않은 천재성이 더 우월하다는 말에 거듭 공감이 갔다. 도시의 뒤틀린 삶을 멀리 던져 버리고 자연과 교감하기 위하여 우리는 가볍게 발걸음을 옮겼다. 소로우의 노래처럼 해가 뜨는 것을 돕지는 못해도 해가 뜨는 현장으로 들어가고 있는 것이다. 가장 싼 값으로 즐거움을 얻는 사람이 바로 가장 부유한 사람이 아닌가? 이 시대에 새로 생겨난 행복 추구권을 최대한 누리면서 자연 속에 있는 신을 찾는 일에도 방심하지 않을 것이다.

　우연하게도 양평은 나와 남편에게 제각기 다른 추억이 깃들어 있는 곳이다. 고등학교 졸업 후 그 해에 바로 대학에 들어가지 못한 나는 용문산 기슭의 어느 농가에 얼마 동안 머무른 적이 있었다. 질풍노도의 시절, 꺾인 날개의 아픔을 삭이기 위해 만용을 부린 것이었지만 내게는 어쩔 수 없는 통과의례였다. 남편은 대학을 마치고 입대하여 양평에서 군 복무를 했다. 팔당 댐을 지키는 포병 부대에서 병장으로 제대한 그는 양수리를 지나갈 때마다 그가 지켰던 포진지를 둘러보려고 여러 번 시도했었다. 그러나 근방 지형이 많이 변하여서 차를 타고는 가 볼 수가 없었다. 이번에는 그곳을 어렵지 않게 찾게 될 것이다.

　로마 병정의 행군 속도가 시속 5킬로미터였다 한다. 우리는 하루 20킬로의 거리를 5일 동안 걸을 예정이었다. 그 정도라면 우리 체력으로 즐기면서 걸을 수 있는 속도이다. 아메리칸 인디언과 케냐인들의 전통에는 빨리 달리는 관습이 있다는데, 그들의 부족들이 일출에서 일몰까지 160 킬로미터를 달렸다는 기록이 어느 인류학자의 책에 있다. 자동차 홍수 시대에 살고 있는 이 시대 사람들에게는 '믿거나 말거나'의 이야기 감이 되겠지만, 싸움터에서 공격할 때나 도망칠 때, 또는 사냥을 하거나 짐승들을 몰 때, 생존의 문제가 달린 그들은 사력을 다해 달려야 했을 것이다.

모든 차들이 자동차 전용 도로를 이용하고 있어서 아침 시간의 구(舊)도로는 적막감마저 감돌았다. 댐 모퉁이를 돌아가면 봉안리 마을이 나온다. 이 마을에는 봉주르라는 유명한 전원 카페가 있다. 찰랑찰랑한 강물이 마당 앞까지 깊숙이 들어와 있고 기찻길이 길게 놓여 있어서 노스탤지어를 즐기는 중년 여인네들로 항상 북적대는 곳이다. 그런데 묵무침이나 파전 같은 향토 음식이 주 메뉴이면서 왜 카페 이름을 불란서 말로 지었는지 나는 항상 의아스럽다. 내가 주인이라면 달래, 냉이, 꽃다지 같은 우리 강산의 꽃 이름을 선택했을 것이다. 마을 이름이 봉안리여서 '봉' 자를 넣으려 한 의도였을까? 양평 서종면에는 시카고라는 이름으로 보리밥을 파는 곳이 있다. 남편과 나는 이렇게 어울리지 않게 짝지어진 상호를 만날 때마다 '여기 시카고 보리밥이 또 있네!' 하며 웃는다. 아무래도 몸 상태가 가장 좋은 날에 진도를 많이 나가 두어야 나중이 여유로울 것 같아 첫날은 양수리에서 점심을 먹고 양평에서 잠을 자기로 했다. 그러기 위해 오전과 오후에 각각 15킬로씩 걷기로 했다.

구불구불한 옛 도로에는 모퉁이마다 이야기가 있다. 또 한 모퉁이를 돌면 능내역이다. 기차 승객들이 한 번쯤 내리고 싶은 충동이 들 만큼 주변 경관이 아름다운 간이역이다. 검게 푸른 숲으로 둘러싸인 역사 한 쪽에 고딕풍의 뾰족한 지붕 위로 하얀 십자가를 내민 미니어처 같은 교회가 있고 그 뒤로 호수처럼 고요한 팔당호가 시원하게 보인다. 실제로 충동적으로 이 능내역에서 내려 이 마을에 정착한 사람을 나는 만난 적이 있다. 역전 막국수 집 주인이다. 언젠가 이곳에 왔을 때 그 주인 아저씨가 자기 가족사를 들려주었다. 그는 강원도로 가는 길에 무작정 이 역에서 내렸다. 동네 구경을 하다가 어디서 음악 소리가 나서 찾아갔더니 교회 안에서 한 예쁜 아가씨가 풍금을 치고 있었다. 그녀가 지금 자기 아내라고 했다.

도중에 물을 마시기 위해 잠깐씩만 쉬고 우리는 계속 걸었다. 컨디션은 평소와 다름없이 전혀 무리가 없다. 이쪽 양수리는 자주 다녀 본 길이어서 모든 길목을 꿰뚫어 알고 있는 우리다. 능내를 지나 오른쪽으로 급하게 꺾어 깊숙이 들어가면 다산 문화 유적지가 있는 마현 마을이 있다. 조선 후기 문신이자 실학자인 정약용 선생의 묘와 생가가 있는 곳이다. 다산 문화관과 다산 기념관이 세워져 있어 해마다 다산 문화재 등 다양한 행사가 열리고 있다.

팔당대교에서 구 양수교를 건너 양수리까지는 차가 뜸하게 다녀서 젊은이들이 도보로 데이트하기에 좋은 코스이다. 자동차를 두고 전철을 이용하면 수도권에서 바로 출발할 수 있기 때문이다. 프랑크푸르트 근교에는 세계인에게 잘 알려진 로만틱 스트라쎄라는 길이 있다. 중세 전 로마 문명이 알프스를 넘어 유럽으로 들어올 때부터 있는 이 길목에는 크고 작은 고성들이 즐비하여 그 고색창연함으로 수많은 관광객을 매료

시키고 있다. 한국의 젊은이들도 독일 배낭여행 코스에 이 길을 일 순위로 꼽는 곳이다. 역사적 의미와 그 범위를 가지고는 감히 견줄 수 없겠지만, 그에 못지않게 팔당 길은 이 강산만이 지닌 이야기와 아름다운 경치가 풍성한 또 다른 낭만가도이다. 십 킬로 남짓한 거리는 두세 시간이면 유쾌하게 걸을 수 있다. 강을 따라 이어지는 유려한 산세와 아늑한 계곡, 정갈한 숲과 깨끗한 물은 계절이 바뀔 적마다 변화를 보여준다. 특히 추석 무렵의 들녘 모습은 또 얼마나 황홀하고 신비로운가? 도시 가까이에서 이런 아름다움과 신비로움에 가까이 다가갈 수 있는 산과 강을 가진 나라는 이 세상에 흔치 않다. 많은 이들이 해외여행을 다녀온 후에야 이 사실을 깨닫는다. 가속도가 붙은 기차처럼 쏜살같이 달려만 가는 세상에서 용감히 뛰어내려와 천천히 걸어보기를 그들에게 권하고 싶다.

"어? 저기 처음 보는 카페가 있네. 여보, 우리 저기서 잠깐 쉬었다 갈까? 음……시인과 도둑이라……."

　조안 면사무소를 지나치려는데 남편이 길 건너 카페를 가리키면서 쉬었다 가자고 한다.

　"그 집 옛날부터 거기 있었는데? 맨날 지나다니면서 못 봤어요?"

　"응, 난 처음 보는데? 여보, 잠깐 들어가 보자. 이름이 재미있잖아?"

　장난을 치듯 싱긍벙글 웃으면서 그는 내 팔을 끌어당겼다.

　"그냥 가요, 재밌는 카페가 어디 한두 군데예요?"

　"우리 이번엔 주인에게 물어보자. 무슨 사연이 있는지……. 당신이 나보다 이런 거 훨씬 더 궁금해 하잖어? 당신이라면 시인과 농부로 했을 텐데…… 하, 하, 하."

　그때야 나는 그의 의도를 알아차렸다. '시인과 도둑'은 의식적이 아니어도 '시인과 농부'를 떠올리기에 충분하다.

　"당신 이러지 않기로 했잖아? 이런 농담 이번엔 하지 말자. 여보, 어서 가요. 이제 금방이면 양수리예요."

　나는 남편의 등을 앞으로 떠다밀었다. 정오가 가까이 오고 있었다. 도로에 차량이 늘어나서 더는 어깨를 나란히 하고 걷기에 어려워졌다. 남편은 미안하다는 듯 한번 싱긋 웃음을 보이고는 앞장서 걷기 시작했다. 나는 그의 뒤를 따랐다.

시인과 농부. ― 나의 시인과 농부는 카페가 아니다. 음악이다. 친정 식구 중에 음악 전공자들이 있어서 나는 어려서부터 클래식 음악을 들을 기회가 많았다. 베토벤과 모차르트와 오페라 아리아가 늘 집 안에서 흘러나왔다. 자연히 나는 클래식 여러 장르에 많은 레퍼토리를 알고 있었다. 상처받기 쉬운 만큼이나 순수하고 여렸던 내 스무 살 적 맑은 영혼이 양평 시골에서 홀로 살아갈 수 있었던 것도 이 음악이 있었기 때문일 것이다. 어렵게 구입한 작은 트랜지스터 라디오를 옆에 끼고 이 천재 음악가들과 교감하면서 그 감동을 가슴속에 차곡차곡 잠겨두던 시절이었다. 이 무렵 나는 우연한 경로로 시인과 농부라는 곡을 집중해서 많이 듣게 되었다. 오스트리아의 작곡가 주페의 Poet&Peasant는 관현악으로 연주되는 오페레타의 서곡이다. 먼저 금관 악기들이 특유의 강한 음을 최대로 절제하며 노래하기 시작한다. 곧 심벌즈와 팀파니가 깜짝 놀래주며 도입부를 끝내면서 이어 첼로 솔로가 구슬프게 낮은 음으로 흐느끼듯 노래를 부르기 시작한다. 사이사이로 플룻이 등장하여 첼로를 위로하며 대화에 끼어들지만 첼로는 주어진 운명을 받아들이듯 무겁고 느린 템포로 테마 멜로디를 계속 연주한다. 뒤에서 하프가 반주를 하며 딩동댕, 딩동댕, 줄을 튕기며 따라간다. 처음 들을 때부터 뭉클한 가락에 코끝이 찡 울리면서 애잔하게 가슴에 다가왔었다. 그 후 이 곡을 들을 때면 양평에 묻어 두었던 나의 이야기가 자연히 머릿속에 떠올려지곤 했다.

결혼하여 아이들 낳아 기르며 정신없이 살 때는 아무리 집 안에 오디오 시설이 잘 갖춰져 있어도 혼자 음악 들을 시간은 좀처럼 나지 않았다. 온종일 틀어놓은 FM에 만족하며 지내던 중 아이들을 재워놓고 남편의 귀가를 기다리던 어느 날이었다. 때마침 '시인과 농부' 가 라디오에서 나오고 있었다. 첼로 솔로가 끝나고 관과 현이 어우러지며 우렁차게 클라이맥

스로 달려가고 있을 때, 밖에서 누군가 현관문을 탕탕 치며 요란하게 두들겨 댔다. 문을 열고 나가 보니 남편이었다.

"아니 벨을 누르지 남들 다 자는 시간에 이게 뭐예요?"

"당신 뭐 하고 있는 거야? 아까부터 여러 번 눌렀는데 안 열어 주고……."

역정을 내며 거실 마루로 들어서는 그에게서 가볍게 술 냄새가 풍겨 났다.

"어머, 미안해요. 내 잘못이었네. 음악 소리 땜에 벨소리를 못 들었어요."

나는 남편의 재킷을 받아 들고 라디오를 끄려고 급히 오디오 장으로 다가갔다. 내가 미처 출력 버튼을 누르기 전에 음악이 끝나면서 아나운서가 곡명을 말했다. 〈방금 들으신 곡은 ○○○ 오케스트라가 연주한 프란츠 폰 주페의 시인과 농부였습니다.〉 남편은 소파로 가서 앉으려다 말고 별안간 벌떡 일어서는 것이었다. 순간 그의 붉은 눈에서 칼 빛 같은 섬광이 번뜩였다. 그는 아무 말없이 한동안 나를 노려보기만 하더니 그때까지 내 팔 위에 걸쳐있는 재킷을 거칠게 낚아챘다. 그리고 12층 아파트가 다 울리도록 쾅, 소리를 내며 현관문을 닫고 밖으로 나가 버렸다.

남편은 평소 자기감정을 쉽게 드러내지 않는 내향성 성격이다. 신혼 초에는 이 은폐시킨 감정 때문에 많이도 다퉜다. 언젠가 집을 이사했을 때다. 새 집으로 옮겨와 기분이 들떠 있는 나와는 달리 그 이튿날부터 그는 내게 한 마디도 말을 건네지 않았다. 까닭을 알 수 없는 나는 다그치며 큰 소리를 내지 않을 수 없었다. 사흘이 지나서야 겨우 일상으로 돌아왔지만 궁금증은 풀리지 않았다. 이유를 그에게서 듣게 된 것은 두 달이 훨씬 지나서였다. 이사하던 날, 독신으로 있는 남편의 친구가 이사를 도우러 왔었는데 내가 그 친구 보는 데서 방에 엎드려 걸레질을 했다는 것이다. 그때 청바지를 입고 엎드린 내 뒤태를 그가 흘깃 쳐다보더라는 것이다. 그러면서 나에게 매사에 좀 더 조신하게 행동해 달라고 당부하며 그때야 속마음을 털어놓았다.

이번에도 도무지 영문을 알 수 없었다. 문을 빨리 열지 못한 것이 그를 그토록 화나게 할 이유로는 충분치 않다. 다른 무엇이 그를 감정의 소용돌이 속에 가두고 이성을 잃게 한 것이다. 그에게 익숙해진 나는 시간을 기다리기로 했다. 남편은 술 한 잔 더하고 돌아올 것이다. 억지로 잠을 청하려고 자리에 누웠다. 그리고 두 시간쯤 지났을까? 밤 열두 시였다. 다시 문 두드리는 소리가 났다. 그가 돌아왔다. 이제는 제정신이 아니었다.

"어? 어떻게 고상한 사모님께서 음악을 안 듣고 이렇게 빨리 문을 열어 주십니까? 고맙습니다. 싸모님!"

그의 빈정거리는 말투는 완연한 선전포고였다. 일방적으로 싸움을 걸어오는 그에게 말려들 필요가 없었다. 나는 아무 대꾸 없이 그를 안으로 부축해 들였다.

"왜? 암말도 안 해? 죄의식이라도 느낀다는 거야?"

그가 하는 말은 점점 더 오리무중이었다. 심각한 오해를 하고 있는 것이 틀림없었다. 나는 소파에 앉아 있는 그를 두고 안방으로 들어갔다. 그리고 도어의 잠금 버튼을 눌러 버렸다. 그러다 언제나처럼 제풀에 잠이 들 것을 기다리기로 한 것이다.

"당신 이리 나와! 나오란 말이야! 당장 안 나오면 문을 부숴 버릴 거야!"

그가 주먹으로 안방 문을 두들기며 고함을 질렀다. 안에서 아무런 반응이 없자 그는 망치를 가지고 와서 문을 때려 부수기 시작했다. 대번에 문 한가운데 망치 끝이 보이며 구멍이 뚫렸다. 나는 아이들이 불쌍하고 이웃이 창피했다. 문을 박차고 나갔다. 먼저 아이들 방으로 달려 들어갔다. 열 살 안팎의 두 아이들이 잠자다 깨어나서 울고 있었다.

"엄마! 아빠 무서워!"

"괜찮아, 아빠가 술을 많이 마셔서 그래. 걱정하지 말고 어서 다시 자."

아이들을 다독여 주고 나는 거실로 나와 남편 앞에 앉았다. 그는 거실 코너에서 양주병을 꺼내어 맥주잔에 부어 마시고 있었다. 나도 그가 무서웠다. 이렇게 심하게 광기를 보인 것은 그 때가 처음이었다. 대화를 주고받을 상태가 아니었다.

"당신, 오늘은 말해봐! 말하란 말이야! 내가 왜 당신 과거의 유령 때문에 이렇게 괴로워해야 한단 말이야! 말 안 하면 죽여 버릴 거야!"

그는 주먹으로 탁자를 쾅 내리쳤다. 탁자 위에 놓인 유리에 금이 쫙 나갔다. 그때 경비 아저씨가 올라와 현관 벨을 눌렀다. 이웃에서 연락을 한 것이다. 나는 신속히 이 상황을 무마시켜야 했다. 재빨리 밖으로 몸을 피했다. 엘리베이터를 기다릴 새도 없이 계단으로 뛰어 내려왔다. 갈지자걸음으로 나를 찾아 헤매는 남편을 피해 그날 밤 나는 옆 동의 지하실 계단에 쪼그리고 앉아 온 밤을 새웠다.

그 일이 있은 후 일상으로 돌아오기까지는 꽤 많은 시간이 걸렸다. 부서진 문은 교체하기 어렵지 않았지만 마음의 상처는 쉽게 아물지 않았다. 아무리 내가 원인 제공을 했다 하더라도 그렇게 터무니없이 난폭하게 감정을 폭로하는 그의 비이성적 행위를 이해하기 어려웠다. 더구나 어린 아이들의 정서에 흠집을 내어 그들에게 평생 큰 죄를 저지른 그를 나는 도저히 용서할 수 없었다. 부모들의 냉전은 아이들에게도 아픔의 연속이었다. 그러다 드디어 그가 화해를 청해왔다. 우연히 나의 처녀적 앨범을 보다가 거기서 편지 한 장을 발견했다고 한다. 그 편지 안에 ‘시인과 농부’ 에 대한 나의 옛이야기가 있었다. 결혼 전에 있었던 일을 캐묻는 일이 옹졸한 짓 같아서 그냥 넘어가려고 했는데, 그날 내가 그 음악을 들으며 과거를 못 잊어 하는 것 같이 보여서 갑자기 통제하기가 어려웠다고 했다. 두 번 다시 그러지 않을 거라고 약속을 했다. 말은 그렇게 하여도 그가 여전히 사실보다 과장된 생각을 하고 있을 것 같아 나는 그에게 해명했다. 그 편지는 내가 양평에 있을 때 월남에 간 병사에게서 받은 편지 중 하나다. 열아홉 살 소녀가 위문편지 보내던 철없었던 감성을 참작하고 읽었어야 하지 않겠느냐며 이십 년 전 일을 대수롭지 않은 듯하며 이야기를 끝냈었다.

아침에는 더없이 맑았던 하늘에 구름이 끼기 시작했다. 다시 모퉁이 하나를 돌았다. 멀리 양수대교가 시야에 들어왔다.

남편은 군 복무 시절을 떠올리면서 그가 머물렀던 CP의 위치를 가늠하느라고 사방을 두리번거렸다. 그의 부대 본부가 있던 곳에는 신 양수대교와 이어지는 자동차 전용도로가 나 있었다. 그러나 포대가 있는 작은 산 모양을 한 구릉은 여전히 그 자리에 있었다. 도로를 내면서 깎은 급경사를 잔디와 잡목으로 가려 놓았지만, 남편은 쉽게 알아보았다. 곧 구릉으로 올라가는 길을 어림잡아 보더니 나에게 같이 가보지 않겠느냐고 내 의사를 물었다. 나는 쉬고 있겠다고 했다. 남편 혼자만 가지고 있는 추억을 방해하고 싶지 않아서다. 경사가 급한 비탈길을 올라간 지 얼마 안 되어 곧 그가 내려왔다. 그의 얼굴에는 감회가 넘쳐났다.

"올라가 보니까 어때요?"

"군대는 역시 군대야. 삼십 년이 지났는데도 길만 빼면 하나도 변한 게 없어. 미사일 포대도 그 자리에 그대로 있더라구."

"당신 이제 속 시원하겠다, 숙제를 끝냈으니. 근데 여보, 보통 남자들은 군대 시절 하도 고생을 해서 그 쪽 방향으로는 오줌도 안 눈다고 그러던데, 당신은 아닌가 봐."

"고생 안 한 군인이 어디 있겠어? 시간이 흐르면 다 좋은 기억만 남는 거야."

"무슨 ……, 시골 아가씨와 연애라도 했는겨?"

나는 충청도 사투리를 흉내 내면서 그를 골리려 하였다.

"내 사전에는 '시인과 농부' 는 없어도 '시인과 도둑' 은 있지. 하, 하, 하."

양수리는 초행인 사람에게는 들러 볼만한 데가 꽤 여러 곳 있다. 양수리의 우리말인 두물머리에 가면 400년 된 느티나무와 이른 아침 물안개 피는 광경을 감상할 수가 있다. 이 자연이 주는 운치를 즐기며 황톳길을 따라가 나루터에 정박시켜 놓은 옛 모습 그대로의 황포 돛배를 마주하면 신선이라도 된 듯하다. 바로 옆에는 물과 꽃의 정원으로 아름다운 연꽃을 볼 수 있는 세미원이 있다. 경기도가 세계적 관광지로 야심차게 계획하여 관리한다고 들었다. 그리고 천여 마리 나비가 날아다니는 애벌레 생태 학교와 양수리 과수 마을 등이 있다.

우리는 시골 발음으로 정감을 더하는 '갱변 가든'에서 점심을 먹었다. 명절 전이어서 손님들이 별로 없었다. 주인에게 양해를 구하여 물가 옆의 방갈로에서 잠시 쉬기로 했다. 때맞춰 비가 내리기 시작했다. 비는 곧 굵어지며 소나기로 변했다. 빗방울이 연잎 사이로 동그란 포말을 일으키며 떨어졌다. 몇 주 전까지만 해도 분홍빛 연꽃들이 서로 얼굴을 부대끼며 환하게 웃음을 피워내던 곳이었다. 등산화 끈을 풀고 양말을 벗었더니 그때까지 쪼그라트리고 갇혀 있던 맨발이 너무도 좋아한다. 바지를 무릎까지 걷어 올리고 나는 배낭에서 포도와 참외를 꺼냈다. 원두막 같은 방갈로 안에서 시원하게 쏟아지는 비를 바라보며 먹는 과일 맛은 일품이었다. 소나기가 그치고도 두 시간쯤 더 머물다가 우리는 다시 배낭을 멨다.

이제부터는 자동차 길을 피할 수가 없다. 더구나 보행자를 전혀 배려하지 않은 국도에서는 각별한 조심이 필요하다. 등 뒤로 달려오는 차를 피하려면 더욱 신경이 쓰일 수밖에 없다.

우리는 차를 마주 보며 자동차와 반대 방향으로 걷기 시작했다. 안전을 위해 남편은 '고향길 걸어가기' 라고 쓴 깃대를 배낭에 꽂고 가자고 집에서부터 제안했지만, 내가 반대했다. 녹색 보호를 위해 전 국민에게 알리는 캐치프레이즈는 되겠지만 혹 기삿감이 되어 사람들 입에 오르내리게 될지도 모를 일이었다. 소나기가 지나간 하늘은 다시 맑게 개었다. 양평 쪽 일방통행인 용담대교를 끼고 건너다본 넓은 강물 위로 파란 하늘이 그대로 내려앉아 있었다. 뭉게구름이 물결을 따라 하얗게 일렁이며 물속에 들어앉아 있었다.

조금만 더 가면 우리가 숙박하려는 복포리 마을이다. 이곳에 아는 분이 있어 전에도 몇 번 이 마을을 다녀간 적이 있었다. 미리 전화로 예약했기 때문에 첫날은 잠자리 걱정은 덜게 되었다. 남편은 예약하고 떠나는 여행은 재미없어 한다. 발 닿는 현지에 가서 그 상황에 맞춰 먹고 자보는 경험이 여행의 맛이라고 한다. 성격과는 다르게 이런 터프한 면도 있는 남편이다. 나도 동감은 하지만 이 마을을 지나면서 평소 눈여겨 둔 펜션에 꼭 한 번 들어가 보고 싶었다. 십구세기라는 이름과 어울리게 파스텔 색조로 탈색된 붉은 벽돌과 같은 색으로 기와를 얹힌 이 집은 영화에 나오는 이탈리아의 시골 별장 분위기다. 집의 역사를 말해주듯 벽을 타고 올라간 무성한 담장이 덩굴이 자못 예스러운 분위기를 풍겨주고 있다. 은퇴한 노 교수 부부가 정원을 가꾸는 재미로 한가롭게 운영하고 있는 곳이다.

마을로 들어가는 오솔길을 따라 억새가 작은 무리로 은회색 꽃을 피우고 있었다. 맑고 투명한 가을 햇살을 받은 억새 꽃 무리들은 부드러운 바람에 조용히 흔들리며 눈부신 은빛의 일렁임을 만들고 있었다. 넓은 잔디밭을 가로지르며 초로의 교수 부인이 우리를 친절하게 맞아 주었다. 이 집에는 벽돌 건물 말고도 뒷마당에 한옥으로 지은 별채가 또 있었다. 비워두기가 아까워 펜션으로 개조해 알음알음으로 조용히 묵고 갈 손님에게만 빌려 준다고 한다. 장독대 옆에는 까맣게 씨가 영글은 키다리 해바라기들이 고개를 숙이고 있고 그 뒤로 울타리 대신 조밀히 심겨진 푸른 오죽이 빽빽이 우거져 있었다. 툇마루에 앉아 신발을 벗어 댓돌 위에 나란히 올려 놓았다. 강 건너 서산으로 기울고 있는 석양이 등산화 바닥 속까지 깊숙이 비춰 주었다. 댓돌 사이에 피어 있는 황금빛 금잔화가 잉걸불 같이 불붙고 있었다. 마당에 타일을 깐 수돗간이 있어서 우리는 외할머니 집에 온 아이들처럼 첨벙거리며 발을 씻었다. 유럽식 별장은 눈요기로 족하고 예상에 없던 십구 세기 한국의 집에서 편안히 여정을 풀었다.

이튿날 근처 식당에서 된장찌개로 늦은 아침 식사를 하고 다시 길을 나섰다. 하늘이 흐렸다. 아무래도 비가 올 듯하여 우비를 꺼내 배낭 맨 위에다 얹어 놓았다. 둘째 날은 양평군을 벗어나는 것이 목표이다. 양평군은 전국에서 군 단위로는 그 면적이 가장 넓다고 한다. 남양주시와 인접한 양서면, 가평 쪽으로 서종, 동쪽으로 청운과 양동면이 강원도와 경계를 이루고, 남으로는 개군면이다. 최소한 여주와 맞닿은 개군까지 그날은 가야 했다. 첫날 진도를 많이 나갔기 때문에 급히 서둘 필요는 없었다. 신설된 국도가 직선으로 나 있어도 우리는 중간마다 남아 있는 구불구불한 옛 국도를 일부러 찾아내었다. 양평읍에서 점심을 하고 커피 한 잔 시키고 죽치고 앉아 있어도 아무 말 않는 시골 다방에 들러 충분히 휴식을 취했다. 밖은 비가 내리고 있었다. 실내에서 우비로 갈아입고 다시 출발했다. 길이 갈라지는 삼거리에서 도로 표지판을 올려다보니 왼쪽이 용문이고 오른쪽이 여주 방향이다. 우리는 오른쪽 길로 들어섰다. 빗속의 행군은 계속되었다. 멀리 비구름 사이로 뿌옇게 용문산이 서 있었다.

대학에 낙방한 나는 어디론가 숨어 버리고 싶었다. 시골 친척이라도 있었다면 용문산은 내 삶에 이토록 끈끈한 의미로 남아 있지는 않았을 것이다. 삼월 한 달 동안 방구석에만 박혀 있다가 내린 결정이었다. 절에서 고시 공부를 한다는 말을 들어 알고 있던 차, 나도 절에 들어가 대학입시 공부를 하고자 했었다. 사월 어느 날, 나는 나처럼 대학에 떨어진 친구 한 명과 길동무하여 중앙선 기차에 올라탔다. 집에다는 시골 친구네 집에 가 있겠다고 둘러대었다. 구태여 먼 곳까지 갈 필요가 없었기에 지도를 펴고 경기도에서 가장 높은 산을 찾아보았다. 용문산이 1,157미터로 제일 높았다. 다음으로는 천마산이다. 가장 높은 산이 가장 깊은 산이겠고 천마산 쪽으로는 기차 편도 사찰 표시도 지도에 나와 있지 않아 나는 용문산을 선택했다. 무작정 책과 이불 보따리를 싸들고 나는 용문역에 내렸다. 용문사로 가는 버스는 하루에 두 번만 운행했다. 이십 리가 넘는 거리를 걸어가는 수밖에 없었다. 우리는 용문산으로부터 흘러내려오는 냇물을 따라 거슬러 올라갔다. 당시 양평지역에는 월남으로 파송되는 백마부대가 주둔하고 있어 군 트럭들이 빈번하게 지나다녔다. 그때마다 황톳길 위로 먼지가 뽀얗게 일어났다. 도회지 차림을 한 아가씨들이 이불 짐을 나눠 들고 터덜터덜 걷는 모양은 시골에서는 쉽게 눈에 뜨이는 장면이었다. 특히 군인들은 가만히 지나치지 않았다. 트럭 위에서 휘파람을 불고 고함을 지르며 야성의 본능을 여과 없이 분출했다. 혼자라면 얼굴이 붉어질 만큼 부끄러워했겠지만 우리는 싫지 않은 기분으로 그들에게 손을 흔들며 웃어주기까지 했다.

물어물어 가며 한 시간 남짓 걸었는데도 그때까지 절반도 못 왔다고 했다. 어느새 이른 봄 짧은 해가 기울며 해거름이 성큼 다가왔다. 산 그림자가 길게 드리우며 땅거미가 스며들고 있었다. 나는 꾀를 냈다. 헐리우드 영화에서 스커트를 올려 히치하이킹을 하는 여배우가 생각났다. 나는 다르게 각본을 짰다. 길 한가운데 이불 짐을 내려놓고 친구를 그 위에 엎드리게 했다. 그리고 지나가는 차를 기다렸다. 얼마 후 군용 지프차가 왔다. 나는 차를 멈추고 연기를 했다. 울 것 같은 시늉을 하며 친구가 아프다고 도움을 청했다. 다행히 운전병과 장교 한 사람만 타고 있어서 뒷자리가 비어 있었다. 장교는 흔쾌히 승차를 허락하며 용문사까지 우리를 태워 주었다. 하룻강아지 범 무서운 줄 모를 때였다. 무식하여 용기만 가지고 날뛰던 시절이었다. 절에만 가면 무조건 숙식이 가능한 줄 알았다. 용문사는 그 당시에도 이미 은행나무로 유명해진 사찰이었다. 비어 있는 선방이 언제나 있을 리가 없었다. 우리는 아랫마을로 내려와 민박에서 그날 밤을 지내고 친구는 다음

날 서울로 올라갔다. 나는 동네 사람들의 소개로 노인 내외만
이 사는 곳에 하숙을 구했다.

그리고 일주일쯤 뒤였다. 산자락에 진달래가 만발했고 검
푸른 보리밭 이랑 사이로 종달새가 푸드덕 푸드덕 날아다니
고 있었다. 도시에만 살았던 나는 처음 경험하는 시골 풍경에
온통 마음을 빼앗기고 있었다. 날마다 아지랑이가 아롱거리
는 들과 산으로 온종일 나돌아다녔다. 그날도 저녁때가 되어
서 들꽃을 한 아름 안고 내 방으로 들어가려는데 주인 할아버
지가 나를 불러 세웠다. 웬 군인이 나를 찾아왔다는 것이다.
지프차를 태워준 그 장교였다. 시골 동네에서 서울서 온 아가
씨를 찾기는 어려운 일이 아니었다. 그제야 모자 위 계급장을
보니 밥풀떼기 하나가 붙어 있었다. 소위였다. 그는 나와 함께
밖으로 나가 걷기를 원했다. 놀라고 당황한 나는 얼른 그를 용
문사 입구 계곡 길로 안내하여 행락객과 섞이어 천천히 걸었
다. 그는 자기소개를 했다. 백마부대 소속의 남현태 소위이고
자기 고향은 충청도라고 했다. 그리고 한 달 후면 월남으로 떠

난다고 했다. 이불 보따리를 들고 절을 찾아 나선 당돌한 아가씨와 좋은 추억거리라도 만들고 싶어 찾아왔다고 했다. 그는 호감이 가는 얼굴에 체격이 건장했다. 전쟁터에 나가는 병사에게 힘이 되어 달라는 그에게 나는 매몰차게 대할 수가 없었다. 그날 밤 그는 부대에 돌아가지 않았다. 나도 하숙집에 들어가지 않았다. 우리는 민박집에서 꼬박 밤을 새면서 이야기를 했다. 그는 나보고 서울 집으로 들어가 공부하라고 충고까지 했다. 이 용문산 지역은 호랑이 굴과 다름없다. 처녀가 혼자 지낼 곳이 아니다. 그러면서 자기 부대 사병들 사이에 내 소문이 자자하다는 것이다. 운전병이 말을 퍼뜨린 것이다. 이 말을 듣고 나는 그에게 되물었다. 그럼 남 소위님은 호랑이가 아니고 늑대냐고, 이 발가벗긴 내 질문에 그는 얼굴을 붉히면서 자기는 교육받은 늑대라고 얼버무렸다. 그 밤 내내 나는 천일야화의 세라자데가 되어 재치 있는 말솜씨로 늑대의 발정을 막아야 했다. 그렇게 우리는 하룻밤을 보냈다. 다음 일요일 나는 그와 함께 양평 극장에서 영화를 보았다. 그리고 하숙집

주소와 내 이름 김인영을 적어 가지고 그는 월남으로 떠났다.

처음 군사우편에 답장을 쓸 때만 해도 위문편지에 불과했던 것이 결국은 연인 사이로 확대되어 우리는 뜨겁게 편지를 주고 받게 되었다. 나는 마을 어귀 느티나무까지 집배원을 마중 나가 편지를 받아 들고는 버들잎이 우거진 냇가 바위에 올라앉아 남 소위의 편지를 뜯었다. 그는 나짱의 해변 야자수 그늘에서 내 편지를 읽는다고 했다. 나짱은 월남에 있는 백마부대 주둔 지역이었다. 뜨거운 여름이 한고비 지나가고 미루나무 위에서 매미가 맹렬히 울기 시작할 때 나는 서울 집으로 돌아왔다. 서둘러 학원 등록을 하여 모자란 공부를 바짝 따라붙으며 보충해 나갔다. 다음 해 그가 귀국할 때는 멋진 여대생의 모습을 보여 주고 싶었다. 이번에는 그가 나에게 힘을 실어 주고 있었다.

가을이 지나가고 있을 때 나는 그에게 특별한 크리스마스 선물을 보내고 싶었다. 우리 집에는 영사기처럼 두 개의 릴이 밖에서 돌아가는 커다란 구형 녹음기가 있었다. 이 녹음기에 내 목소리를 담아 음성 편지를 보내는 것이다. 조물주는 공평

하여서 빼어난 미모는 내게 허락지 않았지만 성우 못지않은 낭랑한 목소리를 내게 주셨다. 그리고 한창 센티멘털하게 고조되어 있던 감성을 절절하게 풀어서 장문의 편지를 썼다. 여기에다 나는 음악적 효과까지 연출하였다. '시인과 농부'가 배경 음악으로 너무도 잘 어울렸다. 팡파르의 등장같이 웅장하고 위엄 있게 금관 악기가 오프닝으로 나오다 곧 그치고 첼로 솔로가 애틋하고 잔잔히 멜로디를 이어갈 때, 나는 〈월남에 계시는 그리운 남 소위님께〉를 시작으로 콧소리까지 가끔 섞어 나긋나긋하게 편지를 읽어나갔다. 배경으로 나오는 음악은 내가 좋아하는 '시인과 농부' 곡이며 그 곡의 해설 쪽지까지 함께 넣어 녹음된 릴 테이프를 깨지지 않게 잘 포장하여 월남으로 보냈다. 이듬해 일월, 감격에 찬 그의 답장이 왔다. 그리고 그것이 그의 마지막 편지였다. 봄이 되어 나는 바라던 여대생이 되었으나 남 소위로부터는 더 이상 아무 소식이 전해 오지 않았다. 그가 나에게서 마음을 바꾸었든지 아니면 전사했든지 두 가지 중 하나일 것이다. 육군 본부에 가면 그의 생사를 확인해 볼 수도 있었겠지만 나는 그렇게 하지 않았다. 만일 전사가 아니라면 그가 나를 배반했다고 인정을 해야 하기 때문이다. 그 무렵 월남 장병과의 펜팔이 흔할 때여서 무성한 말들이 세간에 떠돌고 있었다. 장병들은 여러 아가씨와 펜팔을 하다가 귀국 직전에 정리한다는 것이다. 고등학교를 막 졸업하고 대학에 떨어져 기죽은 몰골로 피신해 있었던 그당시 나는 예쁘게 치장한 다른 아가씨들과 비교해 볼 때 초라할 수밖에 없었다. 그 모습만 기억하는 그에게 나는 여자로서 자존감을 내세우기가 어려웠다. 나는 곧 대학의 신입생이되어 미팅하는 재미에 몰두했다. 남 소위는 자연히 잊혀졌다. 그런데 최근 그해 입학원서용으로 찍은 반명함판 사진을 보게 되었다. 그 사진 속 열아홉 살의 나는 두 볼이 터질 듯 팽팽하여 잘 익은 토마토처럼 보였다. 그때는 그 얼굴이 싫어서 성형외과에 가서 얼굴의 살을 빼고 싶어 했었다. 계란형의 갸름한 미인은 아니어도 눈 코 입에 그다지 하자는 없어서 지금 객관적으로 살펴 보니 군인들이 꽤 육감적으로 느낄 만도 했었다. 그때 얼굴의 살을 빼려고 성형수술을 했었더라면 지금 내 얼굴은 아마 쪼그랑 할머니가 되어 있을 것이다.

결혼하면서 아니 그 이전에 나는 그와의 군사우편을 다 폐기한 것으로 알고 있었는데 어찌하다가 그의 마지막 편지가 옛 사진첩 속에 남아 있게 된 것이다. 남편의 광란 이후에 그 편지를 다시 읽어 보았더니 가히 남편이 오해할 정도의 내용이 쓰여 있었다. 인영씨가 보내준 녹음 편지는 평생 간직할 만한 놀라운 선물이다. 인영씨의 아름다운 목소리를 들으며 눈을 감고 있으면 당장 달려가 품에 꼭 껴안고 싶어진다. 그리고 인영씨와 함께 보냈던 그날 밤을 생각한다. 또 배경 음악인 '시인과 농부' 라는 곡을 카세트테이프로 구해서 인영씨를 생각하며 듣겠다고 클래식 음악의 공감대까지 보였다. 껴안고 싶다든지, 그날 밤이라든지 하는 단어는 남편으로 하여금 쉽게 덮고 지나쳐 버릴 수는 없었을 것이다. 망치 사건 후로는 그가 그 편지에 대해 일절 언급을 하지 않았으므로 나도 새삼 그 이야기를 꺼내지 않고 지금껏 지내왔다.

뿌옇게나마 우뚝 서있던 용문산이 점점 더 거세어지는 빗줄기에 가려 그 모습이 아주 사라졌다. 대신 더 앞쪽으로 마치 커다란 무쇠 솥을 엎어 놓은 것 같이 특이한 모양을 한 칠읍산이 우리 옆으로 가깝게 다가왔다. 이 산 정상에 오르면 일곱 읍이 보인다고 하여 그렇게 이름이 지어졌다고 한다. 칠읍산 발치에는 봄이면 우리가 자주 찾는 산수유 마을이 있다. 빗속의 행군은 쉽지 않았다. 바짓가랑이를 무릎 위까지 걷어 올리고 우비를 길게 내리고 걸었어도 신발이 젖는 것은 어쩔 도리가 없었다. 아무리 방수화를 신었어도 정강이를 타고 흐르는 빗물이 양말을 적시고 등산화 안으로 들어와 드디어는 발이 물속에 완전히 잠겨 버렸다. 산수유 마을을 지나 개군까지 왔을 때는 날까지 어두워지기 시작했다. 무슨 기록을 내려고 기를 쓸 필요가 없는 우리는 더는 무리한 행군을 강행하지 않기로 했다. 빗속에서도 자동차들은 계속 속도를 줄이지 않고 사납게 물을 튕기며 우리 옆을 달리고 있었다. 비 오는 밤에 일어나기 쉬운 일촉즉발의 위험을 안고 계속 고집을 부리기에는 우리는 그렇게 무지하지도 않고 용감하지도 못하다. 시골 지방도로에서 택시를 잡는다는 것은 기대할 수 없는 일이어서 버스 정류장을 찾아 읍내까지 가는 동안 나는 습기가 끼여 전혀 도움이 되지 않는 안경을 벗어서 정수리 위에 올려놓고 남편 등만 바라보고 그 뒤를 따랐다. 이미 발도 몸도 전부 푹 젖어버린 상태였다. 물웅덩이가 발 앞에 있어도 피할 필요가 없었다. 첨벙첨벙거리며 물 속을 그냥 통과했다. 완전 개구쟁이 아이들이다. 속박에서 벗어나면 인생이 이렇게 신 나고 자유롭다. 어차피 포기할 것을 바로 포기한 결단이 주는 선물이다. 우리네 삶에서도 이렇게 쓸데없는 것을 움켜쥐고 있는 것이 얼마든지 있을 것이다. 그것이 올가미가 되어 삶을 옥죄어도 끝내 무덤에 갈 때까지 놓지 못하는 사람을 우리는 많이 보아 왔다. 사형수가 처형장으로 끌려가는 동안에도 길 위에 물웅덩이가 있으면 피해 걷는다고 한다. 교수대로 걸음을 옮기는 순간에 설마 발이 더러워질까 봐 의식이 있어 한 행동은 아니었을 것이다. 생명이 탄생한 그 순간부터 우리 뇌에 입력된 자기보호 본능이 그렇게 시켰을 것이다. 무의식으로 행동하는 자기보호가 지나쳐 가치 없는 일에 소중한 에너지를 낭비하고 있지나 않은지 나도 이번 길에 깊이 생각해 보기로 했다. 여행은 인생을 정비시키는 가장 좋은 기회가 아닌가?

불빛이 환하게 비치는 읍내 중앙 길로 들어서는데 가까이에서 여자와 남자가 싸우는 소리가 들렸다. 길가 공터에 세워놓은 소형 트럭에서 나는 소리였다. 트럭의 창문이 열려 있는데다 기압이 낮은 날이어서 인지 말소리가 잘 들렸다. 다투는 내용으로 보아 부부지간인 것 같은데 자녀들 문제로 서로 의견이 충돌하여 언성을 높이고 있었다. 자녀들을 피해 공터로 나와 부부싸움을 하고 있는 것이었다. 비 오는 날 트럭을 몰고 나와 생활의 찌꺼기를 토해 내고 있는 그들이 왠지 아름답게 보였다.

우리는 버스를 타고 여주로 향했다. 에어컨이 가동된 버스는 비에 젖은 우리에겐 너무 추웠다. 나는 감기에 걸릴까 걱정이 되어 온도를 높여 달라고 기사에게 요청하려는데 남편이 못하게 했다. 비 내리는 여주대교를 지나 버스 터미널에서 내렸다. 이제 다리 위를 걸어야 할 염려는 다시 할 필요가 없어졌다. 젖은 옷을 갈아입기 위해 목욕탕을 찾던 중에 어떤 사람이 여주의 유명한 숯가마 한증막을 소개해 줬다. 그곳에 가면 음식도 숙박도 다 해결할 수 있다고 가르쳐 주었다. 그때까지 찜질방을 한 번도 가 보지 못했던 우리는 미처 생각지 못한 이 아이디어에 쾌재를 불렀다. 식당에서 밥 먹고 목욕탕 가서 씻고 여관에서 자려고 했던 우리에게 이 모든 것을 한곳에서 다 해결할 수 있다니! 더할 나위 없는 편의 시설을 알려준 그분에게 연거푸 감사를 표했다. 그는 우리를 의아하게 쳐다보며 외국에서 살다 왔느냐고 되묻는 것이었다.

택시를 타고 숯가마 이름을 대자마자 기사 아저씨는 단번에 우리를 그곳으로 데려다 주었다. 명절 밑이어서인지 넓은 장소가 텅 비다시피 했다. 우리는 서둘러 젖은 옷과 등산화를 벗어 대충 흙만 씻어 내고 뜨거운 막 주변에 널어놓았다. 이곳이야말로 집을 떠나와 젖은 신발을 말릴 수 있는 유일한 장소인 셈이다. 한증을 하고 목초액에 여러 번 발을 담가 족욕을 한 후 수면실로 들어갔다. 산행 중 대피소에서 밤을 지낸 경험에 비하면 공동 침실 치고는 최고급 시설이었다.

이튿날은 일요일이었다. 남편과 나는 기독교 신자여서 여행 중이라도 교회를 찾아가 하나님께 예배드리는 것을 원칙으로 하고 있다. 정장은 아니지만, 주일 날 입으려고 준비했던 단정한 평상복으로 갈아입고 우리는 9시에 한증막을 나왔다. 비는 그쳤으나 하늘은 여전히 흐렸다. 주일 예배는 일요일 하루에도 여러 번 예배를 드리는 대형 교회가 아니라면 보통 오전 11시에 드리는 것으로 일반화되어 있다. 예배 시간은 예상할 수 있으나 그때까지 어디에 교회가 있는지 확인이 안 되어서 걸음을 서둘렀다. 다행히 우리가 들어갔던 한증막이 여주에서 장호원 쪽 외곽에 있어서 우리는 곧장 대로를 따라 걷게 되었다. 일요일 아침 장호원으로 가는 국도는 명절 때인데도 뜻밖으로 한산했다. 귀성인파는 추석 하루 전이 가장 붐

비고 그들 대부분은 고속도로를 이용하기 때문인 것 같았다. 노랑 잎의 은행나무가 도로 양옆으로 기다랗게 줄지어 늘어서 있고 그 뒤로 저 유명한 여주 평야의 황금 들판이 우리 눈앞에 가득 펼쳐져 있었다. 햇빛이 구름에 가려 있어 한결 걷기가 수월하여 빠른 걸음으로 한 시간 이상이나 왔는데도 십자가 첨탑이 보이질 않았다. 멀리 장호원읍의 고층 건물이 보이면서부터 우리는 마음이 급해졌다. 어쩌면 읍내까지 가야 할지도 모르기 때문이다. 뛰다시피 걷고 있는데 뒤에서 웬 승용차가 경적을 울리며 우리를 멈춰 세웠다. 엊저녁 족욕을 하면서 인사를 나눴던 아주머니가 우리를 알아본 것이었다. 이 아주머니 덕분에 슬레이트 지붕을 한 아주 조그만 교회를 찾아내어 시간에 맞춰 예배를 드릴 수 있었다. 동네 이름이 거머리여서 거머리 교회라고 한다. 앞마당에 활짝 핀 족두리 꽃과 벌개미취가 키를 마주 대고 서 있고 이들 발치에는 마지막 열정을 추슬러 그때까지 방긋거리는 채송화 무리가 신도들을 맞이하고 있었다. 예배당 안에는 긴 의자가 양옆으로 다섯 개씩 놓여 있고 선풍기 두 대가 열심을 다해 돌고 있었다. 이 소박한 분위기만으로도 나는 충분히 고개 숙여 하나님께 기도할 수 있었다. 〈더도 덜도 말고 한가위만 하여라.〉는 말처럼 산과 들이 가장 풍성한 이때, 길 위의 여행자를 의식하여서인지 목사님은 우리를 위한 찬송을 선곡해 부르기 시작했다. 개신교에서 야외 예배를 드릴 때 부르는 지정곡이다.

주 하나님 지으신 모든 세계, 내 마음 속에 그리어 볼 때,
하늘의 별 울려 퍼지는 뇌성, 주님의 권능 우주에 찼네.
숲속이나 험한 산골짝에서, 지저귀는 저 새소리들과,
고요하게 흐르는 시냇물은, 주님의 솜씨 노래하도다.
주님의 높고 위대하심을 내 영혼이 찬양하네.

그리고 머리가 하얗게 센 노 목사님은 열 명도 채 안 되는 신도 앞에서 열변을 토하며 설교했다. 내게는 스피커 볼륨이 조금만 더 낮았더라면 은혜가 되었을 것 같았다. 멸치국물에 국수를 말았다고 간곡히 붙잡는 목사님을 마다하지 못하여

교회에서 점심을 먹고 우리는 다시 장호원으로 향했다.

장호원은 조선 시대 공무 여행자를 위하여 설치한 원(院)이 있었던 곳이다. 중남부 내륙지방 보부상의 통행로였던 서울, 장호원, 상주, 부산으로 이어지는 영남로 상에 있다. 읍내 중심가를 가르며 청미천이라는 샛강이 흐르고 있는데 이 청미천을 기준으로 동쪽은 경기도이고 서쪽은 충청북도로 행정구획이 나뉘어 있다. 한 지역에 살면서 두 도민으로 갈라져 있어 아무래도 실제 주민들은 여러 가지로 불편이 클 것 같다. 우리는 샛강 건너 충청북도 장호원으로 가서 한 조용한 여관에 들었다.

충주 가는 길은 여기서도 여러 갈래가 있다. 감곡면 북쪽으로 앙성을 지나 탄금대로 들어가는 것과 남쪽 생극면을 거쳐 주덕으로 가는 길이 있다. 그리고 또 하나가 우리가 걷기로 한 길이다. 걸어서 고향에 가자고 처음 얘기가 나왔을 때 이 코스를 우리가 알고 있었기에 우리 두 사람은 쉽게 일치를 보았다. 단연코 이번 여행의 백미라고 할 만하다. 복숭아 산지로 잘 알려진 감곡면의 남쪽 경계에 도로포장이 가장 나중에

되어 차량 통행이 별로 없다. 이 길은 충주까지 가도록 그 흔한 무슨 가든 같은 도시적인 음식점도, 대형 창고 건물도 전혀 눈에 뜨이지 않는다. 인공적 구조물로는 오로지 농가와 과수원과 축사뿐이어서 오지형 도로라 부를 수 있을 만큼 한적한 지방 도로이다. 지금처럼 내비게이션이 흔하지 않을 때, 충주에서 명절을 보내고 돌아오다 막히는 귀성인파에서 벗어나려 애쓰던 차에 우연히 찾아낸 길이다.

남편의 고향은 본래 충북 청주다. 시부모님이 타계하신 후 정년을 맞은 시아주버님은 아파트 생활을 접고 시골로 내려와 살고 있다. 충주 시내에서 그다지 멀지 않은 신니면 용운리에 작은 포도원이 달린 붉은 벽돌집을 구입하여 전원생활을 하고 있다. 결혼 이후로 명절 때마다 대도시에서 중소 도시로, 서울 아파트에서 지방 아파트로의 이동만이 있을 뿐 아무런 향토적 문화를 접할 수 없었던 나는 몇 해 전부터 시골로 가는 큰집 방문을 옛날과는 사뭇 다른 감정으로 기다리게 되었다. 시골 큰집에 가면 야생 그대로의 자연 정취를 마음껏 누릴 수 있기 때문이다. 더구나 추석에는 다른 명절과 달리 풍성한 가을걷이들까지 집으로 가져 올 수 있다. 큰 동서가 여기저기 발품 하여 동네에서 직접 구입한 태양초 고추 하며 단양 마늘, 알이 성글어 상품은 안 되지만 먹기에는 그지없이 달콤한 큰집에서 재배한 캠벨 포도 상자로 자동차 트렁크가 가득 채워진다. 그리고 사이사이로 늙은 호박덩이와 누렇게 팔뚝만큼 자라서 더는 오이라 불리지 않는 노각들이 빈 공간에 끼워진다. 그러고도 큰 아주버님은 가는 길에 먹으라고 창문으로 넣어 준 송편 봉지와 함께 서리태, 은행, 밤 등을 조수석으로 또 들여놓는다. 그러나 이번 추석에는 이 풍성한 계절의 보너스를 모두 포기해야 한다.

다시 날씨가 좋아졌다. 슈퍼에 들러 요기가 될 만한 간식거리와 물을 사서 배낭에 넣었다. 이제부터 오지여행이다. 우리는 읍내에 있는 감곡초교에서 청미천을 따라 내려갔다. 물레방아 주유소를 지나자마자 포장도로에서 벗어나 숲으로 이어지는 자드락길로 들어섰다. 살구나무쟁이라는 마을 이름이 보인다. 오늘 우리가 낮 동안 쉬려고 하는 주천 저수지를 질러가는 길이다. 여기서부터 우리 목적지인 충주시 신니면까지는 30킬로이다. 아직 이틀의 여유가 있어서 구태여 지름길을 택할 필요는 없었지만 될수록 흙길을 많이 밟고 싶어서이다. 오지로 들어가는 길목에서 반 시간쯤 숲으로 들어갔을 때, 우리는 박물관에서나 볼 수 있는 항아리 창을 낸 토담집을 발견했다. 사람이 살고 있지 않은 작은 오두막이었다. 내가 항아리 창을 처음 본 건 십여 년 전 강원도 내린 천 근처이다. 오지여행에 재미를 들여 귀틀집을 찾아 나섰다가 알게 된 것이다. 창문 틀 대신에 못 쓰는 항아리의 둥근 테두리를 흙벽 사이에 넣어 창호지를 발라 창으로 만든 것이다. 집은 그 주인의 얼굴이나 마찬가지여서 우리는 이 항아리 창을 낸 옛사람의 순수한 얼굴을 마주하고 있는 것이다. 궁궐이나 유명한 사찰, 또는 역사적 인물의 흔적이 있는 곳만 문화유산이 아닐 것이다. 이름 없는 민초들이 그린 민화의 가치에 눈을 뜨듯이 이런 민가 건축물도 문화재로 등록시켜 잘 보전하기를 당국에 바라고 싶다.

숲과의 만남은 진정 축제이다. 햇볕은 뜨겁게 내리쬐고 있었지만, 그늘이 드리운 숲길은 서늘하기만 했다. 숲 멀리서부터 불어오는 바람은 흙과 햇빛을 만나 신비로운 파문을 일으키며 숨겨진 감성을 불러내어 우리를 쉽게 소년 소녀로 되돌아가게 했다. 이름 모를 풀꽃과 나무들의 풋풋하고 싱그러운 내음이 사방에서 풍겼다. 머리가 맑아지며 쌓였던 피로가 모두 사라진 듯 심신이 상쾌해졌다. 나는 돗자리 대신으로 지니고 다니는 넓은 보자기를 꺼내어 평평한 곳에 폈다. 남편과 나는 그 위에 나란히 누워 동요 이어 부르기를 했다. 우리가 초등학교 시절 불렀던 곡으로, 노랫말이 오로지 산과 들과 자연에 속한 가사로 제한했다. 벌칙으로는 패자가 승자의 명령에 무조건 따르는 것이다. 가위바위보를 하여 순서를 정했다. 남편은 바위를 내밀었고 나는 가위를 냈다. 진 사람이 먼저 해야 한다. 나는 동심으로 돌아가 낭랑한 육성으로 노래 부르기 시작한다.

산 위에서 부는 바람 시원한 바람, 그 바람은 좋은 바람 고마운
바람.
여름에 나무꾼이 나무를 할 때, 이마의 흐른 땀을 씻어 준다오.

다음은 남편 차례다.

우리들 마음에 빛이 있다면, 여름엔 여름엔 파랄 거예요.
산도 들도 나무도 파란 잎으로, 파랗게 파랗게 덮인 속에서
파아란 마음으로 자라니까요.

내가 이어 부른다.

구름이 구름이 하늘에서 그림을 그림을 그립니다.

그가 부른다.

깊은 산 속 옹달샘 누가 와서 먹나요.

내가

산딸기 있는 곳에 뱀이 있다고

를 하자 그는

나의 살던 고향은 꽃 피는 산골

로 이어 받는다. 다시 나는 ‘괴꽃’ 을 그는 ‘은하수’ 를……. 산행을 하면서 여러 번 해 본 놀이어서 게임은 오래 이어졌다. 그러다 내가 ‘낮에 나온 반달’ 을 하자 그가 ‘과수원 길’ 을 부른다. 나는 땡! 하며 게임을 종료했다. 과수원 길은 우리가 어릴 때 부른 노래가 아니기 때문이다. 내가 알기에는 ‘서수남과 하청일’ 이라는 70년대 듀엣 보컬 그룹이 처음 불러 유행시킨 대중가요 중 하나이다. 그래도 동요라고 주장하는 그와 오리지널을 주장하는 내가 한참을 옥신각신하다가 결국 남편이 스스로 패자임을 인정했다. 나는 종아리를 내밀며 그에게 주무르도록 당당히 요구했다.

우리는 일어나서 다시 숲으로 들어갔다. 주천리로 가는 길목에는 단지고개라는 별로 높지 않은 구릉이 있다. 이 고개를 넘자 산기슭에 짙푸른 녹색의 행렬로 줄을 잘 맞춰 심은 낙엽송으로만 들어찬 숲이 나왔다. 이른바 '도지사님 나무' 이다. 산을 오르면서 귀동냥으로 들은 말인데 설명이 무척 재미있어서 잘 잊히지 않는다. 이 '도지사님 나무' 와 함께 짝으로 불리는 '군수님 나무' 가 있는데 이것이 아카시아다. 전국적인 산림녹화 운동이 활발했던 70년대 초에 권위의 상징인 군수님들이 산림녹화 실적을 높이고자 척박한 땅에도 잘 자라는 아카시아를 대대적으로 심었기 때문에 이를 두고 빗대는 말이 생긴 것이다. 녹화는 쉽게 되었지만, 경제성이 전혀 없고 다른 나무들의 성장을 방해하여 요즈음에는 아카시아를 다른 나무로 교체한다고 한다. 관의 주도로 아카시아 못지않게 많이 심은 나무가 낙엽송이다. 아카시아 숲처럼 흔하지는 않지만 조성된 산림의 모습이 더욱 계획적이고 그 면적이 또한 넓어 한 단계 업그레이드시킨 숲의 모습을 보고 사람들이 악의 없는 풍자로 도지사님 나무라고 부른다고 한다.

울창한 낙엽송 숲을 지나 우리는 숲의 가장자리로 나왔다. 햇빛을 가장 많이 받는 곳이어서 여러 종류의 관목들이 우거져 있었다. 우리가 살고 있는 지구에는 대략 3만여 종류의 나무가 있다고 알려진다. 침엽수보다 광합성을 더 많이 하는 활엽수가 대부분이어서 우리는 이들에게서 산소 공급을 받아 지금 숨 쉬고 있다. 지상 모든 생명체의 근원이 되는 숲은 또한 지상의 모든 생명을 사라지게 하는 열쇠를 쥐고 있기도 하다. '자연을 알되 인간을 알지 못하면 사회에서 살아가기가 어렵고, 인간을 알되 자연을 알지 못하면 진리의 세계에서 노닐 수 없다' 라는 말이 있다. 사회적 동물인 인간은 동시에 자연과 더불어 살아야 한다는 것이다. 그러기 위해 우리는 녹색 에너지의 원천인 숲을 알아야 한다. 숲을 알되 우리가 만든 과학적 창을 통해서가 아니라 숲으로 나가 직접 숲을 만나야 할 것이다. 생명에 대한 경외와 애정 없이, 특정한 결과만을 얻어 내기 위해 분해 분석하는 과학은 위험할 수 있기 때문이다.

　단지고개를 내려오는 길섶으로 작은 실개천이 있었다. 엊 그제 내린 비로 개천 둑까지 가득 찬 맑은 물이 바위와 부딪히며 콸콸 소리를 내며 흐르고 있었다. 소리만 들어도 시원하다. 우리는 냇가에 다리를 펴고 앉았다. 물가에는 꽃잎이 이삭 모양으로 오종종 달려있는 여뀌가 분홍빛으로 무리 지어 피어 있고 그 옆 자락으로 파란 잉크색의 달개비가 역시 군락을 이루고 있었다. 색의 향연이다. 달개비는 다른 이름으로 닭의장 풀이라고도 한다. 야생초 편지를 쓴 저자가 이 달개비를 미키 마우스를 닮았다고 해서 자세히 들여다보았더니 꽃 모양이 재미있게 생겼다. 두 개뿐인 꽃잎이 위쪽으로 봉긋 솟아난 것이 마치 생쥐 얼굴 같다. 숲과 들녘이 품고 있는 뭇 생명들의 무수한 숨결과 다채로운 삶의 모양들은 이를 가슴으로 듣고 보는 이들에겐 무한한 감동을 느끼게 한다. 다가가 귀 기울이면 그들의 약동하는 심장의 고동과 가녀린 맥박 소리가 들리는 듯하다. 엔진을 가동해 속도를 내어 지나친다면 절대 초대받지 못할 들꽃들의 잔치이다. 우리를 이들에게 이끌어준 이에게 감사하는 순간 저 침묵의 소리가 내 안에서부터 들려온다. 느리게 살자, 더 느리게 살자. 내려놓자, 더 내려놓자.

조금 더 내려가면 주천리로 가는 차도와 만나게 된다. 냇물에 손을 씻은 후 내가 먹을거리를 꺼내려 하는데 남편이 배낭을 들고 일어서며 말했다.

"여보, 저기를 봐. 저기 과수원 보이지? 그거 꺼내지 말어, 여기가 복숭아 산지라는 걸 몰라? 우리 저 과수원에 가서 복숭아 사 먹자."

"아, 참, 그렇지? 당근이고 말고."

나는 자리에서 벌떡 일어났다. 과수원이 있는 큰길로 내려오는데 남편이 또 걸음을 멈춘다.

"당신 저 현수막 글씨 보여?"

"아니, 난 잘 안 보이는데, 무슨 이런 시골에 저런 게 다 붙어 있지? 선거철도 아니잖아.”

과수원 맞은편 길가에 빨강과 파란색으로 쓴 대형 플래카드가 나붙어 있었다. 가까이 가서 보니 [○ ○ ○의 아들 ○ ○군의 영국 ○ ○ ○ ○ 대학 입학을 축하합니다.]라고 쓰여 있었다. 주인공이 지역 유지의 손자뻘쯤 되는 모양이다. 서울 강남구 사람들에게는 별 대수롭지 않은 일도 시골 사람들에게는 잔치를 벌일 만큼 모두 기뻐하는 것을 읽을 수 있었다.

“아저씨도 ○ ○군 아세요?”

복숭아를 사려고 과수원 앞 천막 가게로 들어서며 나는 주인아저씨에게 물었다.

“그럼유, 그애 아버지와 내가 초등학교 동창이어유. 하지만 그 친구 벌써들 여길 떠나 살아서 아들은 어떻게 생겼는지 얼굴도 몰라유.”

“그럼 누가 있어서 저렇게 플래카드를 걸어 놓았어요?”

“○ ○ 조부는 여기 사시지유. 그 어른이 경로당에 돈 봉투를 내놓아 저런 것도 매달구 동네 사람 모아 놓고 잔치두 했시유. 우덜두 가서 잘 얻어먹었시유. 그런데 아주머니는 어디 꺼정 가시유? 추석 때라 우리 애들이 좀 있으면 집에 와유. 애들 데리러 노은 읍까지 나갈튼디 지 차로 같이 가시지유?”

좀처럼 통행인이 없는데다 걷는 사람은 도무지 만날 수 없는 곳이어서 인지 과수원 아저씨는 이야기를 길게 풀어놓는다. 사람이 반가운 것이다. 짐이 되어 많이 가져갈 수가 없는 처지여서 당장 먹을 것만 사려 하였더니, 그는 돈은 내지 말고 거저먹으라며 야구공만큼 커다란 황금빛 복숭아를 바구니에 담아 우리 앞에 내밀었다. 햇살 아래서 익혔다고 햇사래라는 이름을 가진 이 고장 명품은 과연 맛이 진하고 과육이 부드러웠다. 우리가 먹은 복숭아는 상품은 안 되겠지만 먹기에는 전혀 지장이 없었다. 정품은 추석에 맞춰 모두 출하하고 흠 있는 것만 남은 것이라며 자기네는 그것으로 잼을 만든다고 했다. 나는 배낭에서 과자와 초콜릿을 꺼내 바구니에 넣어놓고 고맙다는 인사를 한 후, 다시 도로 위로 나왔다. 일부러 걸어가는 것이라고 설명을 했어도 이해가 안 된다는 표정으로 우리를 바라보고 있을 그의 시선이 뒤통수에 느껴졌다.

여행 나흘째, 나는 많이 지쳐 있었다. 그런데도 관성이 붙은 발은 계속 앞으로 나아갔다. 점심때까지 주천리에 도착하면 이제 걷는 걱정은 안 해도 된다. 거기서 큰집까지는 10킬로 면 충분하기 때문이다. 정오가 가까워져 오면서 점점 그늘이 짧아지기 시작했다. 우리는 도로에서 벗어나 숲 안쪽으로 바짝 붙어 걸었다.

"당신 혼인목이라고 들어 봤어?

남편이 뜬금없이 내게 묻는다.

"아니, 처음 듣는 말인데, 무슨 나무 이름이에요?"

"저기 좀 봐, 저기 비스듬히 서 있는 큰 나무 있지? 그 나무 오른쪽을 자세히 봐. 밑동이 잘라진 나무 등걸이 보여?"

시력이 나빠 안경을 쓰고 있어도 나는 먼 거리에 있는 물체는 잘 보지 못한다. 남편이 가리킨 곳을 한참 주의 깊게 바라보고 나서야 나는 파랗게 이끼 낀 나무 등걸을 찾아냈다. 지름이 꽤 넓은 것으로 보아 커다란 거목이 베어져 나간 것임을 알 수 있었다.

"저 기울어진 나무도 얼마 못 살고 죽게 될 거야. 오랜 세월 동안 함께 살다가 이웃하고 있는 나무가 죽어 버리면 살아남은 나무도 서서히 죽고 만다는 거야. 이런 나무를 사람들이 혼인목이라 부른다는군. 재미있지? 사람을 기준하여 의인화시킨 표현이 좀 식상하긴 하지만, 생명 세계에 이처럼 같은 진리가 통하고 있는 것을 발견할 때 놀랍지 않아?"

그냥 서 있는 듯하던 각각의 나무들 하나하나가 쉽게 가늠할 수 없는 어떤 품격을 지닌 것처럼 여겨졌다. 나무들도 외롭고 쓸쓸함을 견디지 못하여 저토록 몸을 말리며 고뇌하는 것일까? 길가에 흔히 보는 작은 풀꽃도 매혹적인 자태와 신비로운 빛깔로 혼자만의 개성 있는 궤적을 쫓고 있는 것 같지만, 그들 모두 서로에게 영향을 끼치는 생명 존재의 메커니즘에서 벗어날 수 없음을 눈으로 확인하는 시간이었다. 구약 성서의 창세기에서 세상의 안목을 배웠다는 소로우처럼 우리는 조물주 하나님의 또 다른 얼굴을 만나며 창조 신비에 감탄을 거듭했다.

저수지가 저 멀리 보이기 시작했다. 이곳은 차를 타고 지나다가 몇 차례 들렀던 터라 현지 사정에 대해 좀 알고 있었다. 유료 낚시터가 있는 이 주천 저수지에서 남편은 낚시를 하고 나는 그늘 밑에 누워 책을 읽으며 오후를 보낼 것이다. 여기선 식사도 해결할 수 있다. 민가가 십여 호나 있기 때문에 민박도 어렵지 않을 듯했다. 그러나 막상 도착하여 잠잘 방을 구해 보았으나 어느 집도 비어 있는 방이 없었다. 추석 때여서 외지에 나가 있던 자녀들이 모두 집에 돌아와 있기 때문이었다. 난감해하는 남편과는 달리 나는 크게 걱정을 안 했다. 이 마을에 들어서면서 교회가 있는 것을 보았기 때문이다. 교회에서는 철야 기도를 드리며 바닥에서 잠을 자는 신도가 가끔 있기 때문이다. 이곳 교회는 우리가 주일 예배를 드렸던 슬레이트 지붕의 거머리 교회와는 비교가 안 되게 건물이 세련되고 말끔했다. 남편을 교회 앞 돌 계단에서 기다리게 한 후, 나는 건물 뒤로 돌아가 목사님을 찾았다. 명절에도 목사님은 교회를 지키고 있었다. 사택으로 들어오라는 호의를 마다하고 현관에 서서 사정을 말했다. 그리고 내가 교회 집사라고 밝히고는 교회에서 하룻밤을 보낼 수 있게 해 달라고 부탁을 했다. 그런데 목사님의 반응은 뜻밖이었다.

"집사님 사정은 잘 알겠지만 교회 규정상 숙박은 불가능합니다. 정말 죄송합니다. 대신 제가 다른 방법을 찾아 도와 드리겠습니다. 낚시터에 계시다가 이따 저녁에 다시 오십시오. 우리 마을에 오신 손님을 밖에서 주무시게 할 수는 없지요."

아무리 신자라고 해도 낯선 사람을 함부로 들일 수는 없는 것이었다. 생각이 짧아 죄송하다, 저녁에 다시 들르겠다 하고 나는 남편에게로 왔다. 우리로서는 민박을 구할 수 없지만 목사님의 부탁으로는 가능해 보였다. 점심을 먹고 나서 남편은 낚시도구를 빌려 물가로 내려갔다. 나는 그동안 혹사 시켰던 발에게 미안하여 모래찜질을 해 주었다. 햇볕으로 뜨겁게 달구어진 모래 속에 종아리까지 깊이 묻고 엎드렸다. 온탕으로 하는 족욕과 비교할 수 없는 시원한 쾌감이 느껴졌다. 상반신을 파라솔 그늘로 가린 후, 나는 가져간 책을 펼쳤다.

저녁 식사를 하고 다시 목사님 사택을 찾았을 때는 날이 어두워지기 시작했다. 목사님은 웬 늙수그레한 노인과 함께 있었다. 우리를 기다리고 있었던지 바로 밖으로 나오면서 그 노인을 소개했다.

"먼저 인사들 하시지요. 우리 교회의 권응철 장로님이세요. 이 장로님이 오늘 묵으실 곳으로 안내해 주실 거예요. 교우들 집들을 다 알아보았는데 정말 빈방이 없더군요. 권장로님이 마을 회관에 모시자는 의견을 주셔서 그리로 모시기로 했습니다. 권장로님이 올해 우리 마을 이장 일을 보고 있어서 편리를 봐 주실 겁니다. 어떤 면으로는 민박보다 더 편리할 거예요."

우리는 목사님께 연거푸 고맙습니다를 말하고 이장님을 뒤따랐다. 주로 노인들이 이용하는 마을 회관은 현관에서부터 목욕탕같이 남녀용으로 나누어져 있다. 이 회관 건물도 새로 지은 듯 안팎이 깨끗했다. 권장로님은 주방시설이 있고 이부자리도 더 깨끗한 여자용을 쓰라고 권했다. 안으로 들어가 보았더니 주방이 있는 넓은 거실에 방이 하나 달려 있었다.

화장실에는 온수 샤워 시설도 있었다. 농가 주택의 민박에 비교하면 완전 호텔 수준이다. 우리는 방 안에다 모기향을 피워 놓고 밖으로 나왔다.

오랜만에 가벼운 몸으로 남편과 팔짱을 끼고 저수지 둑으로 향했다. 추석 전날 밤이다. 보름날이나 다름 없는 쟁반같이 둥근 달이 산 위로 불쑥 얼굴을 내밀고 있었다. 하늘은 구름 한 점 없이 맑았다. 호수 건너편 하늘에 몇 개의 별이 반짝이고 있었다. 별에 관심이 많은 남편이 저 별은 카시오페아, 저 별은 오리온좌, 하며 일일이 손으로 가리키며 각각의 별에 이름을 불러 주었다. 삶이 아무리 초라해진다 해도 저 별들과 함께라면 살아나갈 수 있다는 시인의 말이 떠오른다. 찌, 찌, 찌르르, 찌르르, 풀벌레 소리가 사방에서 한데 어우러져 합창을 부른다. 그중에서도 아주 높은 톤의 음역을 만들어 요란한 소리를 내는 벌레가 있었다. 짧은 생을 예감하는 섧고 애달픈 울음소리가 마치 동료에게 작별인사라도 하듯 애절하게 들렸다. 바람은 산들산들 불고, 하늘의 달과 물 위에 뜬 달은 서로 고요히 마주 보며 미소 짓고 있었다.

　추석날이다. 새벽 다섯 시에 마을 회관을 나왔다. '보일러 까지 때 주셔서 뜨뜻한 방에서 잘 쉬고 갑니다.' 라는 편지와 몇 장의 지폐를 두고 회관을 떠났다. 따뜻한 마을 사람들에게 우리도 따뜻이 기억되기를 바라는 마음이었다.

　마을이 시야에서 멀어지자, 차분히 깔려있던 어스름한 기운이 사라지면서 들녘은 발랄한 생기를 되찾고 있었다. 여행이 계속되면서 우리의 걸음 속도는 점점 느려지고 있었다. 한 시간에 4킬로를 걸었던 첫날에 견주면 이제는 그 반 정도의 속도로 느릿느릿 걷는다. 나는 발가락에 물집이 잡히고 종아리가 땡겨서 조심조심 발을 내디뎠다. 쉬엄쉬엄 두 시간을 걸어오는 동안 낮은 구릉 두 개와 냇물 하나를 건넜다. 도로를 끼고 띄엄띄엄 인가는 보이는데 사람은 한 명도 만나지 못했다. 그 두 시간 동안 자동차는 딱 두 대 만났다. 장호원 쪽에서 오는 승용차였다.

우리가 두 번째 냇가에서 쉬고 있을 때였다. 소형 트럭 한 대가 급히 달려와서 우리 앞에서 급정거를 하는 것이었다. 어젯밤의 그 이장이었다.

"아니, 아침 식사도 안 하고 이렇게 떠나가시면 어떡해유? 우리 마을에서 주무셨으면 식사를 하고 가셔야지유, 지가 새벽기도 끝나고 조반 드시라고 모시러 갔더니 벌써 떠나시고 안 계시더구먼유. 이 길엔 라면 하나 먹을 데가 없시유. 예까지 걸어오느라고 을매나 시장하겠슈? 어서 드세유."

그러면서 그는 넓은 채반에 가지가지 담은 음식을 꺼내어 신문지 위에다 펼쳐 놓았다. 된장을 넣고 끓인 토란국에 김치와 전과 나물이 골고루 차려 있었다. 우리는 뜻밖의 친절에 매우 고마워 몸 둘 바를 모르다가 길가에 주저앉아 신문지에 차린 음식을 맛있게 먹었다. 아마 평생 잊지 못할 아침상이 될 것이다. 그는 아직 우리가 남겨 놓은 편지를 발견하지 못한 모양이었다. 후식으로 커피와 복숭아까지 잘 먹은 후, 또 태워다 주겠다는 그의 호의를 간신히 만류했다. 그보다는 신니면으로 가는 지름길이 있으면 가르쳐 달라고 요청했다. 이장은 바로 땅바닥에 금을 그어 약도를 그려 가며 설명을 했다.

"이리로 죽 가면 솔 고개가 나와유. 그 고개를 다 내려가면유, 노은 읍인데 게까지 내려가지들 말고 다리 입구에서 오른쪽으로 돌으시어유. 글루 조금만 가면 안락 골이라는 마을이 나오는데 그 마을 뒷산을 넘으면 게가 바로 신니면 이유. 옛날에는 그 고개를 여우 재라고 했는데 얼마 전부터 사람들이 소리 재라고 부르고 있시유."

"어머, 그 산에 이제 여우가 다 사라졌나 보지요?"

"여우는 벌써부터 없어졌지유. 얼마 전 그 고개 위에 웬 타지 사람이 들어와 살면서부터 이상한 소리가 난다고 마을에서 그렇게 부른다고 하데유."

"이상한 소리라니요? 설마 여우가 돌아와서 우는 것은 아니겠지요?"

나는 전설의 고향 같은 이야기를 기대하며 바짝 호기심이 당겨 계속 질문을 했다.

"하하하, 요새 같은 세상에 무슨 그런 일이 있겠시유? 지는 들어 보질 못해서 몰라유. 그 사람, 월남에 갔다 온 군인이었다는데 몸이 정상이 아니래유. 이따 그 고개를 넘으면서 뭔 소리가 나는지 들어 보시지유."

고맙다는 인사를 정중히 하고 우리는 배낭을 들고 일어났다. 남편이 식사 값으로 내민 돈을 이장이 완강하게 사양하여 민망해진 우리는 유턴해 돌아가는 그의 뒷모습에다 오래오래 손을 흔들어 주었다.

이름처럼 소나무가 울창한 솔 고개를 넘어 안락교라는 다리까지 왔다. 오른쪽으로 안락골이라고 쓰인 화살 모양의 이정표가 있었다. 우리가 반기는 흙길이다. 손톱만한 부전나비 떼가 길 위에 내려앉았다가 우리가 가까이 다가가니 한순간에 흩어져 버린다. 마을이 가까워지면서 지금까지 길가에 성글게 서 있던 코스모스가 빽빽이 무리를 지어 바람에 한들거리고 있었다. 마을에 들어서니 농가 마당마다 승용차가 한두 대씩 세워져 있는 것을 볼 수 있었다. 외지에 나가 사는 안락 골 출신들의 고향 방문 차량이다. 가족들이 모두 집 안에만 들어 있는지 사람은 한 명도 구경할 수가 없었다. 우리도 기다리고 있을 가족들을 생각하며 마을 뒷산으로 향했다. 마지막 산이다.

정말 여우가 나옴직할 만큼 숲이 우거진 산길이었다. 산마루가 바라보이는 중턱까지 올라왔을 때 우리는 드디어 이장이 말한 외딴집을 발견했다. 집터는 생각과 달리 햇빛이 잘 드는 양지바른 곳이었다. 마당 한쪽에는 하얀 구절초와 보랏빛 용담초가 어우러져 있고 지붕 밑에는 여러 가지 모양을 한 풍경들이 달려 있었다. 산그늘 으스스한 곳에 있을 흉가 같을 거라는 예감이 사라지는 순간 내 귀에 무슨 소리가 들렸다. 풍경 소리는 아니었다.

"여보, 무슨 소리가 나지? 당신도 들려?"

"그래 나도 들려. 무슨 음악 소리 같은데? 우리 여기서 잠깐 쉬었다 가자."

우리는 마당 안으로 들어가 인기척을 내며 사람을 불렀다. 음악소리가 점점 더 가깝게 들렸다. 어디서 많이 들어본 오케스트라 곡이었다. 바로 다음 찰나, 나는 그 곡이 '시인과 농부'라는 것을 알아차렸다. 순간 온몸이 얼음물을 뒤집어쓰듯 차갑게 굳어졌다. 월남에서 돌아왔다는 군인과 '시인과 농부'! 나는 그 자리에 우뚝 멈춰 섰다. 남편은 현관으로 다가가 큰소리로 문을 두드렸다. 주인 남자가 문을 열고 나왔다. 선글라스를 낀 멀쩡한 사람이 걸어 나왔다. 몸이 정상이 아니라는 말을 듣고 나는 이집 주인이 장애인이 되어 휠체어에 앉아 있거나 고엽제 환자쯤 될 거라고 막연히 추측했었다. 남편은 형님이 신니면에 살고 있어 이곳을 지나가다 들렀다고 그에게 정중하게 인사를 건넸다. 남자는 뜻밖에 밝은 목소리로 손님을 맞이했다.

"집 안이 누추하지만 좀 들어오시죠."

그는 현관문을 열어 놓고 우리가 들어오기를 기다렸다. 남편은 선뜻 따라 들어가지 않고 망설이듯 나를 쳐다봤다. 나는 들어가 보자고 눈짓을 했다. 현관문이 닫히면서 맑고 고운 풍경 소리가 쨍그랑 쨍그랑거렸다. 우리는 의자가 있는 식탁에 가서 앉았다. 오케스트라는 쉬지 않고 연주를 하고 있었다.

"여기 오미자차 좀 들어 보세요. 이래 봬도 제가 농사를 직접 지어 담근 엑기스랍니다." 늙은 홀아비가 사는 방 치고는 제법 정리가 되어 있었다. 이상한 점은 방 안에서도 그는 계속 선글라스를 끼고 있는 것이었다. 차를 마시면서 자세히 살펴보니 그것은 일반인들이 쓰는 색안경이 아니었다. 시각 장애인용이었다. 남편과 나는 흠칫 놀랐다. 그는 우리가 이미 자기에 대해 소문을 듣고 찾아온 것으로 알고 있는 모양이었다. 남편은 사생활과는 거리가 먼, 극히 절제된 주제만으로 대화를 이끌어 갔다.

"이 길을 소리재라고 하던데, 왜 그렇게 불리는지 아시면 말씀해 주시겠어요?"

"하하하, 알고말고요. 이 집에서 밤낮으로 소리가 나서 그러지요. 낮에는 내가 듣는 음악 소리일 테고, 밤에는 드럼 소리 때문이겠지요. 충주 시내에 사는 내 조카 녀석이 가끔 밤에 와서 드럼 연습을 하거든요. 밴드에 들어가는 게 그 애 소

원인데 아파트에선 연습을 할 수 없다고 합디다. 그리고 저

밖에 매단 풍경들도 소리재의 조연들이죠. 보다시피 나는 청

각에 의지해 살기 때문에 저 풍경 하나하나가 다 내 친구들이

랍니다. 저 애들 목소리가 제각기 다르거든요.”

“아, 그래서 마을 사람들이 이곳을 소리재라 하는군요. 그

런데 실례지만 이 곡 이름이 무엇이죠? 저는 클래식에는 문

외한이지만 이 음악은 귀에 익어서…….”

“이 곡은 ‘시인과 농부’ 라는 곡이에요. 내가 고전음악을 즐

기게 된 최초의 곡이라고 말할 수 있죠. 내가 월남에 있을 때

사귀던 아가씨가 이 곡을 테이프로 보내 줬는데 그 이후로 이

곡을 자주 듣다 보니까 모든 고전음악이 다 좋아지더군요.”

그는 남현태 소위였다. 그리고 그가 나를 떠난 이유도 동시

에 밝혀졌다. 남편은 말을 잃고 있었다. 그는 시선을 바닥에

고정한 채 계속되는 남 소위의 말을 듣고 있었다. 나는 살며

시 일어나 조용히 문을 열고 밖으로 나왔다. 등 뒤에서 다시

풍경이 나직하게 울렸다.

나는 홀로 소리재를 넘고 있었다. 얼마나 지났을까? 어느 틈에 남편이 내 뒤를 바짝 따라붙고 있었다. 곧 산마루가 눈앞에 나타났다. 나는 그늘이 드리운 바위로 가서 그 위에 앉았다. 남편이 바짝 옆에 붙어 앉으며 살며시 내 어깨에 손을 얹는다. 바로 발밑이 신니면이다. 멀리 저수지 옆으로 큰집의 붉은 지붕이 보였다. 우리는 말없이 그렇게 앉아 있었다. 그러자 남편이 벌떡 일어섰다. 그는 한 발짝 성큼 앞으로 나가 서더니 마치 무대 위의 오페라 가수인 양 두 팔을 넓게 벌리고 큰 소리로 노래를 부르기 시작했다. 찬송가다. 넓은 가을 들녘을 향해 그의 굵은 목소리가 우렁차게 퍼져 나갔다.

주 하나님 지으신 모든 세계, 내 마음속에 그리어 볼 때,

계간문예 2011년 가을호

임종파티

온종일 세상을 향해 뜨거운 열기를 뿜어대던 태양이 고단한 몸을 쉬려는 듯 서쪽 산 능선 위에 퍼질러 앉아 있다. 하루의 끝자락에 닿아 있어서 쇠잔한 기색이 역력해 보인다. 눈이 부시어 감히 쳐다볼 수조차 없었던 위풍당당함은 어디로 가고 작은 풍선처럼 졸아든 모습이다. 실바람 한 가닥만 불어도 그 붉은 기운은 곧 산 너머로 사라질 것 같다. 창턱이 낮아 고개만 처들면 누워서도 밖이 내다보이는 채광이 잘 된 방 안으로 그 붉은빛이 가득 들어와 있다. 방 안의 물체들이 붉은 물감을 뿌려놓은 듯 모두 벌겋게 물들어져 있다.

노모는 그 창문 바로 밑에 누워 있었다. 빡빡 깎은 머리털이 그새 또 자라나서 마른 고목 위에 하얀 파꽃이 피어난 것 같다. 비닐로 씌운 전기장판을 요 위에 펴고 그 위에 면 시트를 깐 자리 위에 노모를 뉘어 놓았다. 대소변 때마다 세심하게 신경을 쓰지만 이부자리에서는 언제나 퀴퀴한 지린내가 가시질 않는다. 기저귀 차기를 끝까지 저항하는 탓에 뒤처리를 할 때마다 노모와 그녀의 막내딸은 매번 실랑이를 벌인다. 차라리 아랫도리를 아주 벗겨 버리면 일이 훨씬 수월하겠지만 잠깐씩 이불을 들척일 때마다 노모가 춥다 하여 내복 바지의 엉덩이와 허리 부분을 가위로 잘라 버리고 밴드 스타킹처럼 두 쪽이 된 내복을 허벅지까지만 가려 주었다. 그리고 완전히 드러난 사타구니 밑에다 성인용 패드를 대어 놓았다. 그래도 어느 순간 옆으로 돌아눕기라도 하면 이불에도 오줌이

지리기 마련이다. 면 시트는 하루 건너씩 갈아 주고 있지만, 이불은 자주 세탁하기가 쉽지 않다.

노모가 아침부터 보채는 기색 없이 조용하여 막내딸은 오랜만에 창문을 열고 환기를 시켰다. 오늘은 커튼도 활짝 젖혔다. 석양빛이 시원한 바람을 타고 방 안으로 쏟아져 들어온다. 그래도 노모는 아무런 반응을 보이지 않는다. 며칠 전까지만 해도 햇빛 한 자락만 들어와도 눈이 부시다고 일체 창문을 열지 못하게 했었다. 그것도 모자라 두꺼운 커튼으로 빛을 차단한 채 하루 24시간 실내등을 켜놓고 지낸 터이었다. 밤낮을 구별 못한 지는 벌써 여러 달째 되었으나 의식은 멀쩡했었다. 엊그제까지만 해도 미음을 한 숟갈 떠서 입 가까이 대고 '아!' 하면 잘 받아 먹었는데, 오늘은 다문 입을 좀처럼 벌리려고 하질 않는다. 아무래도 심상치가 않다. 어제와는 확연히 다르게 손발이 차고 세게 주물러도 감각을 느끼지 못하는 것 같다. 아무래도 이상한 느낌이 들어 이불을 들춰 보니 발바닥이 진한 가지 색을 띠고 있었다. 임종의 징후이다.

메밀 알갱이만큼 검은 동자를 반쯤 열어 놓은 채 노모는 누워 있었다. 사라져가는 의식을 모으려는지, 아주 의식을 놓으려는지 가늠이 안 되는 표정으로 벌써 여러 시간째 그렇게 누워 있다. 평생을 쓰고 남은 총기가 다 가시지 않았는지 아침 나절만 해도 이따금 눈까풀을 깜빡일 적마다 눈동자가 미세하게나마 움직이고 있었다. 그런데 이제 그 알갱이는 한곳에 못을 박고 정물이 되어 가고 있었다. 이번엔 진짜 임종 징후임이 틀림없다는 확신이 들자, 막내딸은 가족들에게 알리기 위해 서둘러 전화기를 들었다.

"할머니는 부활의 명수에요." 해마다 외가식구들이 모이는 크리스마스 파티의 불참을 알리면서 그녀의 대학생 아들이 농담처럼 덧붙였다. '구십이 넘으신 할머니가 사시면 이제 얼마나 더 사시겠니? 이번이 할머니와 함께 보내는 마지막 크리스마스가 될지도 모른다.'고 가족모임의 참석을 강권하자 마지막이라는 말을 열 번도 더 들었다고, 이젠 그 말에 안 속는다고 아들이 되받았다. '우리 모두 더 이상 할머니의 부활을 원치 않는단다. 그래도 아들아, 마지막은 온단다.' 라는 말이 혀끝까지 나왔지만, 그녀는 차마 내뱉질 못했다. 감기만 걸려도, 급체만 하여도 곧 돌아가시는 줄 알고 비상 연락하여 가족이 빙 둘러앉았던 적이 얼마나 여러 차례 있었던가! 그러나 그때마다 노모는 다시 살아나곤 했다.

여든이 넘어서도 허리 꼿꼿이 펴고 무릎 아프다는 말없이 잘도 걸어 다니는 시어머니를 보고, 며느리들은 "어머니, 백수를 다 하실 거예요. 가문의 영광이에요."라고 말하곤 했다. 말은 그렇게 하면서도 그들의 표정은 언제나 떨떠름했다. 팔순 때는 잔치를 여는 대신 여행을 보내달라 하여 큰딸과 사위가 동행해 성지 여행을 다녀왔다. 노모 자신이 조심하여서인지 일행 누구에게도 불편을 끼치지 않고, 로마와 예루살렘을 돌고 무사히 귀국했었다. 신체 나이로는 이 패키지 투어에 낄 수 없겠지만, 폐활량과 혈압, 근육의 유연성 등 생물학적 나이가 환갑이 다 된 딸과 별 차이가 없다는 의사의 진단이 있어서 그 여행이 가능했었다. 무엇보다 노모 자신이 지각하는 신체 연령이 젊다는 것이다.

　노인학에서는 인간의 성장, 발달과 쇠퇴, 소멸은 단순히 경과된 시간에 의해서만 좌우되는 것이 아니라 시간과는 관련 없이 진행되는 측면도 많다고 한다. 그래서 같은 나이를 두고도 젊은 노인과 늙은 노인을 구별해 부르기도 한다. 노화를 촉진시키는 스트레스, 질병, 부상과 같이 외부적 요인이 잦은 경우에는 계획된 DNA에 변이가 오기도 하지만 알맞은 섭생과 규칙적인 운동, 위생관리 등을 잘하면 천부적 수명을 끝까지 누리는 건강한 노인이 될 수 있다고도 한다. 그러나 사람은 생물학적 욕구말고도 사회문화적 욕구가 또 있어서, 이 둘 사이에 끊임없이 일어나는 갈등을 무조건 바람직하지 못한 상태라고 간주하는 것은 합당치 않다고 한다. 오히려 그 갈등이 불러오는 적당한 긴장은 활기찬 생활의 촉진제로 보아야 한다고 학자들은 말한다. 노인이라 부르기엔 아직 이른 나이임에도 정년을 맞아 직장을 은퇴한 사람들이 갑자기 늙어 보이는

것도 이 긴장을 한꺼번에 놓아 버리기 때문이라고 한다. 그래
서 이 나이가 되면 타인과의 관계를 형성하는 취미나 종교생
활에 적극적으로 참가할 것을 심리 전문가들은 권하고 있다.

칠십 세가 넘으면서부터 노모는 대형 교회에서 운영하는
노인대학에 출석했다. 여러 가지 다양한 취미를 선택할 수 있
어서 한 강좌가 지루하다 싶으면 이삼 년마다 과목을 바꾸어
가며 비슷한 나이의 친구들도 많이 사귀었다. 붓글씨에 재미
를 붙여 한동안 집 안 구석 여기저기 먹물을 묻히고 다니더니
요가, 장구 등으로 점점 그 호기심을 넓혀 갔다. 일주일에 한
번 나가는 이 노인대학은 해마다 졸업식을 치르지만, 교회 측
에서는 졸업하고도 계속 나오기를 권장하고 있었다. 졸업할
때에는 본인이 살아온 과정이나 노인대학에서 공부한 경험
등을 섞어 졸업 소감을 쓰게 하는데 잘된 내용을 뽑아 어느
해에는 문집을 만들기도 했다. 여기에 노모의 글도 실려 있었
다. 이 글 첫 부분은 이렇게 시작한다.

“나는 부엌 아궁이로 들어가서 굴뚝으로 나온 인생을 살았

수다." 노파 말로는 청일전쟁, 노일전쟁, 대동아 전쟁과 육이오 사변을 겪은 데다, 자매처럼 지내던 친구 아들의 주검을 놓고 같이 부둥켜안고 통곡했던 베트남 전쟁까지 덧붙이면, 평생 전쟁을 다섯 번이나 겪었다고 썼다. 그렇지만 젊어서부터 교회에 다니게 되어 이 모든 환난을 하나님의 은혜로 극복할 수 있었다고 썼다. "내래 체넷 적에 오산학교 교장이신 류영모 선생을 뵌 적이 있었수다. 그 냥반 말씀이 '이따윗(地上)말 말고 이 웃(上)소리 좀 듣소.' 하시디 않갔소? 내래 그 후부터 그 웃 소리 들으러 교회에 다니게 됐수다." 그래서 이렇게 교회가 운영하는 노인대학에서 재미난 것 많이 배우고 노년을 즐겁게 보내게 되었다고, 모든 것을 하나님께 감사한다며 마지막을 맺었다.

막내딸이 사는 복층 아파트에는 이 층으로 올라가는 계단 밑에 한 평이 될까 말까 하는 수납공간이 있다. 쓰레기 분류를 위해 우유팩, 요구르트병, 콜라병이 담긴 비닐봉지가 벽 위에 주렁주렁 걸려 있다. 노모는 이 창고 속에 꿇어 앉아 있었다. 기도를 드리기 위해서다. 한쪽 벽에는 크고 작은 박스들이 신문지 무더기와 함께 쌓여 있다 .이 모든 것들에게서는 언제나 시금털털한 냄새가 났다. 그러나 이곳이 노파에게 가장 마음 편한 곳이었다. 그때까지 함께 살던 큰딸이 암이라는 진단을 받게 되자 노파는 막내딸 집으로 거처를 옮겼다. 달리 비어 있는 방이 있을 리가 없어 중학생인 손자와 같은 방을 쓰게 되었다. 손자에게 얹혀 있는 처지라 혼자서 기도할 공간을 찾다 보니 가족의 방해를 받지 않는 이 계단 밑 창고가 그녀에게는 더할 나위 없이 마음 편한 곳이 되었다. 그녀는 딸의 병이 완쾌되기를 빌며 밤낮으로 이 창고 속에 들어가 무릎을 꿇고 엎드려 지냈다.

평양 고녀를 다닌 적이 있는 노모는 일찍이 주위 사람들로부터 신여성 소리를 들으며 살아왔다. 피난 시절에는 학교에서 배운 지식으로 퓨전 요리를 시도하여 버터 넣은 된장국을 자식들에게 먹이며 다섯 명 모두 영양 결핍 없이 건강하게 키워 냈다. 전쟁으로 남편을 잃고 홀로 남게 되면서부터는, 전보다 더 깊이 기독교 신앙에 몰입하며 두 아들과 딸 셋을 남부럽지 않게 키워 냈다. 맨몸으로 피난을 나왔지만 빠른 두뇌와 이북 여성 특유의 강한 생활력으로 나이 많아 장사를 접게 되었을 때는 정릉에 한옥 한 채와 동대문 시장에 목 좋은 가게 하나를 소유할 수 있었다. 월세 받는 그 가게 하나만 잘 지켜냈었더라면 늙은 몸이 된 지금, 이집 저집 떼밀리며 살게 되지는 않았을 것이다.

전셋집 하나 마련하여 처음부터 분가를 시켰던 맏아들은 맞벌이하는 며느리와 함께 쉽게 집 장만을 하였다. 남들은 돈 버는 며느리가 들어왔다고 부러워했지만 지지고 볶으며 정들 틈도 안 주고 손님처럼 들락날락하는 맏며느리가 맘에 들지 않았다. 늙어서 맏아들과 함께 살겠다는 생각은 일찌감치 접은 그녀였다. 맏며느리 하는 작태는 그 뒤에도 자주 시어미 눈밖에 났다. 주렁주렁 달고 다니는 몸치장 하며 도무지 어디 얌전한 구석이 하나도 없었다. 시어머니 생일이라 해도 손가락에 물 한 방울 안 묻히고는 시집에 들어와 사는 아랫동서에게 돈 봉투만 달랑 내밀곤 했다. 그리고 차려놓은 음식상 앞에서 활 나간다, 총 나간다, 부산을 떨다가 직장일이 바쁘다는 핑계로 제 신랑 옆구리에 꿰차고 일찍 자리를 뜨곤 하는 것이었다. 그즈음 노모는 늙어 똥 치워 줄 때까지 둘째 아들과 함께 살 것으로 생각하고 집과 가게 모두를 그 아들 앞으로 명의를 바꿔 주었다. 맏아들네는 에미 도움 없이도 저희끼리 아파트 평수를 잘도 늘려가고 있었지만 둘째는 자금 조달이 여의치 않아 작은 사업체 하나 끌고 가느라 전전긍긍하고 있었다. 그때 노모가 맏아들과 의논만 했더라도 지금의 처지는 많이 달라 있을 것이다. 홀로 성급하게 내린 결정으로 이제 늙어 꼬부라진 몸이 눈치 안 보고 쉴 곳은 창고밖에 없었다.

　주판알을 굴리던 세대는 벌써 전자계산기로 교체되었고, 바다 건너에서는 이미 Ｅ Ｄ Ｐ Ｓ(Electronic Data Processing System)의 개막이 시작되고 있었다. 세상 물정에 밝은 노모가 둘째 아들의 파산을 막아 보려고 온갖 노력을 다해 보았지만, 결국 둘째는 물려받은 재산 모두를 은행에 넘겨주고 길거리에 나앉게 되었다. 이때부터 노모는 손때 묻은 문갑 하나 챙기지 못하고 이 아들 저 딸 하며 자식들 집으로 돌아다니며 살게 되었다. 사업에 실패한 아들 말고는 모두 번듯하게 잘 살고 있었다. 남다른 교육열을 가지고 잘 가르친 탓에 맏아들은 대학교수가 되었고, 고위직 관리 사위도 보았다. 민주화에 길든 자식들 합의에 따라 어느 때는 몇 년 또는 몇 개월씩 이 아파트에서 저 아파트로 그리고 다시 시골 전원주택으로 떠돌이 생활을 하게 되었다. 이 년간의 투병 끝에 맏딸이 세상을 떠났을 때, 노파는 아흔 번째 생일을 맞았다. 이집 저집 옮겨 다니면서도 그때까지 계속 다니던 노인대학을 더 나갈 수 없게 된 것은 시력이 나빠졌기 때문이다. 혼자서 잘 타고 다니던 버스 번호가 보이지 않게 된 것이었다. 아침저녁 돋보기 끼고 읽던 큰 활자 성경조차 읽을 수 없게 되자 노모 혼자 할 수 있는 일은 점점 줄게 되었다. 교회도, 노인학교도, 자식들 집도 마음대로 오가던 시

절이 끝난 것이다. 이제는 TV도 못 보고, 화분에 물도 주지 못
하고, 마늘 까는 일조차 거들 수 없게 되었다. 백내장 때문이
었다. 어느 집에 가 있더라도 전보다 더 귀찮은 존재로 여기면
서도 누구 하나 수술해 보자는 자식이 없었다. 그들 눈치로는
이제 눈 감고 죽을 준비나 하라는 것 같았다. 그래도 아직 틀니
낀 입으로 세끼 밥 잘도 넘기고 화장실 매일 가고 있는데, 언제
가 될지 모르는 죽을 날만 기다리고 있으라니 이거야말로 죽
는 것보다 더 힘든 노릇이었다. 그러더니 그 다음엔 귀가 안 들
리기 시작했다. 큰딸을 보내고 삼 년쯤 지난 후였다. 그때는
둘째 아들이 온갖 우여곡절을 겪은 끝에 간신히 전셋집을 면
한 때였다. 월계동에 작은 아파트 하나를 마련하자 둘째는 시
골 맏아들 집에 계시던 어머니를 모셔 갔다. 그곳으로 가신 지
반 년쯤 되던 어느 날 막내딸 집으로 전화가 걸려 왔다.

"고모예요? 지금 빨리 이리로 좀 와 주세요."

고막이 터질 것 같은 소리가 수화기에서 울려 나왔다. 월계
동 둘째 올케의 다급한 목소리였다.

“왜 무슨 일인데 이렇게 큰 소리를 질러요? 어머니가 어떻게 되었어요?”

“어떻게 됐는지는 나도 모르겠고요. 지금 어머니가 그릇을 다 깨부수고 난리를 펴고 있어요. 고래고래 소리를 질러대고 있어서 무서워 죽겠어요. 고모가 얼른 와서 좀 어떻게 해 봐요.”

“지금 나 쌀 씻고 있는 중이에요. 우리 애들 저녁이나 차려 놓고 금방 갈게요. 근데 왜 그러는지는 언니가 알 거 아니에요? 무슨 일인지 지금 전화로 얘기해 보세요.”

“내가 오늘 밖에 나갔다가 들어오니까 저렇게 난장판을 벌여 놓았더라고요.”

“어머니 점심은 드셨어요?”

“그게요, 드시라는 식사는 손도 안 대고요. 냉장고 문을 활짝 열어 젖혀놓고 안에 있는 반찬 그릇들을 마룻바닥에 다 끄집어 내놓고 난리예요. 어휴! 말로는 다할 수가 없어요. 여기 와서 눈으로 좀 보세요.”

"점심밥을 어떻게 차려 놓았는데요? 배가 고프니까 그러시는 거잖아요."

"내가 오늘 아침 계 모임에 나가면서 식탁에 반찬 차려 놓고, 더운밥 잡수시게 전기밥솥에 공깃밥 넣어 놓고 꺼내 드시라고 하고 나왔어요. 그랬는데 밥은 안 드시고 냉장고 계란을 다 꺼내서 날 계란을 잡수셨나 봐요. 바닥에 엉망으로 흘려 놓고. 어휴! 하여튼 고모가 와서 이 난리를 직접 보셔야 돼요. 정말 난 어머니 감당 못하겠어요. 어머니가 자꾸 고모네 집으로 가겠대요."

"조금 있으면 오빠 들어오잖아요."

"오빠 지금 지방에 내려가 있어요.

"알았어요. 아무튼 저녁이나 해 놓고 곧 갈게요."

잠실에 사는 막내딸이 월계동 연립으로 달려갔을 때는 아홉 시가 되었다. 거실 마루로 들어서자 상황은 올케가 말한 그대로였다. 여기저기 계란 껍데기가 널려 있고, 반찬 국물들이 냉장고 문 앞에 엉겨 붙어 있었다. 쏟아진 용기들은 대충 정리한 모양인데, 시누이에게 현장 검증받을 물증은 남겨 두려 했는지, 그때까지도 청소를 안 하고 그대로 놔두었다. 노모는 구석방에 잠들어 있었다.

"어머니 저녁밥은 드시게 했어요?"

"내가 손이 발이 되게 빌어서 간신히 죽 한 그릇 들었어요."

"도대체 노인이 왜 이 난리를 쳤는지 언니는 아실 거잖아요. 왜 그랬데요?"

"고모, 어머니 요즘 더 못 들으시는가 봐요. 어떤 때는 멀쩡히 말을 다 알아듣다가도 또 갑자기 말이 안 들린다는 거예요. 고모도 다 겪어봐서 알겠지만, 어머니 때문에 꼼짝도 못하고 살 수는 없잖아요. 오늘도 나갔다 오겠다고 분명히 말하고 혼자 식사하시라고 했는데, 아마 못 알아들으셨나 봐요. 내가 올 때까지 기다리다 화가 몹시 나신 모양이에요. 그래도 그렇지, 이건 너무 하잖아요."

"노인네 모시는 게 바로 이래서 힘든 거지……. 요전에 큰오빠가 사다 준 보청기는 왜 사용 안해요? 신경 써서 잘 챙겨

주었으면 이런 일은 막을 수 있었잖아요.”

“미안해요, 고모…….”

미안하다고 말은 그렇게 하면서도 어서 빨리 이 짐을 내려 놓고 싶어 안달하는 표정이다. 그동안 불효막심했다고 이제 부터라도 시어머니 잘 모시겠다, 장담하더니 일 년도 채 못 되어 벌써 두 손을 든 모양이다.

모든 생물에게는 시간의 흐름에 따라 성장과 쇠퇴의 과정 이 있다. 이 쇠퇴가 한 세대 아래 가족들에게는 더욱 빨리 찾 아왔다. 큰딸이 먼저 저 세상으로 가고, 다음에는 둘째 사위가 뇌졸중으로 쇠퇴의 끝을 맞았다. 남편 잃은 둘째 딸이 미국으 로 시집간 제 딸네 집으로 멀리 떠나 버리자 노모의 배회 반경 은 더욱 줄게 되었다. 재산 물려받은 것 없다고 노모를 책임질 의무에서 오래전부터 해방된 교수 아들은 대학을 은퇴하자마 자 강원도에 있는 전원주택을 구입하여 그곳에서 노후를 보 내고 있었다. 맏아들네가 시골로 옮겨갈 초기에는 노모가 아 직 정정하게 노인대학에 출석하고 있었다. 강경하게 노모를 모시고 갈 의사가 없는 것만큼 노모도 시골에 살기를 거부했었다. 그러나 눈도 귀도 제 기능을 잃은 후에는 굳이 도시에 남아 있을 이유가 없었다. 아무 데나 등 따뜻하고 배만 안 고프게 해주면, 자식들 하자는 대로 따를 수밖에 없었다.

막내딸이 뒷베란다 끝에 있는 노모의 방으로 들어서자 인기척을 알아채고 노모가 잠을 깼다. 귀는 잘 안 들려도 다른 감각 기능은 아직 멀쩡한 것 같았다. 언제 소동을 피웠느냐 싶게 위엄을 차리며 일어나 앉았다.

"명주 에미 완? 거기 문 닫고 예 좀 가까이 앉거라."

"엄마, 왜 이러는 거예요?

"너 차 갖고 완? 나 오늘 너네 집에 데려다 다오. 이 집에 있다간 나 굶어 죽갔어."

"굶어 죽기는……."

"너네들이 아무리 나 죽기 바라도 하나님이 데려가시기 전에는 할 수 없어. 내래 아무리 죽고 싶어도 안 죽어지는 걸 어떡하간?"

“엄마는 왜 그런 소릴 해? 하나님이 부를 때까지 우리가 잘 돌봐줄 테니 자꾸 힘들게나 하지 말아요. 왜 보청기는 안 끼고 그래요?”

그녀는 두 손으로 노모의 어깨를 부여잡고 귀에다 입을 바짝 대었다. 그리고 한 단어 한 단어를 또박또박 끊어서 소곤거리듯 천천히 말했다. 너무 큰 소리로 말하면 더 못 알아듣는다.

“나, 그놈의 보청기 못 쓰갔어. 귀속이 왕, 왕, 거려서. 너처럼 이렇게 귀에다 대고 살살 말하기만 하면 내 다 알아들어.”

“어떻게 매번 이렇게 붙잡고 말할 수 있어요? 엄마가 보청기를 잘 조절해서 써야지. 오늘도 엄마가 말을 못 알아들어 이 소동이 났잖아요?”

그녀는 바나나 우유병에 빨대를 꽂아 노파의 입에 갖다 대주었다.

“나 이거 마시고 나서, 너네 집 가자. 응?”

“엄마, 오늘은 안 돼.”

“와 안 되냐? 너도 내가 미우냐?”

“밉고 곱고가 어디 있어? 엄만데……. 오늘은 시간이 너무 늦었어. 그리고 내일 시골서 시어머니가 올라온댔어. 일주일만 있으면 내가 다시 와서 엄마 데리고 갈게.”

우유를 마시다 말고 노모는 우유병을 탁 소리가 나게 바닥에다 내려놓았다. 방바닥으로 우유 방울이 튀었다. 조금 있더니 다시 마음을 잡았다는 듯 대화의 방향을 바꾸었다.

“너 오늘 뭐 사갖고 완?”

“과일하고 엄마 좋아하는 밀크 카라멜, 그리고 우유하고 배즙.”

“그거 다 내 방으로 갖다 놔라.”

“왜 그래요? 냉장고에 넣어야지. 여기 두면 금방 상하잖아.”

“네가 아무리 많이 사 와도 다 소용없어. 나는 안 주고 저네끼리 다 먹어.”

“당연하지. 식구가 같이 먹어야지. 엄마, 왜 이렇게 욕심쟁이가 됐어요? 그럼 하나님이 천당 안 보내줘.”

거실로 나가 귤과 배즙 캔 몇 개를 노파의 방으로 가져다 놓은 후 노파의 딸은 월계동 집을 나섰다.

노화는 점점 가속도가 붙기 시작했다. 그렇게도 잘 걸어 다니던 무릎이 먼저 말을 듣지 않게 되더니 거뜬히 세끼 밥을 잘도 삭히던 위장에도 적신호가 들어왔다. 소화제와 변비약도 효과가 없게 되자, 대변을 위해 일주일에 한두 번씩 관장을 하지 않으면 안 되었다. 관장약을 항문에 주입하는 일은 크게 힘들지 않다. 그러나 관장하고 이삼십 분 후에 화장실로 가서 성공적으로 일을 마치는 것은 매번 기대하기가 어려웠다. 처음에는 본인이 기어가서라도 혼자 일을 보겠다고 했을 때, 모두 그렇게 하도록 내버려두었다. 오랫동안 장 내에 머무른 배설물의 냄새를 누구라도 피하고 싶었기 때문이다. 그러나 아무리 노모의 의지가 있더라도, 그녀의 괄약근은 화장실 도착까지 참아내지 못하고 종종 중도에서 항문을 풀어 놓아 버린다. 이렇게 되면 뒤처리를 해야 하는 노동의 가중치는 말할 수 없이 많이 늘어나게 된다. 그때부터 노파의 의사는 묵살되기 시작됐다.

누워서 손을 뻗으면 닿을 위치에 요강을 준비해 두었다.

노모의 거동이 점점 불편해지면서 일 년씩 돌아가던 순번이 육 개월로 바뀌었고 대소변마저 어렵게 되자, 다시 삼 개월로 줄었다. 어렵사리 참고 견디어 석 달을 버틴 다음, 다음 차례로 노모를 넘겨주고 나서 모두들 '휴! 하고 그제야 쉬려 하면 두 집을 돌아서 오는 육 개월이 왜 그리도 빨리 다가오는지, 그녀는 여전히 살아서 돌아오곤 했다. 결국 노모를 시설에 보내자는 말이 맏며느리의 입에서 나왔다.

"한 사람 때문에 여러 사람이 너무 불편해지니 우리도 서양 사람들처럼 이성적으로 처신해요. 노인요양병원에 계시면 당신도 훨씬 편하고 자식들에게 부담을 덜 느끼실 거예요." 몇 년 전만 해도 어머니가 사시면 얼마나 더 사시겠느냐며 집에서 돌아가실 때까지 모시자던 자식들은 시설 이야기가 나오자마자 기다렸다는 듯 반기며 모두 동의를 했다. 그러나 막상 시설이 괜찮다고 알려진 몇 군데를 돌아보고는, 그 비용 지출이 예상 밖으로 많이 든다는 것을 알게 되었다. 그리곤 다시 아무도 그 이야기를 꺼내지 않았다. 한 두 달도 아니고 어쩌면 백 살도 넘게 살아 계실지 모를 일이었기 때문이다.

한밤중이나 새벽에 걸려오는 전화는 언제나 화들짝 잠을 깨운다.

"여보세요?" 노파의 딸이 수화기를 들자 낯선 남자의 목소리가 들린다.

"아줌마, 나하고 폰팅 할래?" 또 어느 날은 "여기는 ××화장터입니다. 불러만 주십시오. 곧 달려갑니다." 아무리 장난전화가 빈번하여도 그녀는 매번 긴장하며 전화를 받는다. 그리고 생각과 어긋난 전화를 끊고는 언제나 잠을 설치곤 한다. 무엇을 기대하고 있는가? 어머니의 임종 소식이었다. 그것도 완전히 운명하시면 안 된다. 아직 의식이 있을 때, 딸을 알아보고 마지막 인사를 나눌 몇 시간이 남아 있을 때 전화가 와야 한다. 돌아가실 기미가 보이면 한밤중이라도 꼭 전화해 달라고, 또 속아도 좋으니 임종은 꼭 지켜보게 해 달라고, 안

해도 될 당부를 해 놓았지만, 누가 알겠는가? 하나님이 불러 가실 시간을……. 어느 아침 방문을 열면 벌써 하늘나라로 가 계실지…….

하늘나라로 가는 열차는 시간표가 없다. 그래서 이 열차를 기다리는 대합실 안은 늘 혼란과 아우성으로 들끓고 있다. 떠나는 사람과 보내는 사람과의 극적인 작별의 순간이 언제가 될지 아무도 모르기 때문이다. 보내는 사람은 전혀 준비가 안 되었는데도 이 대합실에 들어오자마자 곧 떠나는 이들이 있어 이별의 슬픔을 감당 못하는 유가족들이 있는가 하면, 이곳에 누워 긴 시간 기다리고 있는 이에게 "그만 떠나셔도 됩니다. 당신은 이 세상에서 살 만큼 사셨습니다. 더 오래 머무르시면 배웅하는 우리들에게 분란만 일으키십니다." 하며 발차 시각을 고대하고 있는 이들도 있다. 그러나 그들이 기다리는 기차는 연착을 수없이 반복하기도 한다.

가족들은 그간 여러 번이나 예상을 어긴 임종모임에 충분히 지쳐 있었다. 이제는 완전히 돌아가셨다는 말이 나오기 전에는 아무도 곧이들으려 하지 않았다. 지난 봄에도 노모가 감기에 걸려 며칠 식사를 못 드신다는 전화가 온 지 이틀이 지나서였다. 아무래도 이번에는 못 넘기실 것 같다고 월계동에서 연락이 왔다. 초저녁부터 아들 손자며느리들이 죽 둘러앉아 이제나 가시려나, 저제나 가시려나, 하며 가시는 순간을 놓치지 않으려고 꼬박 밤을 새웠다. 닷새 동안 곡기를 못 넘기고 물만 드셨다는데, 설마 다시 회생하실까?……. 노파는 의식이 없는 듯 아무리 불러도 눈 한번 안 뜨고 말 한마디 없이 그 밤 내내 잠에서 깨어나지 않았다. 가끔 한숨을 쉬듯 큰 숨을 들이쉬곤 했다. 들이쉰 숨이 다시 나오지 않을 건가 하면 곧 호흡은 가늘게 이어지곤 했다. 잠자다 죽게 해달라고 어머니가 평소 기도를 많이 하셨으니 아마 주무시면서 돌아가실지도 모를 거라며 큰아들은 모두를 조용하게 했다. 아침이 되었다. 잠에 깊이 빠져 있던 노파가 눈을 떴다. "물 물 물……." 소리는 들을 수 없었지만, 입 모양을 보아 물을 찾고 있었다. 그리고 몇 분이 지나자 "나 배 고파. 밥 달라우." 하지 않는가! 역시 부활의 명수다웠다. 그리고 며칠 후에 하는 말은 "내래 죽으려고 일부러 밥을 굶었는데도 죽어지지가 않는 걸 어떡하간? 너무 배가 고파 못 죽갔어."였다.

　노모가 홍천의 전원주택으로 옮겨간 지 한 달이 조금 넘었다. 다시 가을이 오고 겨울이 모퉁이에서 얼굴을 내밀고 있었다. 이 겨울이 지나면 노모는 아흔여덟 번째 새해를 맞이할 것이었다. 두 주일 전 막내딸이 홍천에 들렀을 때,

　"이 겨울은 넘기지 말아야 할 텐데……. 우리 둘째 며늘애의 해산 날이 정월 초에요."그녀의 큰 올케는 길게 한숨을 내쉬었다. 태어나는 생명과 사라지는 생명 사이에서 올케의 태도는 분명했다. 새 것을 맞는 의미가 낡은 것을 보내는 것과는 비교가 안 되게 소중한 일이라고 거침없이 표현했다.

　전날 밤도 장난전화에 잠을 설친 딸은 미리 준비한 식혜와 포도즙을 싸 들고 홍천으로 향했다. 온갖 먹을거리로 가득했던 들녘은 텅 비어 있었고, 차가운 바람만이 그 자리를 채우

며 지나쳤다. 무성했던 여름날의 숲도 누렇게 변한 모습으로 마지막 옷을 벗고 있었다. 그녀가 홍천 강변에 있는 하얀 목조주택 앞에 차를 세웠을 때, 미리 전화를 받고 그녀를 기다리고 있던 큰 올케가 대문 앞에 나와 있었다.

"어서 와요, 고모."

"어머니 어떠세요?"

"여전하세요."

"식사는요?"

"죽은 잘 들어요."

"관장하느라 고생이 많죠?"

"말도 말아요. 어머니가 내 말을 하도 안 들어서 요즘은 오빠가 해요."

"당연히 오빠도 해야죠."

"그런데 고모! 시골은 겨울 지내기가 제일 힘들어요. 어머니 방 하나 더 덥히려면 기름값이 엄청나게 더 들거든요. 그래서 말인데요, 겨울에는 어머니가 아파트에 가 계시면 어떨

까요? 여긴 아무래도 춥거든요. 그리고 지금 둘째 애가 임신 부종이 심해서 내가 거기도 자주 들여다봐야만 돼요. 그 애는 친정엄마도 없잖아요. 게다가 여긴 아파트처럼 도우미 아줌마도 쉽게 구할 수도 없어요. 어머니 점점 더 어려워지니까 우리 이제부턴 한 달씩 모시기로 해요. 정말 이젠 한계에 온 것 같아요. 지금이 11월이니까 12월, 1월 지나 그때까지 여전하시면 우리가 다시 모시러 갈게요."

실상 할 말은 딸 쪽에서 더 많을 성 싶었다. 한 가정에 중환자가 있으면 모든 일손은 환자 우선으로 처리되어지기 마련이다. 노모 수발은 아들네 집에서는 눈치까지 봐야 하는 무리는 따르지 않는다. 그러나 아무리 이해심 많은 사위라 하더라도 아들과는 다르기 때문이다. 장모의 목욕이나 관장까지 남편보고 거들어 달라 할 수는 없었다.

한밤중에도 숟가락으로 요강을 두드리는 소리가 나면 자다가도 벌떡 일어나 바로 노모의 방으로 달려가야 한다. 언제부터인지 그녀는 자기 자신을 도움이 필요한 아기라고 생각을 하고 시도 때도 없이 엄마를 찾았다. 아무리 "엄마야, 엄마야." 하고 불러도 누구 하나 대답을 하지 않자, 그녀 스스로 생각해낸 탁월한 방법이었다. 스테인리스 요강이 내는 꽹과리 같은 울림은 자는 식구들을 깨우는데 최고의 효과를 냈다. 이 꽹과리 호출에 달려가 보면, "엄마야! 나 배 고파. 밥 달라우!" 했다. 많은 치매 노인들이 혼자 부엌에 나가 가스 불을 잘못 켜 집에 불을 내는 것에 비교하면 그 정도는 기꺼이 감당해야 할 일이라고 그녀는 생각했다.

올케와 이야기를 마치고 딸이 노모의 방으로 들어갔을 때, 노모는 요 위에 누워 링거 줄을 입에 대고 물을 마시고 있었다. 빨대를 꽂은 물컵을 노모가 자주 넘어뜨리게 되자 그동안은 유아들이 빨아먹는 오뚝이 물병을 사용했었다. 그런데 이제는 그마저 빠는 힘이 부치게 되어서 큰아들 내외가 생각해낸 것은 링거액 병에 달려있는 기다란 비닐 호스였다. 머리 위 높은 곳에 링거 줄을 넣은 물병을 올려놓고, 그 끝을 노모의 손에 쥐어 주면 줄 끝에 입을 대기만 해도 물은 쉽게 입 안으로 흘러 들어간다. 물을 멈추려면 줄 끝에 달린 조절 마개를 살짝 돌려만 주면 된다. 마침 물을 마시고 있다가 딸이 방으로 들어오는 것을 본 그녀는 링거 줄을 입에서 빼놓고는 허리 옆에 있는 종이 파이프를 집어 딸에게 건넸다. 마분지를 길게 말아 소리 통로 역할을 하는 전화통이다. 매번 말을 할 적마다 허리를 굽혀 귀에다 바짝 입을 대려면 매우 불편한 자세가 된다. 그래서 그녀가 마분지 전화를 만들어 주었더니 노모가 좋아했다. 링거 줄에서는 계속 물이 흘러나와 요를 적시고 있었다. 딸은 급히 조절 마개를 찾아 물부터 끄고는 종이 파이프 한쪽 끝에 입을 대고 말했다. "엄마, 우리 집에 가자." 노모는 전화통의 다른 쪽 끝을 두 손으로 잡고 귀에다 바투 대었다. 그리고는 곧 놀이공원 가는 어린아이 같이 밝은 표정을 지으며 고개를 끄덕였다.

사위 보기 미안하다며 죽을 때는 아들 집에서 죽을 거라면서도, 노모는 딸네 집에 가는 것을 더 좋아했다. 딸과 함께 있으면 종종 휠체어를 타고서라도 교회에 갈 수 있기 때문이었다. 어릴 때는 일요일마다 주일학교를 다니던 아들들이 커 가면서 교회를 멀리하기 시작했다. 죽음이 임박한 노모가 무엇보다 원하는 것은 그녀를 하나님께 가까이 가게 도와주는 일이었다. 교회와 목사님과 성경책이 마치 천당문의 손잡이처럼 여기는 노모였다. 그녀가 걸을 수 있을 때까지 다녔던 대형 교회와는 이미 연결 고리가 끊어진 지 오래였다. 딸은 노모를 모셔 가기로 마음을 정했다. 그녀가 다니는 교회의 목사님을 청해 예배를 드리며 마지막 가는 길을 보내 드리고 싶었다. 그동안 부활의 명수에게 여러 번 속았지만, 이젠 정말 그 목숨이 얼마 안 남아 보였기 때문이다.

방 안은 마치 주홍빛 조명이 비친 무대 같다. 석양빛에 사라져가는 배우의 퇴장 장면이 이제 막 시작되고 있는 것이다. 인생이 연극 같다고 하지 않던가? 배우에게는 누구나 등장할 때와 퇴장할 때가 따로 있다. 한 인간이 어머니 자궁에서 세상 밖으로 나올 때 우리는 팡파르를 울리며 생명 탄생을 축하

한다. 이제 그 생명의 주인이 봄에서 가을까지 자기에게 주어진 모든 과정을 열심히 수행하고 추운 겨울과 맞닥뜨렸다. 본인의 의사와는 상관없이 퇴장할 때가 오면 배우는 무대 밖으로 여지없이 쫓겨 나가야 한다. 축하를 받으며 배우가 등장할 때와 같이 퇴장할 때도 관객은 손뼉을 쳐 주어야 하지 않겠는가! 더구나 4막 5장까지 그 긴 역할을 충실히 끝마친 노배우에게는 우리 모두 일어나 기립박수를 보내야 할 것이다. 충만된 낮 동안의 생활이 숙면의 기쁨을 주듯이 훌륭히 지낸 인생은 죽음의 기쁨을 준다고 한다. 노모는 '죽음은 소멸하는 것이 아니고 영원으로 탄생하는 전환' 이라는 기독교 교리의 부활 신앙을 확신하며 죽음을 맞이하고 있었다.

아직 무대의 조명은 노배우를 향해 비추고 있다. 아무래도 이 배우는 서둘러 퇴장을 할 것만 같다. 배우가 무대 밖으로 나가면 다시는 만날 수 없게 된다. 무대 밖의 배우는 관객을 다시 만날 수 없지 않은가? 막내딸은 자리에서 벌떡 일어났다. 다른 가족들이 도착하기 전에 노배우와 단둘이만 이별의식을 갖고자 했다. 임종파티였다. 교회 장례식 봉사를 하기 위해 그녀는 오래전부터 아코디언을 배워 두었다. 움직이는 오르간이라 불리는 아코디언은 발인 예배를 드릴 때 반주 악기로 가장 적합하다고 생각했기 때문이다. 그녀는 거실에 있는 아코디언을 가져와 멜빵을 양쪽 어깨 위에 다 걸었다. 그리고 의자에 앉아 악기를 무릎 위에 놓고 주름을 펼치기 시작했다.

하늘가는 밝은 길이 내 앞에 있으니,
슬픈 일을 많이 보고 늘 고생 하여도
하늘 영광 밝음이 어둔 그늘 헤치니
예수 공로 의지하여 항상 빛을 보도다.

스코틀랜드 민요인 '애니 로리' 라는 곡을 개신교에서 가사를 달리하여 찬송가로 부르고 있다. 그녀는 아코디언의 건반을 누르며 소리를 내어 노래를 불렀다. "나 죽거든 하늘가는 밝은 길을 꼭 불러다오." 노모가 평생 입버릇처럼 하던 말이다. 장례식장에서 여러 사람과 함께 부를 테지만, 누구를 위한 찬송이란 말인가? 지금 퇴장 직전에 노모가 아직 들을 수 있을 때에 직접 귀에 들려 드리고 싶었다. 노래가 끝나자 노모의 표정에 변화가 생겨났다. 순간 검은 동자가 갑자기 커지는가 싶더니 곧 도로 눈을 감아 버렸다. 그녀는 재빨리 무릎 위에 올려놓았던 아코디언을 방바닥에 던지듯 내려놓고 노모의 어깨를 흔들며 울부짖었다.

"엄마! 엄마! 아직 안 돼! 오빠들 보고 가야지! 내 말 들려?" 그러자 그녀는 힘에 겨운 듯이 가늘게 실눈을 뜨고 얼굴에 닿을 듯 다가간 딸에게 무어라 말을 하려는지 입술을 달싹거렸다. 그리고는 그대로 눈을 감아 버렸다. 노모의 한쪽 눈가에 엷은 물기가 비쳤다. 몸에서 나올 수 있는 마지막 수분인 듯했다. 모든 근육이 풀린 얼굴은 조금도 고통을 모르는 듯 평온해 보였다. 하나님의 은총으로 죽음의 공포를 넘어선 듯 보였다. 그러나 이별의 아픔은 느끼고 있는 모양이다.

"엄마, 찬송 계속 부를까? 들려? 들려?" 그녀는 노모의 귀에다 대고 낮고 부드러운 음성으로 속삭였다. 노모의 머리가 조금 흔들렸다. 끄덕이는 것 같았다. 음악은 언어와 다르게 또 다른 소리 통로가 있다고 한다. 딸은 의자 모서리에 엉덩이를 걸친 채, 아코디언을 다시 무릎 위로 끌어 올렸다. 해가 진 방안의 조명은 어느새 칙칙한 톤으로 바꿔져 있었다. 사그라지는 낮의 빛살이 마른 귤껍질 같은 노파의 얼굴에 머물고 있을 때 아코디언의 낮은 선율은 무겁고도 느리게 노래를 불렀다. 방구석으로 몰려오던 어둠도 모서리진 곳에 눌러 앉아 귀를 기울이고 있었다. 어둑한 회색빛 조명이 무대 위를 어룽거린다.

전화한 지 한 시간이나 지난 것 같은데, 아직 아무도 도착하지 못하고 있다. 지난 동안 여러 번 겪었던 경험들이 있어 저들은 느긋하게 움직이고 있는 모양이다. 그녀는 노모의 주변을 정리하기 시작했다. 다시는 종이 파이프도 링거 줄도 필요할 것 같지 않았다. 노모에게 옷을 갈아입히려고 옷 가방을 열었다. 이집 저집 옮겨 다니면서 부피가 줄기 시작한 그녀의 가방 안에는 낡은 성경책과 속옷뿐이었다. 임종 때 입혀달라고 했던 옥색 한복은 어느 집에서 빠뜨렸는지 아무도 기억하는 자식이 없었다. 죽은 사람이 무엇 때문에 돈을 쓰며 비싼 땅을 차지하겠느냐면서 노파는 십여 년 전, 통일동산에 사 놓은 묘지를 되팔게 했다. 그리고 그 돈을 어느 장애인 시설에 기부했다. 본인의 의사대로 화장하기로 하여 수의도 준비하지 못하게 했다. 한 이틀 입혔다가 태울 것이니 종이옷에다 종이관을 사용하라고까지 했다. 그녀는 노모에게 자기의 분홍색 잠옷을 가져다 입혔다. 마른 장작 같은 몸에서는 더 나올 분비물이 없어 보였지만, 아랫도리는 기저귀를 잘 여미어 안전하게 처리를 했다. 현관문이 열리면서 큰오빠의 목소리가 들렸다.

"명주 엄마 수고가 많구나."

"오빠, 이번엔 진짜야."

"어머니, 저 왔어요."

"엄마 지금은 의식을 완전히 잃은 것 같애."

"그래? 그럼 서둘러야겠다. 우리 집으로 모실 거다."

"아니, 다 죽어가는 사람을 옮기다니! 그냥 여기서 편히 가시게 해 주지."

"안 돼! 사람들이 나를 뭐라 하겠니? 그리고 명주 애비 낯은 어떻게 보고……. 이제라도 우리 집으로 모실 거다. 월계동엔 내가 연락하마. 홍천으로 오라고."

"임종예배는 어떻게 하고?"

"너 엊그제 예배드렸다고 하지 않았니? 그거면 됐다."

이틀 전 그녀가 목욕을 시키려고 노모의 몸을 일으켜 세우려는데, 가는 소시지 같은 변이 밑에서 뚝 떨어졌었다. 항문이 열린 것이었다. 그녀는 그날 목사님을 급히 청하여 예배를 드렸었다.

"임종예배는 돌아가시는 순간에 드리는 것이지……."

"됐다. 너도 어서 뒤따라 오너라. 집에 가서 다시 의논하자."

한 시간 뒤 그녀가 홍천에 도착하였더니 벌써 시골 보건의

가 와 있었다.

“노인성 영양 장애로 사망하셨습니다.” 그가 말했다.

창밖에는 때늦은 첫눈이 내리기 시작했다.

2008년 계간문예 가을호

전원의 그늘

지구촌 일번지

안방 창문으로 바로 내려다보이는 남한강 물결이 오늘따라 유난히 반짝거린다. 어젯밤엔 한창 물들고 있는 가을잎을 재촉하듯 비바람이 몰아치더니 한낮이 되어서는 오히려 휘황한 광채를 발하며 햇빛이 수직으로 강물 위에 내리꽂히고 있다. 앞마당의 노오란 은행잎이 오색으로 어우러진 낙엽들과 더불어 햇빛을 맨살에 투영시키며 이리저리 현란하게 뒹굴고 있다. 마치 어릴 때 들여다본 만화경처럼 황홀하다.

이곳 양평 대심리에 와서 세 번째 맞는 가을이다. '엄마야 누나야 강변 살자' 라는 동요를 수십 년 애창하며 간절히 기다려 온 보람으로 나는 누구에게나 자랑할 수 있는 아름다운 터에 전원주택을 마련했다. 뒷문 밖에는 갈잎 대신 솔잎이 우거져 있고 강가 남향받이 뜰에는 온갖 야생화가 이제 막 하나하나 이름표를 달고 집주인과 통성명을 끝냈다. 매발톱이나 금낭화 정도는 익히 들어 보아왔던 꽃이지만 구절초와 벌개미취같이 꽃 얼굴은 낯이 익어도 이름은 모르고 있었다. 그리고 노루오줌, 꽃뱀의꼬리, 동자꽃, 범부채…… 등등의 이름과 모습들이 생경한 야생화를 만났을 때의 그 첫 감동은 도시에서는 상상도 할 수 없었던 경이로움이었다.

시골이 고향인 남편과 도시에서 자란 나는 함께 뜻이 맞아 평소 산을 자주 찾아다녔다. 때로는 목적지도 없이 오지 마을을 찾아 수십 리 길을 걷는 트래킹을 즐기기도 했다. 남편이 형님처럼 따르며 존경하는 대학선배 한 분이 이 분야에 전문가 수준이어서 시간이 날 때마다 이 선배 내외와 함께 우리 부부는 비포장도로에 구애받지 않고 산 넘고 물 건너다니며 남한 땅에 얼마 남지 않은 처녀림을 찾아다니곤 했다. 그러다 자연 친화에 앞장서 걷던 그 선배가 양평 서종면에 텃밭이 딸린 전원주택을 마련하여 주말마다 내려와 시골 생활을 시작했다. 자연히 우리 내외도 양평을 자주 왕래하게 되었다. 이렇게 하다 우리가 찾아든 곳이 이 대심리 마을이다. 우리는 그 선배보다 오히려 앞질러 서울의 아파트를 과감히 청산하고 아주 이곳으로 이사를 왔다.

우리 마을은 도시의 그린벨트 경계선이 막 끝나는 곳으로 남편 사무실이 있는 서울 강남까지 한 시간이면 족히 출근이 가능한 거리에 있다. 게다가 북쪽으로는 국도의 소음을 막아주는 야산이 둘러쳐 있고, 마을 앞 남쪽으로 흐르는 강물이 한눈 가득 들어오는 이상적인 지형에 자리 잡고 있다. 거기에

다 이십 분만 가볍게 산책하듯 걸으면 버스나 지하철을 이용할 수 있는 교통의 편리함도 갖추고 있다.

나는 우리 동네를 지구촌 일 번지라고 부르고 싶다. 세계 여러 곳을 다녀 보더라도 이렇게 아름다운 곳에 살며 대도시로의 출근이 가능한 곳은 흔치 않을 것이다. 뉴욕, 런던, 파리 같은 국제적 도시의 베드타운들은 두 시간 이상을 변두리로 나가야만 되고 또 우리 동네와 같이 강과 숲이 함께 어울린 때묻지 않은 경치는 바랄 수도 없다. 물론 시내 자체가 공원같이 쾌적한 도시들이 서구에는 많겠지만, 그들 대부분은 우리의 서울과 같은 국제적 도시가 아니지 않은가? 첨단 문명의 이기가 있는, 맨해튼 거리 못지않은 테헤란로를 어디 날마다 드나들 수가 있겠는가? 낮에는 글로벌 시대의 대열 속에, 아침과 저녁으로는 신의 숨소리를 들을 수 있는 자연의 품속에서 나는 살고 있다. 그뿐만이 아니다. 아침 해를 등 뒤로 받고 핸들을 돌리며 도심으로 향하는 그 상쾌함과 집으로 돌아오는 길에 노을이 붉게 물든 강을 마주하며 느끼는 평화로움은 문명이 주는 그 어떤 럭셔리함과도 맞바꿀 수 없는 낭만의 진수가 아닐까?

이제 이 가을을 보내면서 나는 다시 다음 해 가꿀 꽃밭을 머릿속에 그리면서 열심히 꽃씨를 받는다. "텃밭의 푸성귀는 농부의 발걸음 소리를 들으며 자란다"는 말을 귀담아들으며 내년에는 더 많은 채소를 가꾸어 보겠다고 다짐을 해본다. 곧 안식의 겨울이 다가올 것이다.

강변 살자

굳이 '엄마야 누나야'를 입에 달고 부르기까지는 않더라도, 푸른 초원 위에 그림 같은 집을 짓고 뒷산에서 머루랑 다래를 따 먹으며 알콩달콩 살고 싶은 바람은 누구나 한 번쯤 가져봤을 것이다. 사람이 만든 도시가 있기 전 신이 만든 산천은 우리 모두의 요람이며 고향이다. 인간의 영혼은 그곳에서야 진정한 평화와 안식을 누릴 수 있기 때문이다.

삶의 대부분을 도시에서 보낸 우리 부부도 이 영혼의 안식을 찾아 틈만 나면 산으로 들로 나가 다니곤 했다. 우리가 살고 있던 곳이 서울의 동쪽 끝이어서 자연히 우리의 발걸음은 주말마다 양평 쪽을 향했다. 그러다 음악을 공부하는 딸아이가 유럽으로 유학을 떠나게 되었다. 그 김에 우리는 공연히 빈방을 덥히며 난방비를 지급해야 하는 아파트를 처분하고 전원에 나가 살기로 결정을 했다.

많은 사람들이 전원생활을 동경하면서도 쉽게 실행하지 못하는 이유는 대부분 경제 사정 때문일 것이다. 우리나라 사람은 누구에게나 그렇듯이 집은 한 가정의 전 재산에 해당한다. 자녀들을 출가시키고 가장이 직장에서 은퇴한 이후에도, 기둥을 송두리째 뽑아 시골로 옮겨가는 데는 살아가는 양식의 기준인 철학적 사고와 과감한 용기 없이는 감행할 수가 없기 때문일 것이다.

일가친척도 없고 마땅히 알고 지내는 지인도 없는 곳에 터를 구하고 집을 짓겠다는 것은 지금 생각해 보니 호미 하나만

들고 황무지를 개간하려는 것과 다름이 없는 것 같다.

그 해 사월, 파릇파릇한 연둣빛 봄의 행렬이 아리수 강가를 따라 축제의 막을 열기 시작할 무렵 나는 두근거리는 가슴을 자못 가다듬으며 택지 헌팅에 들어갔다. 대지 건평 같은 단어의 개념조차도 잘 알지 못하던 내가 지적도를 들고 다니며 토지의 지목이 무엇인지 농림지역인지 준농림지역인지를 확인하려고 구청을 드나들며 산과 밭을 헤매고 다녔다. 어디를 가든지 카메라의 앵글을 아무 데나 대고 눌러도 사방팔방이 다 아름다웠다. 복숭아꽃 살구꽃 아기진달래가 축제의 분장을 하고 내 판단력을 혼미케 하고 있었다. 평생을 함께할 배우자를 택할 때처럼 겉모습과 그날의 화장에 좌우되어서는 안 될 일이었다. 전원주택 길라잡이 책을 몇 권 읽은 후 우리는 택지를 선택하는 우리만의 지침을 만들었다.

첫째-양평지역으로 서울 경계에서 30킬로 이내인 곳
둘째-강이 보이는 곳으로 남향 이어야 함
셋째-마을에서 조금 떨어진 소음이 없는 곳

옛말에 크고도 달며 값이 싼 참외는 없다고 했다. 기타 더 원하는 조건은 많지만 다른 것은 양보하여도 이 세 가지 지침은 고수하기로 했다. 백화점의 아이쇼핑도 시간 가는 줄 모르게 즐거울 때가 많은데, 시골 경치를 구경하는 재미는 그에 비교할 바가 아니다. 아침부터 서둘러 부동산 사무실 서너 군데를 들러 강가를 돌아다니다 보면, 어느새 두물머리 넘어 강물 위에 석양이 붉게 물들곤 했다. 그러면 그 석양에 또 취해 발길을 쉽게 돌이키지 못하곤 했다. 그러다 드디어 우리가 원하는 곳을 찾게 되었다. 양수리 부동산에 바둑을 두러 온 머리가 하얀 노인이 내가 원하는 땅 이야기를 우연히 듣고는 불쑥 한마디 하는 것이었다. '그런 땅을 찾으려면 대심리로 가 보시오. 양평에선 그보다 더 좋은 곳은 없소이다.' 중개업자도 아닌 분이 내뱉은 이 한 마디가 내게는 더 신뢰가 되었다. 그동안 한 달 이상을 찾아다녀도 아무도 대심리를 알려준 사람은 없었다.

나는 바로 그곳으로 내달렸다. 대심리는 청학동처럼 일반인의 눈에 가려진 천혜의 경관을 지니고 있었다. 6번 국도에

서 국수고개라는 산길을 넘어가니 거기 울창한 숲을 뒤로하
고 남쪽으로 앞이 탁 트인 폭 넓은 강이 나왔다. 바로 여기다!
나는 첫눈에 반하고 말았다. 아직 중개업소에도 내놓지 않은
과수원 옆 땅을 팔려고 내놓았다는 정보를 나는 마을 이장으
로부터 얻어내었다.

다음날부터 남편과 나는 지번을 알아내어 지적도와 등기부
를 열람하고 그 땅에 주택건축이 가능한지 민원서류를 작성하
여 군청에 제출하였다. 창구직원의 말로는 문제가 없을 거라고
했지만, 남편은 확실한 서류를 받아 놓아야 안심이 된다고 했
다. 이렇게 군청의 확답을 기다리는 사이에 팔려고 부동산 사
무실에 내놓은 우리 아파트가 먼저 계약이 되어 버렸다. 나는
그 계약금을 가지고 즉시 대심리로 달려가서 우리가 보아둔 땅
을 계약하고 싶었으나 남편이 서두르는 나를 완강히 저지했다.

일주일이면 나온다는 군청의 답변서류가 산림과, 도시건
축과, 환경관리과 등등의 여러 부서를 거쳐서 두 주일이 지나
서야 우편으로 보내 왔다. 모든 부서에서 건축이 가능하다는

확인이었다. 다음날 날이 밝자마자, 내가 과수원 옆으로 달려 갔을 때, 아뿔싸! 때는 늦었다! 그 땅은 이틀 전에 이미 다른 사람과 계약이 끝난 것이었다. 우리가 매입을 서두르는 것을 보고 땅주인이 값을 더 받으려고 다른 중개사무실에 내놓은 것이었다. 매매 가격도 우리와 약속한 것과 같은 액수였다.

나는 애인에게 배신당한 것처럼 분하고 원통했다. 몇날 며 칠을 울고 불며 남편을 원망하며 지냈다. 남편이 세상 사람을 의심하며 사니까 벌 받은 거라고.

그러면서 사월이 가고 오월 하순이 되었다. 그동안 나는 미친 듯이 서종면 양서면을 뒤지고 다녔다. 내 집의 말뚝은 이미 뽑혀 나갔는데 나는 새 말뚝 박을 곳을 모르고 있었다. 명달리, 서후 리, 목왕리, 복포리, 증동리를 손금처럼 헤아리면서 면 지도와 나침판을 들고 중개인을 따라다녔다. 명품 땅은 쉽게 얻어지는 게 아니었다. 그러나 힘쓰고 애쓰면 하늘이 돕는 것이다.

드디어 나는 우리 지침이 딱 들어맞는 땅을 결국 대심리에 서 찾아내고야 말았다. 배산임수! 모든 사람의 로망인 명품

땅이었다. 오월 마지막 날, 국수리 중개업소에서 밤늦게 전화
로 알려 왔다. 대심리에 적당한 땅이 나왔다고, 다음날 새벽
에 일어나 약속한 곳으로 나갔다. 그동안 땅을 보는 내 안목
은 수준급이 되어 있었다. 아침 7시에 땅을 보고 남편을 불러
동의를 받아 은행이 문을 여는 시간에 계약을 했다.

그리하여 우리는 북으로는 울창한 솔숲이 있고 남으로는
강이 흐르는 더 바랄 수 없는 강변에 살게 되었다.

집 짓기

'이담에 커서 내 집을 짓게 된다면 방마다 분홍 파랑 노랑
으로 각기 다른 색으로 커튼을 달고 마당에는 가득 장미꽃을
심어야지.' 했던 캔디의 만화 속 같은 시절이 있었다. 그때는
아동용 소공녀 소공자를 읽던 때였다. 그러다 활자가 작아지
고 몸피가 더 두꺼워진 작은아씨들, 제인에어, 테스, 여자의
일생 같은 원작을 읽을 무렵엔 높은 천정에 창문을 길게 내어

166

짙은 녹색 우단으로 커튼을 만들어 치렁치렁하게 늘어지게 치고 벽난로 앞에서 시집을 들고 있을 내 미래상을 그리곤 했었다. 창밖에는 늘 푸른 가문비나무가 심어져 있어 내 동공을 맑고 시원하게 해주는 그런 집을 꿈꾸었다. 이제 성인이 되었다. 드디어 일생일대의 내 집을 내가 직접 설계할 그 꿈이 현실이 되어 나와 맞닥뜨리게 되었다. 집은 그저 잠자고 쉬는 곳만이 아니라 마음을 담는 그릇이고 생각의 틀이다. 그래서 집의 구조는 각 가정마다의 라이프 스타일에 맞춰 설계된다.

땅을 사서 전원에 나가 살겠다고 마음을 먹은 후부터 머릿속으로 짓고 허물어 본 집은 수십 채도 더 되었다. 주방과 식당을 햇빛이 잘 드는 남쪽에 놓았다가 다시 남편의 서재를 양보할 수 없어 바꾸어 보고, 침실을 이 층으로 올렸다가는 노후를 생각하여 다시 아래층으로 내리고, 실제 찰흙으로 만들어본 모형도 열 개는 넘었다. 초기에 일던 흥분과 설레임이 이제 전 재산이 걸린 막중한 중압감에 눌려 많이 누그러들었지만 마침내 최종 설계가 마무리되었을 때 나는 도면상의 1

미터를 1센티로 잡아 폭 40센티의 커다란 찰흙 모형 집을 만들어 양평 읍내에 있는 설계 사무실을 찾았다. 직원들이 처음 겪는 일이라며 모두 놀라워했다.

집집마다 가족의 취미와 직업과 연관이 있는 공간을 필요로 한다. 나는 바이올린을 공부하는 딸아이를 위해 연습과 공연을 겸할 수 있는 작은 홀을 30평쯤 되는 이 층 공간에 전폭 할애했다. 그리고 취미라곤 책 읽는 것 말고는 아무것도 즐길 줄 모르는 남편에게 아래층 남향을 양보했다. 결국 다른 주부들처럼 많은 시간을 주방에서 보내지 않는 열등 주부인 나는 자진하여 동쪽 식당과 북쪽 주방을 차지하게 되었다.

건축업자를 선정하는 것이 또 집을 제대로 짓는 데에 막대한 비중을 차지한다. 그리고 아무리 신뢰할 만한 시공자를 만났다 하더라도 건축주와의 갈등은 비일비재할 수밖에 없다. 미리 예정된 재료를 구입한 후에도 건축주는 다른 것으로 바꾸기를 원하고, 설계도면대로 낸 창문을 더 넓히고 싶어진다. 이때마다 재시공이 따르며 추가되는 건축비 문제로 상호간의 마찰은 피할 수 없게 된다. 우리 집은 벽돌로 쌓는 조적식으로 설계되어 있어서 창문을 크게 낼 수가 없는 상황이었다. 강가의 수려한 자연경관을 픽춰 글라스로 처리해서 한눈에 담아야 하는 것이 이 집의 테마였다. 시공자는 여러 쪽으로 창을 나누려 했고 우리는 원피스로 해주기를 고집했다. 물론 잘못은 철근 콘크리트 골조에만 커다란 창이 가능하다는 것을 몰랐고 설계가 진행될 때 세밀히 관여하지 못했던 우리의 무지에 있었다. 설계도면은 나중에 얼마든지 변경할 수 있다는 업자의 말을 고지식하게 들은 것이 불찰이었다. 결국엔 추가비용을 더 들이기로 하고 이 층에 H빔을 세워 넓혔다. 많은 사람이 집을 지으면서 병을 얻기도 하고, 심지어 새 집을 완성하고 죽은 사람도 있다고 한다.

건축에는 완전 문외한인 우리가 꿈과 용기 하나만 가지고 덤벼들었으니 남들이 다 겪는 고충에다 꿈을 지키려고 현실과 타협하지 않는 고집 때문에 잃어버린 시간과 금전적 고통은 이루 말할 수가 없었다. 호미로 집채만 한 바위를 캐내듯, 힘겨운 수고를 한 뒤에야 건평 80평의 우리 집은 완성될 수 있었다.

뒷문 밖에는 갈대 대신 소나무를 빼곡히 심고, 마당에는 잔디를, 그리고 넓은 꽃밭에는 벌레가 많은 장미보다 새로이 사귄 야생화를 더 많이 심었다.

눈먼 땅

남향받이 배산임수의 터를 고집하기 위해서는 그 어떤 불이익도 감수하겠다는 게 우리의 방침이었다. 우리가 매입한 땅은 출구가 막힌 맹지였다. 어찌 그리 무모한 짓을 했느냐고 나중에 이 사실을 안 지인들이 혀를 내둘렀지만 우리는 그때까지 맹지가 그렇게 못 고칠 난치병 환자일 줄을 몰랐었다.

우리 터는 남향으로 길게 뻗은 산자락 끝에 있는 700평 밭이었다. 터 뒤편과 좌우에 울창한 숲이 양팔로 두르듯 둘러쳐 있고 앞이 트여 있어서, 풍수 지리적으로도 명당자리이다. 마을 길이 동쪽으로 나서 남쪽 강가로 이어져 있어서 이 터에서

20미터만 나가면 공로와 이어질 수 있었다.

애초부터 위험부담을 안고 있었지만 사실 나는 남편이 법률사무소에 출근하는 사람이 아니라면 감히 이런 모험에 동의하지 않았을 것이다. 그러나 그는 태연했다. 중개인이 왼쪽 동편 땅주인에게 진입로 사용승낙서를 받아놔서 건축허가 받는 데는 문제가 없다고 했다. 그리고 오른쪽은 야트막한 능선의 끄트머리여서 사실상 이 밭주인은 그쪽으로 경운기를 들여와 수년 동안 농사를 지어 왔던 것이다. 우리도 그쪽으로 차를 몰고 들어와 이 터를 소개받았다. 실제로는 막혀 있는 땅이지만 길을 내는 방법으로 앞쪽과 양옆으로 여러 선택이 가능해 보였다.

우리는 이 땅과 연애를 하고 있었다. 물안개로 단장하고 있는 모습을 보려고 새벽 일찍 달려오기도 하고 또 노을 빛에 홍조 띤 얼굴로 다소곳이 밤을 맞아들이는 아련한 모습에 반하여 어둠이 장막을 드리울 때까지 돌아갈 생각을 잊곤 했었다. 한낮의 밝은 햇빛 아래 발가벗고 깔깔대는 대지의 천진스

리움과 비바람 속에서 흑, 흑, 흐느껴 우는 그 고혹적인 자태를, 당신들은 부둥켜안아 본 적이 있는가? 어떤 얼굴을 하고 있어도 우리의 연인은 매혹적이었다. 아무리 병이 깊이 들어 있어도 불치병이 아니고 난치병 환자라면, 그 어떤 대가를 치르더라도 이 병을 치료하여 평생의 반려자로 삼고자 했다.

그러나 잠자는 숲 속의 미녀로 가는 길은 생각보다 훨씬 더 험하여 끝없는 가시밭길이 기다리고 있었다. 우리가 이 터에 집을 짓는다고 하자 제일 먼저 서쪽 산 주인이 가시철망으로 지금까지 농로로 사용하던 길을 막아 버렸다. 사용허가를 받은 동쪽 진입로는 공로까지의 거리가 너무 멀어 주인이 매매를 허용한다 해도 경제적 손실이 너무 커 우리는 남쪽과 서쪽에 희망을 걸고 있었다. 그렇다고 이 땅을 헐값으로 산 것도 아니었다. 먼저 놓친 건강한 땅과 별반 차이가 없는 값이었다. 토지 사용기간은 삼 년이었다. 그 삼 년이 다 차기 전에 우리는 탈출구를 마련해야 했다. 우리 집 앞으로는 계사로 지어진 허름한 창고 같은 건물이 있었다. 땅 주인이 밭을 대지로 전환하기 위해 수년 전부터 닭은 한 마리도 안 기르면서 지목을 목장으로 바꿔 놓았다. 그 땅을 좋은 모양의 대지로 팔기 위해서는 우리에게 길을 내줄 수가 없다는 것이다. 우리가 아무리 명절 때마다 선물 공세를 하여도 소용없는 일이었다. 땅은 농민들의 생명줄이다. 인심을 함부로 써서 자기 생명을 단축시킬 일은 없는 것이다. 우리는 그제야 눈먼 땅의 개안수술이 쉽지 않음을 통감했다.

그러는 사이 삼 년이 지나가고 동쪽 땅 주인도 압박을 가해 왔다. 이제 그 땅을 사든지 아니면 헬리콥터를 사야만 했다. 나는 땅 주인에게 아는 사람에게 그 땅을 팔아 보겠다고 사정을 하여 일 년 연장을 겨우 받아냈다. 그동안 전원주택에 관심을 보인, 우리 집을 다녀간 많은 지인에게 그 땅을 소개해 보았지만, 그 역시 가능하지 않았다. 그때엔 이미 땅 값이 많이 올라 있었고 그 터는 천 평이나 되는 넓은 땅이었다.

그런데 '쥐구멍에도 해 뜰 날이 있다' 든지 '하늘이 무너져도 솟아날 구멍이 있다.' 라는 그 흔한 속담이 내게도 적용되는 일이 일어났다. 앞집 계사가 팔리면서 새로 산 주인이 우리에게 길을 터 주겠다는 것이었다. '오! 하나님 감사합니다.' 내 입에서는 탄성이 터져 나왔다.

그 터에 주택 공사를 맡은 시공 업자가 우리의 사정을 듣고 좋은 이웃을 맺도록 큰 가교 역할을 해줬다. 토지를 일대 이로 교환하는 조건이었다. 그는 또 우리 집에서 내다보는 조망이 가능한 침해 받지 않도록 배려하여 앞집을 지었다. 살다 보면 이렇게 뜻밖의 은인을 만나는 수도 있다. 드디어 우리 진입로가 포장되고 사도로 등기가 완료된 후 우리는 그 업자 부부를 초대하여 식사를 대접했다. 고마움을 표하기 위해 나는 그 부인에게 내가 직접 뜨개질한 털 코트를 선물 했다.

야호! 우리 땅은 눈을 떴다.

자연아 사랑해

복숭아꽃 살구꽃 피는 계절이 다시 돌아왔다. 뒷동산의 아기 진달래도 활짝 피어나고 석축 위 울타리로 심어 놓은 개나리도 하나둘 씩 방글거리기 시작한다. 국민노래인 '고향의 봄'은 아무리 여러 번 리메이크 되어도 식상할 수가 없다. 더구나 전원생활 오 년 차에 접어든 내게는 이때만 되면 노래로 부를 때와는 그 감흥이 다른 심도 높은 황홀감에 가슴이 벅차오른다. 어릴 적 동네이발소에서 흔히 보았던 그 유치하던 그림이 실제로 우리 집 앞으로 뒤로 사방에 펼쳐져 있기 때문이다. 이 원색의 그림을 배경으로 한 나의 정원은 지금 커튼이 오르기 직전 공연장의 분장실처럼 몹시 분주하다. 몇 번의 시행착오를 거치며 이제 겨우 자리를 잡은 야생화들의 군락과 각종 과실수가 서로 앞다투어 꽃봉오리를 벌리고 싹을 틔워내는 중이다. 여기저기 뾰족뾰족 머리를 내미는 원추리, 비비추, 붓꽃들 하며 가을에 알뿌리를 심었더니 벌써 피어나 향기를 발하는 분홍 히아신스, 노오란 아기수선화들이 내게 윙크를 보낸다. "애들아 사랑해…" 하며 사랑을 고백할 때의 그 떨림으로 나는 애들을 마주한다.

얼마 전 미사리에서 퇴촌으로 직진하여 강변도로를 타고 광주 쪽으로 향하던 길이었다. 최근 개통한 4차선 도로를 신 나게 달리다가 나는 대형 낙서를 보게 되었다. '자연아 사랑해'라고 가로 5미터 폭 1미터의 크기로 고가 다리 교각 하나를 가득 채워 놓았다. 금강산을 망쳐 놓다시피 한 그 무지막지한 표어와 맞닥뜨렸을 때에 느꼈던 불쾌감이 다시 불끈 솟아올랐다. 아름다운 경관에 서면 왜 모두 그렇게 크게 소리치고 싶어 할까? 게다가 그 순간을 길이 남기려고 저렇게 커다란 낙서를 감행할 수 있을까? 그 정도 크기의 낙서를 하려면 사다리 같은 장비도 필요하고 지나치는 사람들의 눈총도 따가웠을 텐데 대체 어떤 정서를 가진 사람이 이 같은 짓을 해 놓았을까? 교실의 책상 위, 화장실의 벽면, 그리고 등산로의 암석 위에 새겨 놓은 글씨들 — 우리가 주변에서 흔히 보는 낙서들이다. 어떤 낙서도 용납되어선 안 되겠지만 그래도 이런 낙서는 대중화된 내용이어서 이해가 가는 부분도 있다. 그러나 자연을 사랑한다는 말을 그렇게 볼썽사납게 휘갈겨 써 놓을 수가 있단 말인

가? 트럭에 장비를 싣고 다니는 어느 공사장의 인부가 잠깐 객
기를 부리고 간 흔적일 수도 있겠다. 그 낙서를 한 사람을 뒤쫓
아 간 나의 상상은 결국 여기까지였다. 그러다 참으로 자연을
사랑하는 한 포클레인 기사가 내 기억에 떠올랐다.

내가 사는 마을은 전원주택지로 꽤 인기가 높은 곳이다. 그
래서 우리 마을은 공사가 그칠 날 없이 연일 중장비 차들이 들
락거린다. 작년에는 우리 집 옆 야산이 하루아침에 없어져 버
리는 토목공사를 목도하게 되었다. 그 산주인의 재산권 행사
에 어떤 항변도 할 수 없는 처지였지만, 그래도 수십 년 된 소
나무 몇 그루라도 남겨두기를 기대하며 나는 매일같이 공사
장 주변을 맴돌았다. 우리 집 터와 맞닿은 곳에는 이미 벌써
경계 측량을 하여 빨간 말뚝이 꽂혀 있었다. 그런데 이 경계선
에 남편과 내가 5년 전에 심어놓은 오동나무 한 그루가 자라
고 있었다. 영화 ‘하우즈 엔드’에서 본 오동 꽃이 너무도 아름
다워 전원에 집을 마련하자마자 서둘러 심은 나무였다. 조경
업체에서도 쉽게 구할 수 없어 여러 곳에 수소문하여 우리가

직접 캐어 용달차로 실어 왔었다. 이렇게 각별히 애정을 쏟은 오동나무를 그대로 경계라인에 방치해 둘 수 없어 우리는 그 더 전 해에 우리 쪽 울안으로 깊숙이 옮겨 놓았었다. 그런데 미처 다 캐내지 못한 잔여 뿌리에서 손바닥보다 넓은 오동잎이 또다시 퍼렇게 솟아나고 있었다. 우리의 2세 오동나무이다. 너무 어려서 옮겨 심기를 망설이고 있던 차에 드디어 한 날 포클레인의 굉음이 가까이 울려 왔다. 우리 아기 오동나무가 무참히 짓이겨 버려질 참이었다. 차마 이 아기를 살려달라고 부탁하기에는 그 중장비의 위력과 포악함이 너무 강했다. 나는 주먹만 한 돌을 모아 우리 2세의 둘레를 동그랗게 표시해 놓고 이 층 창문에서 지켜보기로 했다. 포클레인이 한 번만 지나가면 끝장이었다. 그런데 이 거대한 무쇠 바가지가 공사 진도를 나가지 않고 한 자리에서만 앞뒤로 왔다 갔다 하며 지체하고 있는 것이 아닌가! 우리 2세의 자리였다. 탱크 같은 몸체가 매번 움직일 때마다 우리 아기는 그 두 바퀴 사이에서 안전을 보호받고 있었다. 새참 시간이 되었을 때 나는 신선한 과일주스를 만들어 크리스털 글라스에 담아 그 포클레인 기사에게 고마움을 표했다. 이분이야말로 "얘 아기 오동나무야 나는 너를 사랑한다."고 마음속으로 속삭이지 않았을까? 지금 이 아기는 1년 만에 3미터나 크게 자라나 제 엄마와 함께 넓고 푸른 잎을 으스대며 우리 집 뒤꼍에 늠름히 서 있다.

강아지 이름 짓기

입춘 하루 전날 우리 집 안나가 새끼를 낳았다. 봄을 맞아들이기에 앞서 다섯 마리의 강아지를 새 식구로 맞은 우리 집은 낮과 밤으로 강아지 해산구완을 하느라고 즐거운 비명이 끊이질 않는다. 북어 대가리를 끓여 주랴, 분유를 타 주랴, 오랫동안 외국에서 공부하다 방학을 맞아 집에 돌아온 딸아이는 처음 겪는 경이로움에 흥분을 감추지 못하며 하루에도 여러 번 개밥 주는 일을 도맡아 하고 있다. 산실을 열어 볼 적마다 오롱조롱 뭉쳐있는 강아지 새끼들을 들여다보며 매번 탄성을 내지른다. '어머나 어쩜 저렇게 신기할 수가 있을까!' 아무리 허리 꺾인 겨울이라고 하지만 아직도 한밤중이면 영하 10도가 오르내리는 엄동설한이다. 우리는 저녁밥을 주고 나면 개집 문 앞에 쳐 준 커튼 위에다 넓은 천막 천을 또 뒤집어씌워 준다. 어떤 집에선 난방을 위해 백열전구를 개 집 안에 넣어준다고 해서 그렇게 해보자고 했더니 자생력이 너무 없어지면 나중에 강아지들의 생존에 지장을 준다고 하며 남편이 반대한다.

시골로 이사를 오자 친척 한 분이 진돗개 한쌍을 선물해 줬다. 마침 버들잎에 움이 트는 시기여서 우리는 암놈을 버들이라 부르고 수컷에겐 피리라고 이름을 붙여 주었다. 이 버들피리가 이듬해 여섯 마리의 강아지를 생산해 주었다. 파란 잔디위에 여섯 마리의 몽실몽실한 하얀 강아지들이 서로 물고 엉키고 구르는 모습은 처음 경험하는 우리에겐 경탄의 연속이었다. 오죽하면 이 아름다운 장면을 쇼팽도 놓치지 않고 강아지 왈츠를 작곡하여 우리에게 매번 즐거운 연상을 시켜주겠는가. 드디어 우리는 이 여섯을 구별해야 할 이름이 필요해졌다. 코가 빨간 녀석을 빨간 코, 토끼 꼬리를 닮아 뭉뚝한 꼬리를 달고 나온 놈을 유아식 표현으로 토끼 꼬랑지라고 하여 줄여서 토꼬랑, 항상 짓기만 일삼는 울보, 다른 형제들이 집 밖으로 다 나올 때까지도 밖으로 나오지 않으려는 녀석을 늦보라고, 그리고 두 놈은 구별이 어려워 빨강 파랑 잉크를 이마에 칠해 놓고 빨갱이, 파랭이라고 이름을 지었었다. 인디언들이 처음 사물을 보았을 때 인상으로 '늑대와 함께 춤을' 하고 이름 짓듯이 우리도 그렇게 놈들을 구별해 불렀다. 진돗개들은 두 달 이상 커 버리면 다음 주인이 정들이기에 어렵다 하기에 어쩔 수 없이 이웃들에게 분양했다. 그러다 우리 집에 업둥이 한 마리가 새로 들어왔다. 아파트에서 기르다 몸짓이 큰 성견이 되어 우리 집으로 보내졌다. 밤색 진돗개였다. 우리는 좁은 밀실에 갇혀 있던 전생이 가여워서 한동안 풀어 놓고 지냈었다. 그리고 온 누리를 누비고 다니라는 뜻에서 '누리'라고 이름 지었다. 또한 겁이 많고 사슴 같은 눈을 가진 이 녀석의 털빛이 누리끼리하였기 때문이기도 하다.

주인에겐 충성스럽지만, 이웃들에겐 너무나도 포악한 진 돗개들이다. 어쩌다 줄이 풀리게 되면 동네 닭도 잡아 죽이고, 옆집 애완견의 목덜미를 물어뜯어서 우리는 닭값 치료 값을 물어주느라 개 값보다 훨씬 더 큰 지출을 하여야 했다. 결국 가족들의 동의로 버들피리 한 쌍은 개 사육장으로 보내어졌다. 이 때 버들이는 또 새끼를 배고 있어서 다시 감당하기가 난감해서이다. 대신 우리는 라브라도 종의 순한 개로 바꿔왔다. 이 녀석은 완전 외래종이라 이름도 외국어가 어울릴 듯했다. 집에 데리고 온 때가 11월이었다. 그래서 영어로 노벰버를 줄여 '벰버' 라 부르기로 했다. 이 라브라도 개는 훈련만 잘하면 맹인들을 안내하는 맹도견으로 쓰인다는 영리한 개다. 그러나 우리 벰버는 개 훈련에 게을렀던 주인 탓으로 명령 복종하는 개 특유의 습관이 길들지 못했다. 몸집이 망아지만큼 커지자 산책을 데리고 가던 남편이 힘에 겨워했다. 어느 순간 이 녀석의 페이스에 말려 돌무더기에 넘어지기까지 했다는 것이다. 우리는 또다시 벰버를 교체했다. 몸집이 작은놈으로 달라 하였더니 치와와의 잡종으로 가볍기가 지푸라기 같은 녀석이 들어왔다. 이놈 이름은 '지플'이 되었다. 누리와 지플이가 개의 본분인 집 지키기를 잘하고 있어 별 불만 없이 한동안 잘 지냈는데, 아무래도 우리 집 마당과 규모로 보아 지플의 작은 덩치가 어울리지 않았다. 다시 반년이 지나 지플이는 '안나'로 교체되었다. 털이 하얀 암놈으로 마티즈의 잡종인데 우리 부부가 히말라야의 안나 푸르나 트래킹을 마친 참이라 안나라고 부르게 되었다. 아마 다음에 또 업동이가 들어온다면 이녀석은 푸르나라고 지을 것이다.

그 안나가 다섯 새끼를 생산했다. 우리는 다시 이름 짓는 즐거움에 가족 모두가 참여할 것이다.

냉이 클럽

우연하게도 남편의 대학 동기들이 양평 땅에 모여 살게 되었다. 우리와 또 한 가족은 아주 거주지를 옮겨와 남편들이 강남의 사무실로 출퇴근하고 있고, 다른 두 가정은 은퇴 후에 내려오려고 텃밭이 딸린 주택을 미리 장만하여 주말이면 이곳에 와서 전원생활을 즐기고 있다. 자연히 이 네 부부들은 자주 모이게 되었다. 만날 때마다 우리가 나누는 대화는 으레 꽃밭과 텃밭에 관한 이야기일 수밖에 없다. 누구네 배추가 더 잘 자라는지 어느 집 백일홍이 더 많이 피었는지. 이 경이로운 자연의 섭리를 새롭게 터득했던 경험담으로 만남의 자리에는 늘 풍성한 대화가 그칠 줄 모른다. 우리는 이 모임을 냉이 클럽이라고 이름 지었다. 냉이 하면 바로 봄이 떠오르고 봄은 모든 생명체의 출발을 알린다. 산골 아가씨의 이름으로도 아주 잘 어울릴 냉이. 좌중 누군가의 순간적 발상이었는데 모두 그 풋풋하고 싱그러운 느낌에 공감하여 즉석에서 결정 지었다.

양평에는 아름다운 자연을 사랑하는 자사모, 양사모와 같은 이름의 동아리들이 많이 있다. 북한강과 남한강이 마주치는 양수리의 정경은 어느 지구인이 와서 보아도 일급 경치라 아니할 수 없다. 여기 주변에는 또 강원도에 못지않은 깊은 산과 그에 어우러지는 절경이 골짜기마다 숨겨져 있다. 이 골짜기들 중에 우리 냉이 클럽이 자주 가는 곳이 서종면 명달리에 있는 통방산 계곡이다. 한국의 옛길로 널리 알려진 문경새재와 비슷한 코스로, 산책하듯이 그냥 두 시간 정도 야트막한 비탈길을 걷기만 하면 북한산 높이의 재 하나를 쉽게 오르게 된다. 문경새재를 골동품에 견준다면, 이 통방산 계곡은 신제품이라 할만하다.

11월, 퇴색한 가을빛마저 거의 사그라져 갈 무렵 냉이 클럽 일행은 그 해의 마지막 산행을 하게 되었다. 이번에는 좀 특이한 이벤트를 가졌다. 우리 중 한 명이 그다음 달에 외국여행 일정이 잡혀 있어서 우리들은 서둘러 약속을 했다. 음력으로 시월 보름, 달밤의 나들이였다. 주말도 아닌 평일이었는데도 남편들은 사업상의 선약을 취소까지 하며 시간을 지켜왔다. 퇴근 후 8시, 우리는 문호리의 한 음식점에서 저녁 식사를 하고 명달리로 향했다. 나뭇잎마저 다 떨어져 버린 늦가을, 두둥

실 높이 뜬 달은 전신을 다 드러내어 산길을 대낮처럼 밝게 비

췄다. 계곡의 물은 하얗게 부서지며 소리를 지르면서 내달리

고 있었다. 산모퉁이를 돌았을 때 갑자기 나타나는 어둠 속에

묻히면 어디선가 산 짐승이 나타나 옆구리라도 들이박을 것

같은 두려움에 남자들은 여자들을 가운데로 모으고 양쪽 가

장자리에 둘러서서 몽둥이를 휘두르며 걸었다. 각자 생각하

기에 따라 낭만스럽기도 하고 괴기하게도 여겼을 것이다.

　아무런 돌발사고 없이 11시 가까이 되어 우리는 정상에 당

도했다. 능선 위에 자리를 펴고 앉아 발밑의 산자락들을 내려

다보았다. 구름 한 점 없고 바람도 한 점 없는 청명한 밤이었

다. 멀리 읍내의 가로등이 희미하게 보일 정도로 달빛 바다는

삼라만상 위에서 넘실거렸다. 그 쟁반 같은 보름달이 바투 우

리들 이마 위에 내려앉아 있었다. 언제 무섬증이 있었느냐 싶

게 여자들은 깔깔거리며 준비해 온 군고구마와 떡과 과일을

펼쳐놓았다. 물론 약간의 술과 따뜻한 차도 함께였다. 정상에

올라온 안도감과 난이도 높은 문제를 풀어낸 것 같은 성취감

에 둘러싸여 좌중의 분위기는 한층 고조되었다.

이때 한 부인이 자기 남편의 술버릇을 공개하게 되었다. 아무리 술에 취해도 한 번도 외박을 한 적이 없다고 했다. 새벽 3시가 되도록 술을 마셔도 그 똑같이 생긴 아파트를 잘도 찾아 들어온다고 했다. 그러자 다른 부인이 이어서 자기 남편의 술에 얽힌 일화를 들려주었다. 평소 성실하기로 알려진 남편이 어느 날 외박을 했다. 핸드폰이 없었던 시절이라 꼬박 밤을 밝히며 남편을 기다렸다고 했다. 분노와 걱정을 오락가락하다가 아침이 되었다. 9시가 넘어서야 남편의 전화가 걸려 왔다. "여보, 걱정시켜서 미안해. 여기 전라남도 지리산 산골이야. 새벽에 이곳에 도착했는데, 전화가 없어서 읍내 우체국까지 걸어 나오느라고 이제야 전화를 걸게 됐어. 아무 나쁜 일 안 생겼으니 걱정하지 말고 나 올라갈 때까지 푹 자고 있어. 그럼 이따 올라가서 자세히 말해 줄게." 집에 들어온 남편의 말은 이러했다. 포장마차에서 친구들과 술자리를 파하고 일어서려 했는데, 옆 좌석에 한 아가씨가 훌쩍이며 울고 있었단다. 왜 우느냐고 물었더니 열일곱 살에 시골에서 올라와 십 년 동안 공장에 다니고 있는데, 그동안 한 번도 고향 집을 못 내려갔다고 했다. 어머니가 보고 싶어 운다고 했다. 이 말을 들은 남편은 그 아가씨가 너무나 가련하게 느껴져 그 즉시 택시를 불러 타고 그 아가씨를 고향까지 데려다 주었다. 서울에서 밤 10시에 출발하여 새벽 5시에 도착했다고 했다. 물론 거금의 택시 요금을 지불한 것은 당연하다. 이 사실을 들은 그 부인의 반응은 어떠했을까? 우리의 흥미로운 얘기는 거기서 그치지 않았다. 또 다른 냉이 부인의 일화가 계속되었다. 이 부인은 시골 대농가의 딸이었다. 초등학교를 시골에서 마치고 서울 명문여고에 다닐 때이다. 어느 날 학교 가는 길에 버스를 탔는데 그 버스의 차장이 자기 고향 친구였다. 하도 반가워서 이 부인은 학교 가는 것을 포기하고 이 차장 친구와 종일 버스를 타고 시발점과 종착지를 왔다 갔다 했다. 지금까지도 그 친구와 왕래가 있다고 한다.

한밤중의 산 공기는 초겨울 날씨로 변해 무척 추워졌다. 이 시대의 휴머니스트와 로맨티시스트들은 추위를 더 버티지 못하고 급히 하산을 서둘렀다. 중년의 때도 다 가고 이제 노년으로 접어드는데 언제 또다시 이와 같은 객기를 부려 볼 수 있을까? 소중한 친구들의 결속을 다짐하면서 우리는 달빛을 등 뒤로 돌렸다. 물론 냉이가 돋아날 때에 다시 찾을 것이다.

은혼식

오십 초반에 이곳 양평 강가에 터를 잡고 이 년간의 긴 공사를 마친 후에야 우리는 이 집으로 입주해 들어왔다. 각종 야생화를 구해다 심고 텃밭 일구는 재미에 푹 빠져 살다 보니 어느덧 결혼 25주년을 맞게 되었다. 나는 이 기념일을 새기어 본때 있게 자축하고 싶었다. 마당의 잔디도 자리를 잡아가고 온갖 화초들도 한껏 모습을 뽐내고 있었다. 이웃과 친구들을 불러서 음악이 있는 가든파티를 열기로 했다. 그러나 은혼식이라는 말은 아껴 두었다. 그냥 다음과 같이 초대장을 보냈다.

-작은 음악회로의 초대-

　앞 마당의 해바라기가 벙긋벙긋 웃음을 터트리기 시작했습니다. 채송화의 잔잔한 미소와 이제 막 피어나는 수줍은 코스모스의 자태가 더욱 돋보이는 계절입니다. 저희가 이곳 양평에서 자연과 더불어 생활한 지가 어느덧 삼 년이 됩니다. 벌개미취의 보랏빛 옷차림과 범부채, 꽃뱀의 꼬리 같은 야생화들의 현란한 몸부림을 대하면서 이 생생한 감동을 함께 나누고픈 벗들이 생각났습니다. 그래서 이 아름다운 행렬이 다 끝나기 전 자연의 부름에 즐거이 답할 줄 아는 벗들을 초대하여 작은 음악회를 열고자 합니다. 지금 독일에서 음악을 공부하는 저희 딸이 집에 돌아와 이 행사를 성의껏 준비하고 있습니다. 그러나 우리 주변에는 어려운 이웃들이 많이 있습니다. 이들의 아픔을 외면하면서 자연과 예술만을 추구하기에는 우리는 모두 건강한 시민의식을 지니고 있습니다. 그래서 몇몇 분들의 적극적인 동의를 얻어 이

음악회에 자선 모금함을 마련했습니다. 부디 많은 분이 동
참하여 소외된 분들에게 작은 위로가 될 수 있기를 기대하며
여러분과의 만남을 기다리겠습니다.

초대장 50장을 발송했는데 뜻밖에 많은 손님이 참석했다.
대부분 가족을 동반하여서 연주자들을 포함하여 100여 명이
잔디밭을 가득 채웠다. 뷔페로 준비한 저녁식사 후에 바이올
린을 전공한 딸애는 자선 음악회의 위상을 위해 친구들을 초
빙하여 모차르트와 쇼스타코비치의 현악 사중주를 연주했
다. 예상을 초월한 자선금이 모금되었다. 뿌듯한 마음으로 내
가 다니는 동네 교회를 통해 그 해 수해 피해가 가장 심했던
강원도 지역으로 모금액을 보냈다. 의미와 보람으로 가득한
은혼식이었다.

나의 가을걷이

아침에 현관문을 열고 밖으로 나갔더니 뜰 한가득 가을이 찾아와 있었다. 걸음을 옮길 때마다 발밑에 부딪히는 낙엽이 와자작 소리를 내며 부서진다. 여기저기 알밤들이 등껍질을 반짝이며 뒹굴고 있었다. 나무가 많은 야산이 집 옆에 있어서 해마다 이맘때면 밤 줍는 즐거움이 쏠쏠하다. 보이는 대로 한 알 두 알 줍다 보면 어느새 양쪽 바지 주머니가 불룩해진다. 늦더위로 극성을 부리는 모기 때문에 풀숲 깊게는 들어가지 않으려 하는데, 저만치에 알밤들이 소복하게 쌓여 있는 것이 보였다. 큼지막한 밤톨 네 알이 까만 등을 서로 맞대고 오순도순 모여 앉아 있었다. 윷을 던져 모가 나왔을 때의 형태가 연상이 되어 그 반가움으로 한 움큼 가득 밤톨을 손에 담았다. 방금 모체에서 퉁겨져 나왔는지 쫀득한 습기가 손바닥 안에 느껴진다.

집 안으로 들어가 밤을 바구니에 담고 나서, 나는 찻잔을 들고 다시 뜰로 나왔다. 아직도 따갑게 느껴지는 햇살을 피해 나무그늘 밑에다 의자를 끌어다 앉았다. 먼저부터 와서 자리를 잡고 있던 사마귀 한 마리가 엉금엉금 잔디 속으로 이동을 하기 시작한다. 내가 자기의 천적이 아니라는 것을 어찌 알았는지 그 느리게 움직이는 자태가 사뭇 평화롭다. 잔디밭 위로는 낮게 무대를 차린 에어쇼가 한창 진행 중이다. 앵~ 앵~ 소리를 내며 커플 댄싱에 열심인 고추잠자리 떼가 시선을 어지럽게 빼앗는가 하면, 하얀 구절초 꽃잎 사이로는 검정 제비나비들이 날개를 너울거리며 신방을 차리고 있다. 또 뜰 저쪽으로는 이들과 대조를 이루는 무리가 있다. 엄지손톱만 한 날개를 펴고 떼를 지어 다니는 부전나비들의 행렬이다. 이들 또한 이 쇼의 주연들이다. 파르르 한 연보라색을 띤 앙증맞은 날개로 지상 일 미터 안팎을 파닥파닥 거리며 몰려다니고 있다. 그 올망졸망한 안무가 하도 특이하여 곤충 백과를 뒤져 이름을 알아냈다. 아마 얘들은 합동결혼식을 올리고 있나 보다.

졸업은 또 다른 시작이라고 한다. 한 해를 졸업하는 이 가을에 봄을 준비하는 온갖 생명체의 몸놀림이 곳곳에서 바쁘

게 움직이고 있다. 알을 낳기 위하여 나뭇잎을 돌돌 말아 알

집을 준비하는 벌레들, 어느새 내 바짓가랑이에 들러붙어 어

디론가 멀리 이민을 가고 싶어 하는 도깨비바늘, 태초에 이미

이들에게 입력해둔 창조주의 그 놀라운 프로그램을 읽고 이

가을 새삼 새로운 깨달음을 얻는다. 이들에게 뒤질세라 나도

나의 봄을 맞이하기 위해 자리에서 일어났다. 집 안으로 다시

들어가 꽃씨를 담을 편지봉투 몇 장과 신문지를 가지고 나왔

다. 씨앗의 모양만 보고 분별이 안 되는 꽃씨를 위해 나는 흰

편지봉투를 사용한다. 씨를 담자마자 바로 이름을 적어 놓기

위해서이다. 신문지는 백일홍 씨를 위한 용도이다. 어느 해인

가 백일홍 씨를 누런 서류봉투에 넣어 그대로 보관을 했다가

이듬해 봄에 열어 보니 씨앗들이 다 썩어 있었다. 백일홍 씨

는 단단한 씨방 속에 깊숙이 들어 있어서 이 검불 덩어리를

함께 채취하게 된다. 나는 신문지를 고깔모자처럼 접어서 한

홉이 넘을 만큼의 씨를 받아 담았다. 그리고 그 신문지를 다

시 펴서 햇볕 아래 펼쳐 놓는다. 습기를 제거하기 위해서이

다. 매발톱과 패랭이는 초여름에 미리 받아 놓았다. 여러해살이 식물이어서 이웃에게 나누어 주면 모두 고마워들 한다. 그래서 다른 씨들도 나누기 위하여 많은 양을 받는다. 이것이 나의 가을걷이이다. 도라지꽃, 족두리꽃, 채송화, 나팔꽃, 빨간 넝쿨콩꽃 씨앗들 그리고 구근도 파내어야 한다. 글라디올러스와 사랑초 같은 얕은 뿌리는 호미로 살살 캐어내기가 쉽지만 울타리 삼아 욕심껏 심어 놓은 붉은 칸나는 뿌리가 땅속 깊이 들어 있어서 나 혼자 힘으로는 어려울 것 같다. 유난히 길었던 가을 더위로 새색시의 치마저고리 같은 빨강과 초록의 옷차림은 여전히 상큼하고 싱싱하다. 서리가 올 때까지 한참은 더 나의 정원에서 뽐내고 있을 것이다. 월동이 안 되는 구근은 다시 파서 얼지 않도록 잘 보관해야 한다. 그때 가서 남편에게 삽질을 부탁해 보아야겠다.

노루방구

　지난 설에 고향을 다녀온 남편은 올해도 어김없이 울적한 마음을 감추지 못하고 사나흘씩이나 말을 잊고 지냈다. 시어머니가 돌아가시고 난 후 명절 때마다 찾는 큰댁의 분위기는 옛날과 같지는 않다. 조카들도 다 성장하여 각기 제 가정을 가지고 있는 터라 큰 형님 내외는 며느리 사위 챙기며 올망졸망한 손자 손녀들 맞이하는 즐거움에 빠져 있었다. 당연히 형제들 간의 만남은 뜨악해질 수밖에 없다. 사 형제 중 미국으로 이민 간 막내동생을 제외한 세 형제가 명절 때마다 모이면, 셋째인 남편은 동생의 안부를 항상 형들을 통해서 듣게 된다. 시동생이 미국으로 간 이후 10년이 넘도록 남편은 동생으로부터 전화 한 통 받지를 못했다. 무엇이 그로 하여금 형제 의를 끊을 만큼 마음을 닫게 하였는지 우리는 아직도 분명한 내막을 모르고 있다.

　　지방대학을 나온 시동생은 어렵사리 들어간 회사에서 진급의 탈락을 당했다. 20여 년 전이다. 자식을 셋이나 거느린 가장이 돌연 사표를 내고 무위도식하는 것을 보다 못한 시어머님이 남편에게 막내아들을 떠맡겼다. 작은 사무실 하나 가지고 있는 남편이 그래도 오너라고 직원 하나 더 채용해 쓰라는 것이었다. 이렇게 남편은 시동생을 십여 년 간 자기 사무실에 데리고 있었다. 형과 동생이 고용주와 고용인의 사이가 된 것이다. 공적인 위치와 사적인 관계에서 애매할 수밖에 없는 우리네 사회에서 그동안 그 둘 사이에는 투명할 수 없는 갈등들이 비일비재했을 것이다. 남편 입장으로는 거두어 주고 있는 것이겠지만 시동생 쪽 생각은 기대보다 어긋난 대우로 노동력 착취라 생각했을 지도 모른다. 결국 IMF 때 시동생 가족들이 미국에 이민을 감으로 이 불편한 관계가 끝이 났지만, 그 후유증은 지금까지도 계속되고 있다. 시댁 식구들의 생각대로 아마도 아랫동서를 잘 보살피지 못한 나의 부덕함이 한 역할 했을 거라는 것에 나는 아니라고 못하겠다.

시어머님이 살아계실 때다. 시골에서 어머님이 우리 집에 오셔서 한동안 같이 지낸 적이 있었다. 으레 서울에 사는 동서들이 어머님을 뵈러 우리 집에 오기 마련이었다. 어느 한 날, 사전에 내게 전화 통화도 없이 아랫동서가 불쑥 우리 집을 찾아왔다. 그런데 그때 마침 우리 아파트 거실에서는 원어민 교사가 방문하여 나의 아들을 포함한 동네 초등학교 아이들 서너 명에게 영어회화를 가르치고 있었다. 현관문을 열자 열 살 안팎의 아이들 세 명이 우르르 거실 안으로 들이닥쳤다. 예고 없는 방문에 당황한 나는 손가락을 입에 대고 쉿! 하며 거의 안으로 아이들을 윽박지르다시피 하여 할머니가 계신 안방으로 몰아넣었다. 이때 나는 동서의 하얗게 변하는 얼굴과 칼날같이 모서리 세운 눈빛을 언뜻 보았다. 앞뒤 사정이야 어찌되었든 나는 그 후 동서의 닫힌 마음을 열어 보려고 여러 번 시도해 보았지만 뜻대로 되지 않았다. 마지막으로 시동생이 동서의 친형제들이 사는 LA로 이민을 떠나던 날 나는 세 아이들에게 일일히 기념이 될 만한 예쁜 지갑을 준비하여 편지를 써 넣어

공항에서 건네주었다. 물론 적지 않은 용돈과 함께였다. 이민을 간 시동생에게서 바로 소식이 올 거라고는 기대하지 않았다. 그러나 어렵게 시작했던 슈퍼마켓이 자리를 잡았다는 소식이 들려왔어도 시동생은 여전히 남편을 외면하고 있다.

작년 여름 우리 집 마당에 야생화 한 포기를 얻어다 심었다. 그 이름이 노루오줌이라고 했다. 이 이름을 듣더니 남편은 어릴 적 시동생과 얽힌 일화를 내게 들려주었다. 남편이 초등학교에 다니고 있을 때, 시동생은 아직 어려서 학교에 들어가지 않았을 무렵이다. 위의 형들은 두 분 다 중·고등학교에 다닐 때라고 했다. 그 시절에는 매스컴의 활동이 미비해서 정부가 중요정책을 실시할 때마다 문교부에서는 전국 초·중·고생들에게 표어를 달고 등교하도록 했다. 학생들은 그때마다 간첩 잡기, 쥐잡기 등의 내용이 담긴 꼬리표를 가슴에 달고 다녔다. 폭 삼사 센티, 길이가 십 센티쯤 되는 하얀 헝겊조각에 글씨를 써 넣어 교복 왼쪽 가슴 위에 안전핀으로 꽂고 학교에 다녔다. 남편이 기억나는 애기는 불조심 강조기간이다. 위의 세 형이 '불조심'이라고 쓴 글씨를 달고 다니는 것이 부러워 이 어린 막내동생이 형들을 쫄랑쫄랑 따라다니며 자기도 붙여 달라며 졸라댔다. "너는 특별히 글자 하나를 더 넣어서 네 글자로 만들어 줄게." 하며 장난기가 동한 형들이 동생의 가슴 위에다 꼬리표를 달아주었다. 이 동생은 그것을 제 또래의 친구들에게 자랑하며 다녔다. 자기 나름대로 드라마틱한 효과를 내기 위해 셔츠 위에 겉옷을 걸치고 다니다가 보여줄 사람이 나타나면 "이것 봐라. 나도 이런 거 달았다." 하며 두 팔로 가슴을 활짝 열어젖힌다는 것이었다. 거기에는 '노루방구'라는 글씨가 적혀 있었다. 이 이야기를 들려주는 남편은 한동안 어린 마음으로 돌아간 듯 열에 들떠 즐거워하더니 돌아갈 수 없는 그 시절을 그리워하며 곧 모호한 표정으로 얼굴을 굳히고 말았다. 그 굳혀진 얼굴을 어서 활짝 피고 노루방구 애기를 함께 나누는 형제의 조우를 머리에 그려 본다.

밤초와 시어머니

다시 밤 줍는 계절이 돌아왔다. 해마다 이맘때면 우리 집 마당으로 가득히 떨어지는 밤을 줍느라고 내 입에선 늘 작은 환호성이 새어 나온다. 밤나무 숲이 바로 정원과 경계를 짓고 있어서 바람이라도 한 번 크게 불면 여기저기서 우두둑 툭툭 하고 밤송이 떨어지는 소리가 어느 집 타작마당처럼 풍성하다. 추석을 전후하여 약 보름 동안 매일같이 주워 모았더니 냉장고 아래 칸에 가득 차게 되었다. 금년 여름엔 여느 해보다 무척 비가 많이 내렸는데도, 밤나무는 제 할 일을 다 해주었다. 평년보다 밤톨이 조금 작아지긴 했지만 고소한 맛은 여전하다. 그중에는 원룸 출신이 분명해 보이는 호두알만큼 둥글게 살찐 밤들도 꽤나 있었다. 나는 생률에 적합한 이 우량품들만 남겨 두고 나머지를 전부 곰솥에 부어 삶았다. 밤은 벌레가 쉽게 생겨 오래 보관할 수 없기에 삶아서 이웃들에게 나누어 주기 위해서다. 봉지마다 나눠 놓고 나서 집 떠나 있는 아들을 위해 밤초를 만들기 시작했다. 삶은 밤을 깎아서 꿀을 넣고 졸이는 간단한 일인데 밤 껍질 까는 일이 하도 더디어 웬만해서는 잘 만들게 되지 않는다.

결혼 초 시골에 계시는 시어머님께 밤초를 만들어 소포로 보낸 적이 있었다. 평소 덜렁이는 성격이라 살림을 못한다고 시어머님께 찍힌 몸이기에 깜짝 쇼를 벌여 점수를 따고자 였다. 요즘처럼 택배가 있어 음식을 쉽게 배달하던 때가 아니어서 예상보다 효과가 컸다. 그 때문이었던지 시어머님이 돌아가실 때까지 우리는 비교적 다정한 고부관계로 지냈었다. 밤초의 약효로 시어머님은 나와 대화하기를 즐기셨다. 어머님께서 들려주신 여러 이야기 중 잊을 수 없는 두 가지 일화가 있다.

한의사인 친정아버지로부터 유교의 가르침이 몸에 밴 어머님은 전형적인 조선의 여인이었다. 삼대독자인 시아버님에게 시집와서 사남삼녀를 낳아 모두 남부럽지 않게 키워내셨다. 육이오 사변 당시에 있었던 일이다. 시아버님은 그때 충북 청산이란 곳에서 전매청 중견간부직을 맡고 있었다. 담배 생산이 많은 곳이어서인지 당시에 정부관사에서 생활을 하셨다고 한다. 전쟁 중 그곳에서도 급히 피난을 가야 할 상황이 되었다. 서둘러 자식들을 불러 모아 피난짐을 꾸려 떠나야만 하는 다급한 상황이었는데도 시어머님은 재빨리 준비를 마치고 채마밭에 나가서 푸성귀에 물을 주고 있었다고 했다. 평소 이심전심에 익숙한 두 양주분이시기에 소달구지에 짐을 실으시던 시아버님께서 말씀하시기를, "그렇지, 잘하는 일인 거여. 뒤에 오는 인민군도 뜯어 먹어야지."라고 하셨다 했다.

아무리 생각해도 나로서는 믿기 어려운 또 하나의 이야기가 있다. 일곱 자녀를 낳다 보면 아직 윗 아이가 젖을 떼지 못하였는데도 동생을 출산하는 일이 종종 있게 된다. 다섯째인 나의 남편을 낳을 때라고 하셨다. 출산일이 가까워지자 위의 세 아이들을 시아버님이 데리고 건넛방에서 주무시고 어머님은 여전히 젖먹이를 데리고 잠을 자다가 한밤중 진통이 시작됐다고 했다. 제아무리 수월하게 아기를 낳는다고 해도 그렇지 이 세상에 배 안 아프고 아기 낳는 산모가 어디 있으랴.

어머님은 세 시간 이상 진통을 겪으면서도 그대로 젖을 물리고 산고를 참아 내셨다고 했다. 젖을 떼면 아기가 울겠고, 그러면 건넛방에서도 잠을 깰까 걱정이 되어 이를 악물로 견디어 냈다고했다. 그리고 이튿날 출근하는 남편을 위해 혼자서 분만을 하셨다. 한쪽 팔로 젖먹이 아기에 젖을 물린 채……. 이 정도라면 기네스북에 오를 만하지 않은가? 어머님의 인품상 전혀 없었던 완전 거짓말은 아닐 테고 당시 인고의 세월 속에 살았던 여인들의 생활상을 알리면서 본인의 미덕을 자랑하려 했던 것이 과장된 것이라고 나는 이해할 수밖에 없다. 그런데 태어나면서부터 소리 죽여 울 수밖에 없었던 내 남편은 지금도 여전히 조용한 성격이다. 아무래도 어머니의 이야기를 그대로 믿어야 할까 보다.

강가의 겨울나기

눈이 오는 날은 유난히 조용하다. 온 천지에 하얀 카펫이 깔려 있어서 주변 소음을 다 빨아들이고 있기 때문인가 보다. 그 정적을 헤치고 장작 패는 소리가 들려온다. 딱, 딱, 뿌지직, 된소리임에도 조금도 시끄럽게 느껴지지가 않는다. 불목하니를 자청하여 도끼질을 즐기는 남편이 내는 소리다. 딱, 하는 소리는 도끼를 내리칠 때 나고 한두 번 내리쳐도 미처 갈라지지 않은 두꺼운 통나무를 두 손으로 잡아 뜯을 때는 뿌지직, 하는 소리가 난다.

두텁게 드리운 커튼 사이로 희뿌연 새벽빛이 가느다랗게 뚫고 들어오고 있었다. 눈 오는 아침, 창호지 창에 스며드는 빛에 눈을 뜨며 도끼 소리에 잠을 깬다면 한결 더 풍성한 정취를 누릴 수 있을 텐데. 새삼 한옥의 운치가 아쉬워진다.

도시로 출근하는 가장이 전원에 살려면 남들보다 두 배는 더 부지런해야 한다. 그래서 눈 오는 날 남편은 벽난로에 지필 장작을 위해 이른 아침부터 장작을 패고 있는 것이다. 오늘은 하루 종일 눈이 올 거라는 예보를 접하고 충분한 양을 미리 대비하지 못한 그에게 비상이 걸린 것이다. 시골에 살면

서 여름에 풀 관리하고 겨울에 난방 관리하는 일은 결코 얕잡
아 볼 일이 아니다.

우리는 심야 전기 보일러가 일반인에게 널리 알려지기 전
에 집을 지었기 때문에 기름보일러를 설치하여 지금껏 쓰고
있다. 거실이 복층으로 트여 있어서 이 공간을 기름을 때어
아파트처럼 덥히려고는 처음부터 엄두를 내지 않았다. 대신
난방비를 줄이려는 보안책으로 각종 난방 기구를 총망라해
쓰임새에 맞게 시시때때로 선택하여 사용하고 있다. 가장 많
은 시간을 보내는 식당과 주방에는 심야전기용 축열식 전기
난로를 기본으로 가동하고 있다. 기름값이 예상보다 무섭다
는 것을 알고 난 입주 5년 차가 되어 부분적으로 추가 설치한
심야전기 사용으로 난방비 절감에 도움을 받고 있다. 기름은
잠을 자는 밤 시간 안방에만 사용한다. 온수를 위해 우리 집
에는 태양열 보일러가 또 있다. 그래서 더운물만큼은 마음 푹
놓고 쓴다. 아무리 펑펑 틀어 써도 태양은 한 번도 내게 고지
서를 보낸 적이 없다. 무한한 혜택이다. 지금까지 열거한 벽

난로, 태양열 보일러, 심야전기난로, 기름보일러 외에도 우리 집에는 네 가지 난방 기구가 더 있다. 가스난로, 전기장판, 석유난로, 전기히터가 준비되어 있다. 외출 중이라도 자동으로 보일러 작동이 되는 시스템을 갖고 있지 않아 밤늦게 집에 들어오는 날, 가장 빨리 집을 덥히려 할 때는 가스난로가 제일 편리하다. 우리는 거실 온도를 섭씨 5도에서 10도 사이를 유지하고 있다. 화초를 보관하는 데 무리가 안 되는 온도이다. 전기장판은 온돌을 좋아하는 우리나라 사람은 누구나 빠뜨리지 않는 품목이다. 근 10년 동안 한 번도 사용하지 않으면서도 버리지 못하고 있는 것이 석유난로이다. 신혼 초 연탄을 때던 시절에 필요했던 난방 보조기구였다. 1930년대에 디자인한 영국제 알라딘 스토브인데, 고가를 주고 산 이유도 있겠지만 호리병 같은 날렵한 몸피에 냄새 없는 파란 불꽃이 잘도 올라와 야외용으로 딱 적합하기에 아직도 보관하고 있다. 그리고 혹 정전이 되거나 폭설로 가스배달이 어려운 경우를 대비해 비상용으로 필요할 것 같아서이다. 마지막으로, 이동하기 편리한 스탠드형 전기 히터가 있다. 이름도 메디컬 히터라고 하여 저주파 절전형으로 건강에 이로운 열을 발산한다 하여 작년에 새로 구입한 것이다. 아무리 식당과 안방이 따뜻이 준비되어 있어도 수시로 자기만의 공간을 고집하는 남편을 위해 서재용으로 또 하나가 늘어나게 됐다.

나는 눈이 오는 날에는 어김없이 이층의 벽난로에 장작불을 지핀다. 옛날부터 내가 가장 즐기던 일은 눈 오는 날 난롯가에서 음악을 들으며 뜨개질 하는 것이었다. 그때의 연탄난로는 무쇠덩이로 된 벽난로로 교체되어 있고, 회색 벽 도시의 하늘을 흩뿌리던 눈발이 오늘 남한강 강물 위로 살포시 내려 앉고 있다. 전원생활을 하는 대부분의 사람들 말로는 여름을 즐기기 위해 겨울을 참고 기다린다고 한다. 그러나 눈이 풍성한 이 겨울, 나는 활활 타고 있는 난롯가에서 처마 끝 풍경 소리에 춤을 추며 찾아온 하얀 손님을 맞이하며 간만에 행복의 포만감에 젖곤 한다.

근래에는 지구 온난화로 좀처럼 강물이 얼지를 않는다. 영하 십도 이하로 삼사 일 이상 지속하면 강은 얼기 시작한다. 한 번 얼어버린 강 위로 눈이 내리게 되면 강은 봄이 올 때까지 하얀 눈벌판으로 계속 남아 있다. '앞 강의 살얼음은 언제나 풀리려나.' 하며 얼어붙은 강물이 녹기를 바란다고 송길자 시인은 노래했다. 그러나 나는 강물이 어서 얼어붙기를 기다린다. 그리고 하얀 얼굴의 남한강을 매일 바라보며 이 차가운 계절 내내 행복해지고 싶다.

사막의 맥줏 값

양평 지역은 해가 갈수록 점점 더 전원주택 지역으로 인기가 높아지고 있다. 우리가 처음 이곳에 터를 구하러 다닐 때는 6호선 국도의 확장 공사가 한창일 때였다. 지금은 교통 혼잡으로 짜증 날 일 없이 한 시간 정도 상쾌한 드라이브를 하면 도심으로의 출퇴근길도 훨씬 수월해졌다. 더구나 최근에는 전철까지 개통되어 빠르고 경제적인 대중교통도 이용할 수 있게 됐다.

사람들이 양평으로 몰려들고 있다. 내가 사는 대심리도 십여 년 전에는 주민 삼십 호 내외의 한적했던 마을이었는데 그동안 이곳저곳 포크레인 소리가 요란하더니 신축 주택이 백 채도 넘게 들어섰다. 차선 한 개로도 불편을 모르고 살던 주민이 비좁아진 마을길 때문에 원주민과 외지인의 충돌이 잦아졌다. 마을 회의가 여러 번 열린 끝에 주택 단지로 임야를 개발한 건축회사가 거금을 내놓고 우리 같은 개인 주택 소유주도 일정액을 갹출하여 마을 길의 대부분을 넓힐 수 있게 되었다. 그러나 땅 주인이 끝까지 협상에 응하지 않고 있어 아직 해결되지 못한 몇 군데가 여전히 문제점으로 남아 있기도 하다. 이 부분 때문에 각기 반대 방향에서 차를 몰고 오던 운전자들이 여기서 서로 맞닥뜨리게 되면 외나무다리 위에서 뿔을 맞대고 싸우는 염소로 변해 버리곤 한다.

우리가 이 마을에 들어올 때 제일 먼저 가시철망으로 길을 막은 우리 집 옆 서쪽 산은 분명 집을 지을 수 없는 농림 지역이었다. 현관문을 열면 바로 경사진 산자락에 밤나무와 낙엽송으로 울창한 숲을 마주할 수 있었던 것도 이 터의 큰 매력 포인트였다. 그러나 국토개발원의 완화 정책이었는지 이 산 주인의 로비 실력 때문인지 이 산도 거창하게 개발이 되고 있었다. 부정한 방법으로 진행되는 공사임을 확실히 알고 있는 우리는 민원을 내어 그 개발을 막고 싶었다. 산림청이나 감사원에 고발하면 비리가 밝혀지고 원상복구가 가능할 수 있었다. 그러나 우리는 하지 않았다. 아니 못했다. 싸움 하기에는 상대는 너무 큰 재산가였다. 이 싸움으로 평화로운 우리의 심기를 흩트려 놓고 싶지 않았다. 이미 불의에 항거해야 하는 뜨거운 피가 우리 속에서 식어 있었다.

그러다 이번에는 남쪽이 문제가 되었다. 우리에게 길을 터준 친절한 앞집 옆으로 우리 진입로와 경계인 또 하나의 필지가 있는데 이 필지도 팔리어 새 주인이 집을 짓게 되었다. 이 집의 공사 초기에는 아무래도 이미 포장된 우리 사도를 이용하는 것이 여러 면으로 편리했다. 이웃사촌이 얼마나 소중한

지 전원에 나와 살아보면 누구나 실감하게 된다. 당연히 우리는 사촌지간이 될 이 새 이웃에게 도움이 될 수 있는 일에 인색하지 않았다.

그리고 주택공사가 끝나자 그는 경계측량을 다시 했다. 그리고 새 주인은 우리에게 문제가 될 사안을 거론해 왔다. 우리 도로에 자기네 땅이 침범당했다는 것이다. 물론 이 사실을 우리가 모르고 있을 리가 없다. 지적 도면에 엄연히 표기된 사실이다. 우리 진입로를 직선으로 내기 위하여 옆 집 경계가 조금 물려있는 것이다. 이등변 삼각형의 한쪽 끝처럼 뾰족한 모퉁이 땅 0.5평이 우리 도로에 들어와 있었다. 이 도로를 포장할 때 전 주인의 묵인하에 십 년 가까이 우리가 사용하고 있었다. 새 주인이 나타나면 순리대로 매입을 하든지 땅과 땅으로 교환하면 될 것이라고 우리는 그렇게 안일한 생각을 하고 있었다. 그런데 새 주인은 전혀 다른 조건을 내세웠다. 자기네에게 우리 길을 같이 쓰도록 하든지 아니면 맹지를 풀어주는 대가를 지급하라는 것이었다. 그것은 건전한 상식으로는 도무지 납득이 안

가는 큰 액수였다. 이른바 사막의 맥줏값이라는 것이다.

두 조건 다 그들의 발상은 아닌 듯했다. 처음 이 땅을 소개받았을 때, 아마 중개업자들이 이 점을 큰 메리트로 부추겨 매입을 시킨 것 같았다. 우리와 도로를 같이 쓰면 그에게는 자기 집 진입에 들어갈 이십 평이나 되는 토지의 낭비를 막을 수 있게 된다. 반면에 우리는 길을 같이 쓰게 되면 울타리 안의 우리 사생활이 보호를 받을 수 없게 된다. 0.5평의 자투리 땅으로 우리의 발목을 잡힐 수는 없는 것이다. 우리의 주장은 새 주인이 우리 길의 절반을 매입하여 지분을 반씩 나누어 가지라는 것이다. 그러나 그는 그럴 수 없다고 했다.

그는 작년 가을 완공된 집으로 입주하여 아침저녁 내가 눈인사라도 하려 하면 일부러 시선을 돌리며 외면을 한다. 시쳇말로 '자기네가 칼자루를 쥐고 있다' 는 식이었다. 법률사무소에 출근하는 내 남편은 일절 법이라는 단어는 꺼낼 기척도 보이질 않는다.

빨간 말뚝

개발이라는 단어는 분명 긍정적 의미임이 틀림없다. 토지나 천연자원 따위를 개척하여 유용하게 만드는 것이기 때문이다. 토지뿐 아니라 지식이나 재능, 그리고 산업과 경제, 기타 분야를 발달시켜서 인간생활을 편리하게 해 주는 것은 우리 모두가 다 바라는 바다. 그러나 18세기 영국에서 일어난 산업혁명 이후 급속도로 발달한 인류문명으로 인해 이제는 개발공해라는 말이 화두로 등장하기까지 이르렀다.

어느 신문 칼럼니스트가 개발의 정도에 따라 지구촌 육대주를 재미있게 묘사해 쓴 기사가 생각난다. 유럽주를 50대로, 아메리카를 40대, 아시아는 30대로, 그리고 아프리카를 20대 청년으로 개발 가능의 여백을 기준 삼아 비유를 했다. 이것을 경제 눈금으로 가려 보면 선진국, 개발도상국, 후진국으로 나누어진다. 작년 코리아헤럴드 기사에는 국민 소득이 17,000불 이상이면 선진국에 속한다고 했다. 우리나라는

2008년에 20,000불을 넘었다고 했는데, 2010년도에는 다시 19,890불로 하락하였다고 한다. 그러나 IMF는 2015년이면 한국은 30,000불 시대를 맞이하게 될 것이라고 발표했다.

어쨌거나 우리나라는 이제 선진국 대열에 놓이게 되었다. 잘 살아 보자고 새벽종을 노래 부르며 산림을 개간하던 시절이 바로 얼마 전 같은데, 지금은 그 일구어 놓은 논과 밭이 도로와 전원주택이 들어서기 위해 다시 메워지고 있다. 참으로 격세지감을 느끼지 않을 수 없다.

국민소득 이만 불 시대다. 이제는 삶의 질을 위한 개발이다. 도시를 탈출하는 인구가 해마다 늘고 있는 것은 누구나 다 쾌적한 삶을 원하기 때문이다. 양평의 인구도 점점 늘고 있다. 남향받이 배산임수의 지형은 내 눈에만 뜨이는 것이 아닌 만큼 우리 동네는 양평의 어느 다른 지역보다 택지로 만들기 위해 임야와 논과 밭을 허무는 개발 공사가 빈번하다. 더구나 강이 보이는 곳과 안 보이는 택지의 가격은 천지 차이다. 땅 주인은 누구라 할 것 없이 한 치라도 더 높은 땅을 만들기 위해 성토에 혈안이 되어 있다. 마을길로 흙 차가 지나다 닐 때마다 이곳저곳에서 큰소리가 오간다. 허가 없이 공사한 다고 군에다 민원을 넣는 이웃 때문이기도 하고, 흙먼지가 심해서 빨래를 다시 해야 한다며 매립지에 와서 야단법석을 떠는 길가 주민이 있어서이다. 동네가 조용할 날이 없다.

자동차가 없던 시절에는 남의 땅을 발로 밟고 다니는 것은 예사로운 일이었다. 그런데 차가 드나들 수 있는 진입로가 필수조건이 된 요즈음 이 문제로 다투는 일이 허다해졌다. 삶의 질을 높이기 위해 전원으로 내려와 자연과 하나 되어 여유롭게 살려했던 초심은 어디로 갔는지 집집이 한 뼘의 땅도 뺏기지 않으려고 번갈아서 경계측량을 하고 있다. 지금 우리 동네는 빨간 말뚝 세상이 되어가고 있다.

드디어 앞집 주인이 우편으로 내용증명을 보내 왔다. 자기네가 땅을 구입한 날부터 오늘까지 자기네 땅을 이용한 대가로 사용료 얼마를 ○월 ○일까지 지불하라는 것이다. 만일 이를 이행하지 않으면 사유재산권을 발휘하겠다는 내용이었다. 남편은 그대로 가만히 지켜만 보라고 했다. 그리고 ○월 ○일이 지나갔다.

결국 그날 저녁, 남편은 차를 도로에 주차하고 걸어서 집으로 들어왔다. 우리 집 진입로 한복판에 빨간 말뚝이 박혀 있었다. "여보, 이제는 어쩔 수 없이 솔로몬에게 가야 할 때가 왔어." 남편은 오히려 잘 됐다는 듯 밝은 표정을 지으며 내게 말했다.

빗금

강남호텔 로비로 들어서면서 경서는 급히 좌우를 살핀다. 이곳을 석 달이나 드나들었는데 어기적거리는 몸짓은 여전하다. 그녀에겐 이곳이 늘 낯설고 두렵다. 음습한 곳 어디에선가 똬리 틀은 뱀이 불쑥 머리를 솟구치며 그녀의 발목을 휘감을 것만 같다. 무궁화 세 개가 붙어 있는 이 호텔은 강남대로에서 꺾어져 주택가로 이어지는 이면도로에 있다. 빤히 얼굴이 마주치는 프런트맨과 눈인사를 나눈 뒤 그녀는 빠른 걸음으로 승강기 앞으로 가 섰다. 뉴욕, 런던, 파리, 도쿄의 시간을 알리는 디지털시계가 벽 위에서 붉은빛을 번쩍이고 있다. 서울은 오전 9시, 호텔은 이제 막 잠에서 깨어나고 있었다.

승강기가 내려왔다. 입술이 붉은 청바지 차림의 아가씨와 대머리 신사가 서로 부둥켜안은 채 그 박스에서 나온다. 경서는 바로 승강기로 들어가지 않고 잠시 머뭇거린다. 승강기 문이 닫힌다. 그녀는 재빨리 버튼을 다시 누른다. 문이 열린다. 이삼 초를 더 기다린 후 승강기 안으로 발을 들여놓는다. 조금 전 남녀가 뱉어 놓은 날숨이 미처 다 빠져나가지 못하고 그녀의 들숨에 섞인다. 역겨운 체취가 코언저리에 닿으면서 후각을 괴롭힌다. 수컷을 발정나게 하는 암컷의 그 동물성 냄새다.

그녀는 7층에서 내린다. 복도 끝으로 가서 707호 앞에서 벨을 누른다. 707호는 7층 건물의 이 호텔에 단 하나 있는 스위트이다. 이 호텔 회장이 기거하는 곳이다. 문이 열리면서 감색 투피스를 입은 여비서가 그녀를 맞아들인다. 경서는 넓은 거실을 가로질러 회장실로 들어간다. 회장실은 한식으로 꾸며 있다. 문을 열고 들어서면 골동품 도자기들이 잘 배치되어 있는 사방탁자와 문갑이 정면으로 보인다.

"굿모닝 미시즈 리? 하우 아류?"

머리가 희끗희끗한 노부인이 보료 위에 앉은 채 인사를 받는다.

"파인 쌩큐, 미즈 윤. 싯 다운, 플리즈."

운경서, 그녀는 이 호텔 회장에게 영어회화 지도를 하기 위해 일주일에 두 번 이곳을 방문한다. 미시즈 리라고 불리는 노부인은 이 호텔 회장이다. 노부인은 온양에서 규모가 꽤 큰 여관을 운영하던 노하우를 가지고 강남에 호텔을 지었다. 온천을 자주 이용하던 정계인사와 줄이 닿아 발빠르게 강남에 수만 평의 땅을 사들여 여관 주인이 호텔 회장으로 승격된 것이다. 영동개발이라는 그룹을 설립하여 세 아들이 각기 다른 사업체를 가지고 있고 어머니는 그들의 총수가 되어 있다. 곧

칠순을 바라보는 이 할머니 회장은 아직도 사업의욕이 대단하다. 비즈니스로 외국인과의 만남이 피할 수 없게 되자, 그 나이에도 불구하고 영어 공부를 시작한 것이다. 물론 간단한 생활영어이다. 오늘은 색상의 이름을 배울 차례다. 책상으로 쓰고 있는 은백색 자개가 촘촘히 박힌 교자상 위에는 원색 그림으로 가득한 '뉴 호라이즌스' 영어회화 책이 펼쳐져 있다. 교자상에서 뿜어내는 은은하면서도 휘황한 광채가 방 안을 환히 밝히고 있다. "레드 애플, 그린 필드, 블루 스카이." 할머니는 푸른 들판과 푸른 하늘에서 멈칫거린다.

7월 중순이었다. 이제 곧 학교가 여름방학에 들어갈 때이다. 이 때를 맞춰 경서는 모든 준비를 끝내 놓았다. 소규모 학원인 어린이 영어교실을 방학이 시작함과 동시에 오픈할 참이었다. 압구정동의 초등학교 정문에서 백 미터도 안 떨어진 건물에, 그것도 도로면 일 층에 자리 잡은 이 영어교실은 이곳을 지나가는 어느 누구에게도 시선이 집중되도록 꾸며졌다. 출입문을 제외한 정면 벽을 전부 통유리로 끼우고 그 위에 밝은 원색으로 옷을 입힌 톰과 메리의 캐릭터를 실제의 절반쯤 되는 크기로 그린 그림을 붙여 놓았다. 노랑머리를 한 메리와 뾰족코의 톰은 엄지손가락으로 교실 안쪽을 가리키며, 'Come in and Join Us' 라고 쓰인 팻말을 머리에 이고 익살스럽게 웃고 있었다. 애니메이션을 공부하는 대학생 조카에게 부탁하여 디즈니 만화 같은 장면을 연출해 놓았다.

결혼 4년이 지나도록 여전히 고시준비생으로 있는 그녀의 남편도 모처럼 신이 났다. 늦은 밤까지 이집 저집 옮겨 다니며 과외 지도를 하는 아내가 한 곳에 자리 잡고 정착하게 된 것에 한결 마음이 가벼워진 듯했다. 페인트칠하고, 책상과 의자를 나르고, 경비원에게 허리를 굽히며 아파트 입구에 광고지를 붙이면서도 그는 연신 싱글벙글했다. 남편과 함께 머리를 맞대어 문안을 작성한 전단도 벌써 인쇄소에서 찾아다 놓았다. 그리고 그날 오후에 신문 배달업소에 가져다 맡길 참이었다. 오전 오후반을 합한 정원 30명 중 벌써 접수를 끝낸 수강생이 열 명이 넘었다. 기존의 영어 지도를 받고 있는 학생들 가정에서 초등학생 동생들을 모두 등록시켜 주었기 때문이다. 몇몇 학부형들은 창업자금의 어려움을 이해하여 3개월, 6개월씩 학원비를 미리 지급해주기도 했다. 종로의 유명학원 강사였던 윤경서 선생의 경력을 인정한 학부형들의 호의로 출발은 순조롭게 진행되었다. 당분간 모든 수업을 혼자 맡아 하다가 겨울방학 때쯤 가서 다른 강사를 채용할 계획도 가졌다. 이제 곧 영어교실이 확장, 발전될 가능성은 너무나 확실시됐다. 지구촌에 사는 사람은 누구도 "영어는 성공의 도구이다"라는 말에 반론을 제기할 사람은 없을 것이고, 대한민국 압구정 사람들은 성공의 도구를 갈고 닦는 일에는 돈을 아끼지 않고 펑펑 써대는 중이었다. 그리고 무엇보다도 초등학생만을 겨냥한 영어 전문학원을 그때까지 아무도 시도한 적이 없었기 때문이다. 새로운 아이디어에 노른자위 목에다 만반의 준비를 하고 디데이만을 손꼽고 있었다. 이제 미다스는 손을 뻗칠 일만 남았다. 그녀의 남편은 다음날 아침 아파트 단지에 뿌려질 광고 결과만 보고 바로 고시촌으로 내려갈 예정이었다. 그녀가 신문보급소에 가져갈 전단를 챙기고 있는데, 그때 전화가 따르릉 울렸다. 톰과 메리를 그려준 조카였다.

"이모, 뉴스 들었어?"

"아니, 무슨 뉴스?"

"이모야, 큰일 났다. 나 지금 라디오 듣고 있는데, 이걸 어떡하면 좋아? 무슨 이런 일이 다 있어? 지금 바로 뉴스 틀어봐 나도 뭐가 뭔지 모르겠어."

전화통을 울리는 목청은 마치 전쟁이 터졌다는 것을 알리듯 울음이 섞인 흥분된 어조였다. 그녀가 라디오를 틀자, 정말 거기에서 나오는 소리들은 마른 하늘에 날벼락이 되어 경서의 머리통을 내리쳤다. 참으로 전쟁이 터진 것이다. 전선은 38선이 아니었다. 바로 그녀의 발 앞에 폭탄이 떨어진 것이다. 과외 금지를 선언하는 대통령의 특별 조치가 내려진 것이다. 그 해 군사정권을 이어받아 새로 취임한 대통령께서 그녀의 압구정 교실을 산산조각으로 날려버린 것이다.

강남호텔에서 나온 경서는 서둘러 택시를 탔다. 다음은 할머니 회장의 셋째 아들네 집이다. 한양쇼핑 근처에 있는 H 아파트를 가려면 버스 편이 불편하여 그녀는 택시를 이용한다. 일주일에 두 번 하는 수업이어서 기본요금이 넘지 않는 가까운 거리에다 짝을 맞추어 시간을 배정한다. 그렇게 해야 오전에 두 곳을 뛸 수 있다.

노른자위 목에 노른자위 아이디어가 그렇게 무산되자 과외 선생이 본업인 그녀 자신보다 그녀의 남편이 먼저 무너져 버렸다. 하늘이 돕지 않는다는 것이다. 여러 해 실패만 경험한 그는 '인간의 노력은 한계가 있어 나머지는 하늘이 도와야 합격할 수 있다'고 쉽게 운명론자로 주저앉아 버리곤 한다. 콩나물 장사하여 남편 뒷바라지했다는 열녀들의 성공 후일담은 세상이 다 알고 있다. 일상생활에서 흔히 있는 작은 실수 하나에도 사사건건 징크스라 여기며 남편이 주저앉을 때 마다 그녀는 열심히 마른 콩에 싹을 틔웠다. 가슴속 시루에 하나 가득 콩나물이 차올라 오면 그녀는 중심 잡는 오뚝이

가 되어 벌떡벌떡 일어나곤 했다. 안방에서 은밀히 하는 과외를 아무도 알 수 없을 거라고 생각하며 여전히 아파트를 드나들던 많은 과외 선생들이 서슬이 퍼런 칼날에 모두 붙잡혀 갔다. 밀고자들은 옆집 사람이나 친척 중 하나라 했다. 과외는 이것으로 끝장이었다. 그렇다고 결혼식도 안 올리고 배부른 몸을 더 이상 감출 수 없게 되어 그만둔 종로의 학원으로 복귀할 재주도 없었다. 새로운 일을 찾아야 했다.

영어교실의 빌딩 주인은 계약서대로 이행한다며 임대 보증금을 쉽게 돌려주지 않았다. 학교가 가깝고 도로변 일 층의 조건으로 그곳에 문방구점을 내면 잘 될 것 같았다. 다른 학교 앞에 있는 여러 문구점을 찾아가 그녀의 상황을 설명하고 조언을 구했다. 그들의 말로는, 그 조건만 가지고는 어려울 거라 했다. 우선 문구점은 등하교 시간이 가장 바쁜데 그 시간에는 혼자서 아이들을 다 지킬 수 없다고 한다. 가족 중 누군가 함께 도와야 가능하다. 그리고 학교는 방학이 있어 일 년 중 여덟 달만 장사가 되고, 나머지 네 달은 집세 내기도 어렵다 한다. 학교도 가깝고 주변에 일반회사 건물도 함께 있어서 비철이 없어야 한다고 했다. 주위 사람 모두가 송충이는 솔잎을 먹고 살아야 한다며 다들 말렸다. 그러나 솔잎이 깡그리 없어진 마당에 풀잎이라도 뜯어 먹어봐야 하지 않나? 고시촌으로 보내는 하숙비도 여러 달째 못 보내고 있었다. 건물 보증금이 나오면 해결될 일인데, 아니 그게 아니고 몇 달 후 합격 통지서만 받으면 이 모든 것의 해답이 나올 텐데……. 남편은 꽁초가 수북이 쌓인 재떨이 앞에서 이대로 갈 것인가 말 것인가를 또 읊조리고 있을 것이었다.

그녀의 가슴이 까맣게 타들어 가고 있을 즈음 아들 학원비를 미리 가불해 준 한 어머니가 그녀에게 살 길을 터 주었다. 어머니들을 모아 영어를 가르쳐 보라고. 자기들이 배워서 자식들을 가르치겠다는 것이다. 고시 뒷바라지 하는 일이 자못 품격 있는 명분으로 여겼는지 자기들도 한 역할을 거들어 주겠다는 의도가 작용한 것 같았다. 게다가 벼락 맞은 과외 선생에게 돈을 도로 물려받는 일은, 한껏 고양된 사모님의 자존심에 크게 흠집을 낼 수 있기 때문이기도 했다. 그녀는 다시 아파트 방문을 계속하게 되었다. 처음 모여진 어머니 그룹은 두 달도 가지 못했다. 공부를 하려면 먼저 수준별로 반 편성이 이루어져야 하는데, 자녀 과외팀 어머니들이 그대로 한 그룹이 되었기에 수준이 맞을 수가 없다. 서로 실력이 들통날까봐 눈치 보기에 급급해 하니, 수업이 제대로 진행될 리가 없다. 회화를 배우려면 발음이 되어야 하는데, 도대체 입을 벌리려고 들 하질 않는 것이다. 결국 그룹은 해체되고, 그녀는 오히려 더 많은 시간의 개인 지도를 맡게 되었다. 그중 하나가 강남호텔의 셋째 며느리이고, 또 이 며느리가 시어머니에게 경서를 추천한 것이다.

H 아파트 문 앞에서 벨을 누르자, 가정부가 문을 연다. 그녀가 안으로 들어가려 하자,

"사모님 오늘 공부 못할 꺼유. 사장님이 아침에 비행장에서 들어오셨슈. 시방 둘이서 한창 정분 나누고 있을 낀디……."

늙수그레한 청산댁 아주머니는 가늘게 실눈을 끔벅이며 급하게 말을 내뱉는다. 아예 현관 안으로 발도 들여놓지 못하게 할 기세이다. 아침 연속극을 보다 나왔는지, 정분 나누는 것을 엿듣고 있었는지 그 길로 선생이 바로 돌아가길 원하는 것 같았다. 그러나 확인도 않고 그대로 돌아갈 순 없었다. 더구나 오늘은 보수를 받는 날이다.

"사모님이 오늘 수업 못한다고 직접 그러셨어요? 가서 여쭤 보세요."

"어메, 시방, 여쭐 입장이 아니 구만유. 워디 시방 공부하 갔슈? 형편 보면 몰라유? 젊디젊은 내외가 보름 동안이나 떨어져 있었는디. 남의 집 다니면 그만한 눈치는 있어야지 원 선상님도……."

그녀는 거의 현관문을 닫고 있었다. 경서가 그때까지도 머뭇거리고 있자, 청산댁은 끝내 현관문을 탕! 소리가 나게 닫았다. 적선하러 온 거지를 내쫓는 격이었다. 속으로는 '저나 나나 남의 돈 받아먹기는 마찬가지인데 무슨 격식 따지고 경우 따지고 할 것이 무어냐 상전 기분 잘 맞춰서 떡 부스러기 한 움큼이라도 더 받아먹는 게 대수이지' 하고 있을 것이다. 외국 출장에서 돌아온 남편 섬기느라 정신없는 마님 덕에 영어 선생 커피 한 잔 덜 타고, 티브이 한 장면이라도 더 보는 것이 그녀에게는 떡고물이 되는 모양이다. 그러나 경서에게는 한 시간 결강이 달가운 것일 수만은 없다. 한 번 두 번 수업을 빼먹으면 진도가 늦게 되어 학생 스스로 흥미를 잃게 되어 결국엔 바쁘다는 핑계로 도중 하차를 하게 된다. 그래서 경서는 되도록 사모님들의 편리한 시간에 맞추어 보충 수업을 해 주고 있다. 개인 지도의 장점을 강조하여 철저히 고객관리를 하려면 다음날 또다시 시간을 내야 하기 때문이다.

H 아파트를 나왔다. 속이 쓰리다. 몇 년 동안 과외 시간에 쫓기어 홀대했던 위장이 더 이상 못 참아주겠는가 보다. 신물이 목울대까지 꽉 차 올라온 느낌이다. 오늘 아침은 쉽게 떨어지지 않으려는 아이와 실랑이를 하다 아침밥도 못 먹고 나왔다. 청담동 경서의 집에서 강남호텔까지는 멀지 않은 거

리지만 버스 편이 없어 교통이 매우 불편하다. 그녀가 세 들어 있는 스무 평 연립주택은 강 건너 뚝섬이 바라보이는 언덕바지 끝자락에 있어, 공사장과 넓은 공터가 있는 진흙길을 밟고 아파트 단지 버스정류장까지 걸어 나오려면 20분은 족히 걸린다. 집 앞에서 택시를 타면 강남호텔까지 10분이면 닿을 거리이다. 그러나 띄엄띄엄 다니는 버스를 두 번이나 갈아타야 하므로 넉넉히 한 시간은 잡고 나서야 한다.

4년 전 13평 독신 아파트를 팔아 전셋집으로 옮기면서 이 집이 세 번째다. 지난번 살던 학동아파트에서는 6개월만 살고 이사를 했다. 시내 학원을 그만두고 처음 여의도에서 과외를 시작했을 때는 꽤 넓은 아파트에서 살았다. 그러자 여의도 과외 학생들이 점점 영동으로 옮겨 가기 시작했다. 그녀 역시 영동으로 집을 옮겼다. 하루가 다르게 빌딩이 들어서는 그곳에선 아이템만 좋으면 무슨 사업이든지 먼저 시작하는 사람이 따 놓은 당상이다. 영어 장사가 실패할 리는 없어 보였다. 그것도 어린이를 겨냥한 신상품이다. 그녀는 창업자금을 마련하기 위해 아파트에서 연립으로 집을 줄여 갔다. 청담동은 압구정 언저리에 있다.

오늘 따라 회장 할머니에게서도 그 며느리 집에서도 커피 한 잔도 못 얻어 마셨다. 커피와 함께 따라 나오는 과자나 과일은 가벼운 요기가 되곤 했다. 오전 내내 위장이 비어 있었다. 평소 때라면 집으로 들어가겠지만 오늘은 아니다. 후들거리는 다리를 끌고 그녀는 버스 정거장으로 향했다. 분식집에서 구수한 칼국수 냄새가 풍겨 온다. 그녀는 그대로 지나친다. 레슨비는 약속된 날짜에 못 받더라도 남편의 하숙비는 미룰 수가 없다. 그는 오늘 저녁 집에 오기로 되어 있다. 저녁거리도 걱정이다.

사람들이 바바리 깃을 올리고 버스를 기다리고 있었다. 청바지와 재킷 차림인 그녀의 목덜미 사이로 늦가을 찬바람이 비집고 들어온다. 속이 비어서인지 한기가 몸속으로 파고든다. 아침에 서두르다 머플러를 못하고 나온 것이 후회된다. 잠실행 버스가 오자 재빨리 올라탔다. 잠실 고층 아파트에 사는 언니네 집을 향해서다. 영어교실에 그림을 그려준 조카네 집이다. '신 서방 겨울 잠바와 바지 두 벌 챙겨놨다. 언제 시간 내서 들러라.' 며칠 전 전화로 언니가 한 말이 기억났다. 남편은 형부와 체격이 비슷하여 종종 옷을 물려 입고 있다. 그녀는 남편에게 새 옷을 사준 적이 별로 없다. 결혼기념일 같은 때, 백화점에 데려가 억지로라도 그에게 골라 보게 하였지만, 그는 늘 새 옷 사는 것을 못마땅해 했다. 그 돈으로 책 몇 권 더 사고 소주와 삼겹살이나 푸짐하게 먹기를 더 원했다. 그래서 남편의 외양은 늘 추레하다. 빛바랜 점퍼와 운동화 차림은 항상 후줄근해 보였다.

처음 그를 만났을 때도 그는 후줄근했다. 대학이 방학하면 토플 준비하는 학생으로 종로 학원가는 만원을 이룬다. 그 해 12월, 금요일 밤이다. 여느 때보다 한 시간 더 늦게 배정된 강의를 마치고 동료 선생들과 함께 학원 빌딩을 나서려는데, 키가 홀쭉히 큰 웬 남자가 그녀에게 다가와 무언가를 물었다. 그 학원 강사로 있는 김철우 선생을 찾아왔다는 것이다. 자기와 대학 동기인데 시내에 나왔다가 강의 끝나는 시간에 맞춰 그를 만나러 왔다고 했다. 10시가 넘은 시간이었다.

"어머, 어떡하죠? 김철우 선생 지금 안 계시는데요. 두 달 전에 그만두셨어요. 왜 전화로 확인하고 오시지 그랬어요?"

김철우 선생은 명문 법대를 나온 인기 강사인데 국가보안법에 연루되어 한곳에 오래 있지 못하고 자주 학원을 옮겨 다녔다. 물론 이름도 가명이다.

"어? 일이 그렇게 됐어요? 제가 촌놈이라서 뭘 알아야지요."

처음 보는 사람에게 주저 없이 속내를 들춰 보이는 당당한 여유는 얼굴이 붉도록 마신 술기운 때문만은 아닌 것 같았다.

"어? 이제 어떡하나? 돈 잘 버는 친구 만나 오늘 밤을 해결하려 했는데……. 어이쿠, 이거 실례 많았습니다. 헌데 이거 낭패네……. 큰 낭패네……."

낭패를 혼잣말로 되풀이하며 그는 뒤돌아서 밖으로 나갔다. 군에서 갓 제대를 한듯 스포츠형 머리를 한 이 사내는 회색빛 홈스펀 점퍼를 입고 있었다. 지퍼가 열린 점퍼 밑으로 S

대 마크가 뚜렷한 버클이 가죽벨트에 달려 있었다. 마른 몸피에 헐렁한 옷을 입어서인지 돌아서 가는 그의 뒷모습이 휘청거렸다. 그의 겨드랑이에는 형사소송법이라고 쓰인 책이 삐죽이 나와 있었다.

"잠깐만요. 혹시 저녁 안 드셨으면 저희와 함께 가시죠."

그의 서늘한 등판 때문이었을까? 아니면 겨드랑이에 낀 책 때문이었을까? 경서는 돌아서 가는 그를 불러 세워 동료 강사들이 기다리고 있는 호프집으로 같이 가서 합석을 시켰다. 금요일 밤이면 늘상 있는 회식 자리였다.

"경서야, 너 얼굴이 왜 이렇게 형편이 말이 아니니? 판사마님 돼 보기도 전에 생명 단축되겠다. 신 서방 뒷바라지도 네 몸이 성해야 하지. 그래, 밥은 제대로 먹고 다니는 거니?"

거실에 들어와 앉자마자 언니가 걱정부터 쏟아 놓는다.

"오늘 좀 피곤해서 그래. 맨날 엄마가 뜨신 밥 해줘서 잘 지내고 있어."

"그래, 너 말 잘한다. 그 노인네를 도대체 언제까지 부려먹을 참이니? 아무리 신나라, 신나라, 하며 손자 예뻐서이겠지만, 어머니 칠십 늙은이야. 애 보는 게 얼마나 힘든지 너도 잘 알잖니?”

“미안해 언니. 밤마다 엄마가 허리 아프다고 앓는 소리 낼 적마다 내 가슴도 미어져. 봄 되면 나라 어린이집 같은 데라도 보내려고 해.”

“봄 되면 이제 끝장을 내야지. 뭘 더 기다리려구? 그나저나 신 서방네 집 너무하는 것 아냐? 벌써 몇 년째니? 사람들이 염치가 없어도 너무 없다. 농사 짓는 집에서 어쩜 쌀 한 톨 안 보낸다니? 그런 집이니 신 서방이 저렇게 뻔돌이가 됐지……. 사람이 싱겁긴 또 왜 그렇게 맥아리가 없어? 시골에서 고드름 장아찌만 먹고 살았나? 나만 보면 실실 웃기만 하고.”

“처갓집 식구들 앞에서 웃을 수 있는 것도 나라 아빠 실력이야. 그런 배짱이 아직 남아 있으니 지금껏 붙잡고 있지. 그것도 없었으면 내가 먼저 포기했어.”

“너 그럼 언제까지 이렇게 살래? 아무튼 오늘 신 서방 오면 이번이 마지막이라고 딱 부러지게 말해. 이번에도 떨어지면 공무원 시험이나 보라고 해. 고시공부 그만큼 했으면 5급 공무원은 붙지 않겠어?"

"그런데 언니, 나 배고파 죽겠어. 뭐 먹을 것 좀 줘."

경서의 언니는 혀를 끌끌 차며 주방으로 들어갔다.

그 해 12월 이후 그 후줄근한 남자는 그날 경서가 교통비로 넣어준 돈을 갚는다고 다시 찾아왔다. 그리고 또 얼마가 지나지 않아 이제 그는 그녀의 아파트까지 찾아오게 되었다. 고향 강원도에 있는 절에 머물다가 어쩌다 서울을 올라오게 되면 마땅히 묵을 곳이 없다는 것이다. 그렇게 그녀의 배는 부풀게 되었다. 동갑 나이 스물아홉 살이었다. 검은 구름이 머리를 덮치고 회오리 바람이 두 가슴을 패대기치며 지나갔다. 그런 중에도 간혹 여우비라도 오는 날이면 시시덕거리기도 했다. 시험은 계속 실패했다. 재수로 입학한 법대, 졸업 후 아르바이트하며 응시했던 시간들. 결국 육군 병장까지 끝내고 고시촌 걸상에 앉았을 때 그는 예비 아빠가 되어 있었다. 시간이 지나자 어김없이 아이는 세상 밖으로 나왔다. 아이를 되돌려 자궁 속으로 집어넣고 싶었다. 그 속에 더 머물게 하다가 고시가 합격된 후 당당한 아버지로 만나고 싶었다. 그러나 산모는 다시 자궁을 벌리려 하지 않았다. 어느 화냥년이 잘난 수재 아들 꼬드겨 앞길을 망치려 한다고 펄펄 뛰던 그의 늙은 부모가 상경하여 아들을 그대로 복사해 놓은 손자를 상면하고는 아무 소리도 못하고 시골로 내려갔다. 고향에는 이 아들의 금의환향을 기다리며 며느리가 되겠다는 처녀들이 줄을 잇고 있었다. 군수도 사돈을 맺자 하고, 사원을 백 명도 넘게 거느린 탄광 사장도 딸을 주겠다고 했다. 그러나 하늘이 정해 놓은 운명을 되돌릴 수는 없는 일이었다. 그들은 새 생명을 소중히 받아들였다. 그리고 이후로는 좋은 일만 생기라고 손자 이름을 '신나라' 라고 지었다. 그것이 그들이 할 수 있는 능력의 전부였다. 대학까지 공부시킨 아들에게 더는 뒷돈 댈 힘이 남아 있지 않았다. 남편은 여기저기서 조금씩 보태주는 격려금으로 담뱃값, 책값을 충당하고 있었다. 다행히 어려서부터 영특하다고 알려진 그는 고향 주지 스님의 배려로 절에서 숙식을 해결하고 있었다.

산모의 몸이 제자리로 돌아왔을 때 경서는 웨딩드레스를 입었고, 남편은 13평 경서의 아파트로 주민등록을 옮겼다. 어머니가 같이 살며 외손자를 길러 주었고, 그녀는 과외 거리를 찾아 종종걸음으로 뛰어다녔다. 이제 정식으로 남편이 된 그 후줄근한 사내는 하숙비를 당당히 내며 퇴촌의 고시촌으로 옮겨 왔다.

노장파 고시생들이 초창기에 모두 그러하듯이 그녀의 남편도 해마다 속전속결의 기세로 고시라는 전쟁터에 나섰다. 나이가 들수록 세월 가는 것이 초조하여서 한 해에 반드시 2차 시험까지 통과해 보려고 욕심을 부린다. 그러나 채워진 지식만 가지고는 고난도의 문제를 풀어낼 수가 없다. 리갈 마인드가 필요한 것이다. 법적인 판단은 자로 재거나 무게를 다는 것처럼 일사불란하게 측정할 수 있는 것이 아니기 때문이다.

인간의 행위는 옳다든가 옳지 않다는 평가를 하게 되는데 그 기준이 정의이다. 법원 건물 앞에 서 있는 정의의 여신 유스티티아 상을 보면 한 손엔 저울을, 다른 한 손엔 칼을 들고 있는데 저울은 엄정한 정의의 기준을, 칼은 정의가 실현되기 위해서는 힘이 있어야 함을 의미한다. 그래서 플라톤은 정의 사회가 되기 위해서는 정의의 기준을 아는 지혜와 실현의 능력을 갖춘 힘을 겸비한 철인 왕(Philosopher King)이 요구된다고 했다. 이 철인 왕으로 가는 최초의 관문이 우리나라에서는 사법시험이 된다.

유사 이래 인류 최초의 법은 고대 바빌로니아 왕조 때 설형문자로 제정된 함무라비 성문법이라 한다. 그 후 로마 시대에 와서 유스티니아 황제가 편찬한 로마법이 다시 유럽 여러 국법에 이어져 근대법의 기틀을 이루게 되었다. 우리나라는 독일법을 받아들인 일본을 통해 한국 민법이 자리매김하게 됐다.

고시준비를 하는 것은 이 법 서적들과의 싸움이다. 흔히 말하는 육법전서이다. 헌법, 상법, 민법, 형법에 민, 형사를 소송하는 민사소송법과 형사소송법을 말한다. 그리고 여기에 행정법까지 포함하여 사실상 일곱 가지 법을 공부해야 한다. 이것은 2차 시험과목이고 1차 시험에서 보는 국사와 윤리, 외국어까지 합치면 전부 10과목을 준비한다. 1차 시험은 객관식으로 하루에 끝나게 되지만, 2차 시험은 매일 두 과목씩 4일간을 치르게 된다. '……에 대해 논하라' 하고 적힌 두루마리 문제지가 오전 오후, 각 과목에 따라 칠판 위에 내걸어진다. 둘둘 말린 시험 문제지가 드르륵 소리를 내며 아래로 펼쳐지는 순간, 당락의 운명이 가늠되는 소용돌이가 심장 복판에서 요동치기 시작한다.

　사법시험은 1차에 합격하면 다음 해에 2차 시험에 응시할 기회가 한 번 더 주어진다. 1차 시험에 여러 번 합격한 적이 있는 남편은 어느 해에는 2차 시험 과목만 집중해 준비했었다. 그런데 그 해에는 1차에 걸려 버리고 말았다. 2차는 응시할 기회도 얻지 못했다. 다음 해는 다시 1차를 목표로 하고 2차는 1

년 후를 바라보며 장기작전으로 들어갔다. 일곱 가지 법을 공부한다고 읽어야 할 책이 일곱 권만이 아니다. 상법 하나의 과목에도 어음수표법, 보험해상법, 회사법 등 400쪽이 넘는 책을 서너 권 이상 읽어야 한다. 단순히 읽고 이해하는 정도가 아니다. 어느 책 몇 쪽에 무슨 내용이 들어 있는지 그 모든 책을 줄줄이 꿰고 있어야 한다. 처음 한 권의 책을 1회독하는 데 석 달이 걸린다면, 5회독, 6회독째 가서는 몇 시간 안에 내용을 다 파악해야 한다. 그렇게 준비하여 시험 전날까지는 책 한 권의 내용이 한 시간에 전부 다 머릿속에 정리돼 있어야 한다.

그는 치밀하게 시간 배정을 하여 달력 위에다 차곡차곡 회독 수를 쌓아 올렸다. 스스로를 채찍질하기 위해 예정한 진도가 잘 나간 날은 그 날짜 위에 동그라미를, 조금 미비한 날은 삼각형을 빨간색으로 표시해 놓았다. 그러다 고시촌 선후배들과 막걸리라도 한 판 벌이는 날은 빗금(/)으로 처리하곤 했다. 합격의 확률은 줄어드는 빗금의 수와 반비례했다. 유난히 징크스에 예민한 남편은 가새표는 절대로 사용하지 않았다.

남편 하숙비 대는 것이 고시 뒷바라지의 전부가 아니었다. 가지각색으로 불어오는 세상 풍파에 바람막이가 되는 일이 더욱 힘들다. 때로는 다정한 누이처럼, 친구처럼, 또 때로는 카리스마를 휘두르는 여신이 되어 지쳐 있는 그를 일으켜 세워야 한다. 그러나 대부분은 지고지순한 조선시대 아낙으로 있어야 한다. 그가 원하는 아내의 상이다. 지아비 없이 혼자 해냈던 출산의 고통이었다. 그러나 그 고통은 40도의 열이 펄펄 끓는 아이를 응급실에 데려가 혼자서 꼬박 밤을 새울 때의 절박감만큼 견디기 어렵진 않았다. 소아마비 증후까지 보인다는 의사의 말을 듣고 병원에서 보낸 일주일 그녀는 끝까지 남편에게 알리지 않고 혼자서 아이를 지켰다. 아이는 다행히 무사했다.

어느 날은 거실 마루에 누워 남편과 함께 TV를 보고 있었다. 이번엔 연인처럼 그의 팔베개를 하고 영화를 보던 중이었다. 아름다운 설산을 배경으로 스위스의 호수를 두 연인이 배를 저어가는 장면이 화면을 채우고 있었다. 이때 "아! 나는 언제나 저런 곳에 가볼 수 있을까?" 하며 한숨 섞인 말이 불쑥 그녀의 입에서 새어 나왔다. 순간의 무장 해제였다. 그러자 그녀의 머리가 쿵 소리를 내며 마루 위로 떨어졌다. 그가 팔을 급히 빼버린 것이다. 그리곤 그대로 현관문을 쾅 닫고 나가 버렸다. 갈 데라곤 포장마차뿐이었다. 그의 심중 갈피갈피에 숨어있는 그 복병은 언제 어떻게 다시 튀어나올지 전혀 가늠이 되지 않았다.

아무리 그의 비위를 맞추려 해도, 일터까지 머리에 비녀 꽂은 조선 여인으로 나다닐 수는 없지 않은가. 한번은 경서가 당시 유행하는 헤어스타일로 머리 모양을 바꾼 적이 있었다. 상고머리 형에다 양쪽 귀 위의 머리칼을 일자로 바짝 자른 형태가 원숭이 비슷하다 하여 일명 '몽키 커트' 라고 불렸다. 그 커트가 경서에게 잘 어울렸다. 한결 발랄하고 산뜻해 보였다. 과외를 받는 학생이나 그 부모들은 모두 젊고 세련된 여선생을 좋아한다. 앞서 가는 유행에 조금 부담을 느꼈지만, 시간이 지나면 다시 자연스럽게 보일 것을 기대하고 미장원에서 바로 집으로 들어온 날이었다. 뜻밖에 남편이 집에 와 있었다. 순간 그의 눈빛에 칼날 같은 섬광이 번뜩이더니 저녁 식사 동안 내내 한 마디 말이 없었다. 다른 때 같으면 집에서 먹는 밥이 맛있다며 공깃밥 세 그릇은 후딱 먹어 치우곤 했는데, 그날은 밥 한 공기만 비우고 바람을 쐬겠다 하며 밖으로 나갔다. 그날 밤 경서는 두 블록을 샅샅이 뒤져서야 술집에 있는 남편을 찾아냈다. 그는 언제나처럼 만취 상태였다. 여신의 위로를 기대하고 예고 없이 집에 들른 날, 아내는 날개옷을 찾아 입고 멀리멀리 날아가려는 몸짓을 하고 있었다. 몽키 커트 때문이었다.

보통 서민들이 이사를 나갈 때는 세입자의 짐이 트럭 위에 전부 실려진 다음에야 집주인이 전세보증금을 반환해주는 경우가 종종 있다. 그리고 그렇게 받은 돈을 이삿짐과 함께 새로 들어갈 집에 가서는 잔금을 지급하고 난 후에야 짐을 안으로 옮기게 된다. 이러한 과정이 하루에 여러 번 연쇄적으로 맞물리게 되면, 가장 나중 차례가 되는 사람은 예상치 못한 곤경을 치르게 될 수도 있다. 온라인 송금 시스템이 서민과는 거리가 멀 때 일이다. 학동에서 지금의 연립으로 이사 오던 날, 경서네는 촛불을 켜고 이삿짐을 날랐다. 그녀가 살던 학동의 아파트로 이사 올 사람이 도착해야만 떠나게 될 상황이었다. 정오까지 올꺼라던 말과는 달리 늦은 오후가 되어서야 이삿짐이 들어왔다. 다행히 경서네가 이사갈 청담동 집은 비어 있었다. 오전에 짐을 실은 트럭이 그 빈 집에 도착했을 때는 이미 날이 어둡기 시작했다. 그녀의 남편이 전등을 키려고 스위치를 찾았더니 현관 신발장 위에 있어야 할 도란스(전력 변압기)가 없었다. 도난을 염려해 집주인이 자기 집으로 가져가 보관하고 있었다. 연락을 받고 달려온 집주인은 전세금 확인하는 일에만 급급하여 도란스 따위는 잊고 있었다. 그는 늦게 온 이사에 대해서만 큰소리를 쳐 댔다. 하루 종일 짜증과 고함의 연속이었다. 집주인이 도란스를 가지러 가는 동안 그들은 촛불을 켜고 이삿짐을 나르기 시작했다. 짐꾼으로는 트럭기사와 인부 한 명 뿐이다. 예상 외로 지체된 이사에 추가 요금을 요구하며 그들은 오후 내내 투덜거리고 있었다. 남편은 일꾼과 손을 맞잡고 장롱 등을 함께 나르면서 연신 그들에게 미안함을 들어내며 쩔쩔매고 있었다. 짐을 나르면서 계속 큰소리가 오가는 동안에도 그는 한마디 말이 없었다. 어렵사리 이삿짐이 집 안으로 들여놓여졌을 때 그는 일꾼들과 함께 저녁 식사를 하겠다며 음식점을 찾아 동네로 나갔다. 중국집에서 배달해온 짜장면 등으로 저녁을 먹고, 이사 도우러 온 언니네들이 집으로 돌아간 시간은 10시나 되어서였다. 남편은 그때까지도 돌아오지 않고 있었다. 일꾼들과 나간 지 두 시간이 지났다. 그때였다. 현관문이 쾅쾅 울려 댔다. 문을 열고 나가 보니 그날 이삿짐을 나르던 청년이 서 있었다.

"아줌마, 빨리 애기 아빠한테 가 보세요. 지금 이 집 아저씨 경찰한테 붙잡혀 갔어요."

"아니 무슨 일로요?"

"술 먹다 옆 사람하고 싸움이 붙었어요. 아저씨가 삼겹살 먹는 불판을 엎어 버리고 난리가 말도 아니에요. 아, 그 아저씨 술도 되게 많이 먹더니 술괴력이 굉장하더라고요. 경찰도 눈에 안 뵈나 봐요. 경찰한테도 펀치를 막 날리고……."

경서는 더 긴 얘기를 듣고 있을 수 없었다. 허겁지겁 동네 파출소로 달려갔다. 그녀의 남편은 파출소 안에서도 계속 소동을 부리고 있었다.

"너네들 경찰 노릇 이따위로 하라고 국민이 세금 내냐? 빨리 내 혁대 가져오란 말이야. 피의자 발가벗겨서 조서 꾸미는 게 민주경찰이냐? 내가 나중에 네놈들 가만 안 둬! 혁대! 내 혁대! 빨리 가져와!"

허리 단추가 떨어지고 벨트가 벗겨진 바지는 발목까지 흘러 내려와 있었다. 그는 바지 올릴 생각도 없이 팬티 바람으로 서서 소리소리 지르고 있었다.

"이 자식 정신 차리려면 아직 멀었어. 김 경사, 빨리 철창에 처넣어 버려."

그녀는 파출소 소장에게 가서 허리를 굽혔다. 이 사람 보호자다 모든 피해보상의 책임을 지겠다. 오늘 이 동네 처음 이사온 날이다. 다시는 이런 일 없도록 할 테니 한 번만 용서해 달라. 그녀는 경찰이 내미는 종이쪽지 몇 곳에 서명을 하고 남편을 데리고 파출소를 나왔다. 경찰이 그녀에게 끊어진 가죽 벨트와 버클을 돌려주며 말했다.

"아줌마, 남편 잘 간수해요. 이런 벨트 차고 다니면서 사기 치는 놈들 부지기수예요. 이런 부류는 죄질이 나쁘거든요. 조사해 보니 전과도 없고 해서 그냥 내보내 주는 겁니다. 경찰 때린 것은 술주정으로 봐줄 테니 앞으로 술 조심시키세요."

이삿짐 짐꾼과 다를 바 없는 그의 옷차림에 S대 마크가 달린 허리 벨트는 거리 여자가 치장한 유리알 보석처럼 우스꽝스럽게 보였다. 소주 세 병에 언성이 높아진 남편에게 옆 자리 취객이 조용히 하라고 먼저 시비를 걸어 왔고, 서민은 말도 크게 못하냐? 라고 받아친 그의 고함이 싸움의 발단이었다.

"어쭈! 이 새끼. 어디서 짜가 벨트 차고 다니며 폼을 재고 있어? 야, 이 자식아! 네놈이 서울대를 나왔으면 나는 하버드대를 나왔다."

그들은 곧 멱살을 부여잡고 뒹굴었다. 상대가 그의 버클을 잡아채자 날캉날캉해진 가죽 띠는 쉽게 뜯겨 나갔다. 그러자 남편은 미친 개마냥 날뛰기 시작했다. 그 벨트는 십여 년간 그의 몸에서 떨어져 본 적이 없는 그에게는 신체의 일부분 같은 물건이었다. 식탁이 엎어지고 의자가 날아갔다. 식당 주인이 불러온 경찰이 들이닥치자 취기가 덜한 상대편은 자기 변호에 급급하여 고분고분해졌다.

"이 새끼가 이 가짜 벨트를 가지고 나에게 사기를 쳤어요. 이런 놈은 예방책으로 미리미리 콩밥을 먹여야 해요. 내가 손 좀 봐줬더니 이렇게 길길이 날뛰잖아요."

경찰이 그 벨트의 출처를 묻자, 남편은 계속 제정신이 아니었다.

"이거 내꺼다. 왜? 서민은 이런 혁대도 못 차냐?"

그는 계속 서민 타령에 울분을 삭이지 못하고 경찰에게까지 주먹을 휘둘렀다. 그리고 남편 혼자만 파출소로 끌려갔다. 경찰이 들려준 사건의 경위였다.

그날 경서는 그 벨트는 남편이 대학 시절부터 지니고 있었고 그가 사법고시 준비생이라는 사실을 끝까지 밝히지 않았다. 곧 있을 합격의 팡파르를 위해서는 보다 더한 수모도 견디어 내야 할 것 같았다.

"여보, 버클을 도로 찾았으니 이제 됐다. 버클이 중요한 거잖아? 그 가죽 띠는 벌써 버렸어야 했어. 너무 낡아서 흐물흐물했잖아. 내일 당장 새것으로 갈아 끼우자. 그럼 당신 기분도 새로워질 거야."

남편의 허리를 부둥켜 잡고 집으로 돌아오면서 그녀가 아무리 조리 있게 이야기해도 그는 아무것도 듣고 있지 않았다.

"올 이즈 오 버! 올 이즈 오 버!"

짐승처럼 부르짖는 그의 외침은 자정이 넘은 주택가 골목으로 쩡쩡 울려 퍼졌다.

언니가 차려 준 늦은 점심을 끝내고 소파로 나와 앉자, 어느덧 서쪽 창으로 들어온 빛줄기가 거실 깊숙이 들어와 있었다. 벌써 싸놓은 헌 옷 보퉁이를 집어 들고 경서가 일어나려 하자 그녀의 언니가 베란다로 나가더니 묵직해 보이는 검은 비닐봉지를 들고 들어왔다.

"이거 개소주인데 신 서방 먹여라. 전쟁터에 나갔으니 어떡하니?. 무기라도 단단히 챙겨야지. 체력이 무기 아니니?"

"……."

"개소주 먹으면서 술 마시면 아무 효과가 없댄다. 그 사람 술만 안 마시면 벌써 합격했겠다. 이번엔 꼭 술 끊게 해라."

남편은 한번 술잔을 들었다 하면 정신을 잃을 때까지 절대로 혼자 일어나는 법이 없다. 그러나 이렇게 자상하고 살가운 사령관이 뒤에 버티고 있으니 이번 전쟁은 반드시 이길 것만 같다. 아파트 승강기가 지면에 닿자마자 그녀는 버스 정거장으로 서둘러 걸어갔다. 덩치가 큰 옷 보퉁이와 꽤 무거운 비닐봉지를 양손으로 들고 걸어도 발걸음은 뛸 듯이 가벼웠다. 이제 곧 저녁 식사시간에 맞춰 남편이 들어올 것이다. 그를 위해 저녁밥을 지을 것이다. 버스에서 내리자 정육점에 들러 불고기감 두 근을 샀다. 전기세는 제 날짜에 못 내더라도 아들과 함께 맛나게 먹을 남편의 저녁상을 생각하니 마음은 즐겁기만 하다. 골목길로 들어서며 시계를 보니 다섯 시다. 골목길 끝으로 저만치 집이 보인다. 그녀가 뛰다시피 걸음을 재촉하는데,

“엄마, 왜 인제 와?”

그때 동네 공터에서 놀고 있던 아들이 달려나와 와락 그녀에게 안겼다. 아이 머리털에서 시큼한 땀 냄새가 났다.

“어이쿠 우리 신나라. 여태까지 밖에서 놀았어? 날씨도 추운데?”

“엄마, 아빠 왔어.”

“아빠가 벌써 오셨어?”

“응, 아까 왔는데, 이것 봐라? 아빠가 맛있는 거 줬다?”

아들은 오징어 다리를 질겅질겅 씹고 있었다.

“아빠가 오징어 사 왔어? 나라야 빨리 집에 가자.”

그녀가 아이의 손을 잡고 집 쪽으로 달려가려 하자

“엄마, 아빠 집에 없어. 저기 안에 있어.”

아들이 가리킨 곳은 공터 옆에 있는 포장마차였다.

"엄마, 아빠가 내 그림책도 사 왔어. 아빠 책 사러 갔다가 내 꺼도 산 거래. 집에 가서 보여줄게……. 근데 아빠는 할머니가 무섭데. 엄마 올 때까지 저기서 기다린댔어."

갑자기 보퉁이를 든 두 팔에 힘이 쭉 빠졌다. 포장마차로 발걸음을 돌린 그녀의 다리가 후둘거리기 시작했다. 어디선가 굴러 온 가랑잎이 발끝에 채이면서 바스락 소리를 내며 부셔졌다. 늦가을 소슬바람 한 줄기가 그녀의 가슴을 휩쓸고 지나갔다.

월간문학 2010년 3월호

굿모닝 어누

‘굿모닝 어누’, 아침잠에서 일어나 내가 처음으로 소리 내어 하는 인사말이다. 이곳 네팔인들은 길에서 만나면 ‘나마스테’ 라고 인사를 한다. 서양인들은 하루를 삼등 분씩이나 하여 그들의 문화에 입문하려는 우리에게 문턱부터 높게 만들어 놓았지만, 나마스테는 우리의 ‘안녕하세요.’ 와 같이 어느 때나 누구에게나 통용되는 인사말이다.

'어누'는 티베트 난민촌에 사는 어린 아줌마의 이름이다. 청바지에 긴 머리를 하고 있어 아가씨인 줄 알았는데 만난 지 며칠 안 되어 나는 그녀가 스물세 살이며, 다섯 살 난 아들이 있다는 것을 알게 되었다. 아침잠이 무척 많은 내가 여기 네팔에 와서는 여섯 시만 되면 잠에서 깨어난다. 집에 있을 때 이 시간에 일어나는 것은 나에겐 죽기만큼이나 어렵다. 마치 지구의 자전을 멈추는 것만큼 힘이 드는 나이다. 어떤 때는 잠 맛이 하도 좋아 눈을 떠 보았자 이보다 더 좋은 세상이 있을까 하여 그대로 무덤 속으로 직행해도 좋겠다는 생각을 한 적도 있다. 그런 내가 저절로 잠이 깨진다는 것은 놀랄 일이긴 한데, 기적은 아니다. 우선 취침시간이 충분히 길다는 것이다. 전날 저녁 여덟 시만 되면 나는 잠자리에 든다. 그럴 수밖에 없는 것이 해 떨어지기 전에 부지런히 서둘러 저녁을 먹고 나면 할 일이 없어서이다. 이곳은 이틀에 한 번 꼴로 전기가 나가기 때문에 주인집에 있는 TV도 자주 볼 수가 없다. 어쩌다가 영어로 방송되는 인도채널을 켜 놓고 있다가도 이 집 아이들이 애니

메이션 프로로 바꿔 버리면 나는 바로 이 층 내 방으로 올라와 버린다. 그리고 언제 나갈지 모르는 전등 밑에서 책을 읽겠다는 미련을 버리고, 이참에 실컷 좋아하는 잠이나 자두자고 해서이다. 아무리 잠보라고 해도, 열 시간을 침대 위에 누워 있기란 그 또한 쉬운 일이 아니다. 허리가 아파서도, 화장실에 가기 위해서도, 잠에도 휴식이 필요하여 일어나게 된다.

어느 이른 아침이었다. 화장실에서 거실로 나온 나는 말로만 듣던 안나푸르나와 마나슬루의 설산이 창문에 가득히 펼쳐져 있는 것을 보게 되었다. 막 떠오르는 태양 빛에 드러난 그 하얀 실루엣은 나를 그 자리에 못 박으며 마치 신의 고향을 훔쳐 보듯이 나를 떨리게 했다. 네팔에 온 지 보름이 지나서야 처음으로 보게 된 히말라야의 정경이었다. 몇 분 안 되어 다시 구름 속에 가려 버린 설산을 잠깐이나마 만난 것은 행운이었다. 이곳 카트만두에서는 사월이 되면 아무리 맑은 날이라 해도 삼사백 킬로나 떨어져 있어서 그 신기루 같은 설산의 모습을 쉽게 볼 수 있는 것이 아니기 때문이다. 놀람과

떨림의 순간이 지나가자 나는 다시 잠으로 돌아갈 수가 없었다. 두꺼운 파카를 걸치고 밖으로 나와 동네로 산책을 나섰다. 군데군데 공터가 남아 있는 모습은, 60년대 우리나라 지방도시의 주택가와 닮아 있었다. 그저 공터 위에 풀을 뜯고 있는 검은 소떼의 모습만이 내게 생경스러웠을 뿐이다. 어느 기자의 글이 생각난다. 네팔의 시내를 걷고 있노라면, 어릴 적 맨발로 뛰어 놀던 자기 자신이 골목 어딘가에서 툭 튀어나올 것만 같다고 그는 말했다. 정말 나도 타임머신을 타고 50년 전으로 돌아가 있는 것 같다.

이 동네는 수도 카트만두의 중산층 이상 주민이 모여 사는 서울의 강남과 비슷한 신흥 주택단지이다. 내가 세 들어 있는 집은 3층 건물인데, 주방과 거실이 따로 있고 수세식 화장실이 있는 2층을 나는 6,500루피 (약 미화 100불)의 월세를 내고 있다. 비슷한 규모로 지은 옆집엔 국회의원이 산다고 하고, 그 뒤로는 의사네 집이라 한다. 이 동네에서 가장 넓은 정원을 가진 집은 사업을 하는 사장님의 집이다. 그 사장님은 일본이나 말레이시아 등 외국으로 인력을 수출하는 일종의 용역회사를 운영한다고 했다. 최근에는 코리안 드림이 네팔 사회에 만연해지자, 한국과의 거래가 활발하여 큰돈을 벌고 있다고 한다. 마침 그 집 담장을 끼고 걷고 있는데, 웬 젊은 여인이 그 집 대문 안을 기웃거리고 있었다. 청바지와 트레이닝 윗도리를 입은, 네팔 여자 치고는 상당히 세련된 차림이었다. 거의 모든 네팔의 여인들은 6미터나 되는 기다란 천을 어깨로부터 둘둘 감는 '사리' 라는 옷을 입고 밭일도 하고 회사에도 출근한다. 그녀는 인기척을 느끼자 흠칫 놀라는 듯하였다. 그러자 내가 외국인임을 알고는 안심을 하는 듯 싱긋 웃더니 조깅하는 폼으로 동네 어귀를 향해 달려가 버렸다. 눈 덮인 히말리야를 처음 보았던 아침, 그렇게 어누를 만났다. 그날 이후로 나는 남편이 새벽 부킹을 하여 오전 4시에도 벌떡벌떡 깨어났던 골프입문 시절처럼 아침 6시면 어김없이 일어나게 되었다. 그리고 산책을 나갔다. 매일 설산은 보지 못하지만, 매일 어누를 만났다.

그녀를 두 번째 만났던 그다음 날, 우리는 쉽게 친구가 되었다. 외국인, 특히 한국인에게 유별난 호기심을 보이는 이곳 사람들은 조금만 관심을 보여도 오랫동안 사귄 친구처럼 과잉 친절을 베푼다. 그녀가 영어를 아는가 하여 '굿모닝' 하며 인사를 건넸더니 그녀는 더듬거리면서도 서슴없이 영어로 대화를 받아주었다. 전 세계에서 모여드는 트래킹, 등반 인구로 관광업이 절대적 수입원인 이 나라는 초등학교 입학생부터 영어를 가르치고 있어서 웬만한 젊은이들은 꽤 영어를 잘한다. 그녀는 내가 살고 있는 '반쉬파티' 라는 곳에서 한참 아래에 있는 '애칸타꾸나' 라는 동네에 산다. 아침운동을 하기 위해 매일 이곳을 올라온다고 했다. 서울의 공기 오염이 최악이라고 하지만, 카트만두의 그것은 최악 그 이상이다. 연기와 안개의 합성어인 스모그라는 현상이 우리의 것이라면, 이곳의 공기는 연기와 흙먼지가 합쳐져서 길 위의 시야를 안개처럼 뿌옇게 가릴 정도이다. 도로 중앙에 하나의 레인만 포장 되어 있어서 양 방향을 교행할 때에는 비포장도로가 되어 흙먼지가 하늘을 덮는다. 그리고 대부분의 버스와 트럭은 인도에서 중고부품으로 들여 와 현지에서 조립하고 있어서 그 조잡한 모양은 말할 것도 없고 공장의 굴뚝처럼 검은 연기를 내뿜으며 거리를 달린다. 마스크 없이 길을 걷기가 불가능할 지경이다. 그런데다고 고도 1,300미터에 위치한 이 도시는 높은 산으로 사방이 둘러싸인 분지이기 때문에 이 매연이 사라질 환경은 쉽게 이루어질 것 같지 않다. 차량이 없는 아침 시간에 지대가 높은 고급 주택가에서나 그나마 신선한 공기를 마실 수 있어서 많은 사람이 이른 시간에 운동을 하기 위해 이곳으로 올라오고 있다.

그녀는 뛰고 나는 걸으며 동네 몇 바퀴를 돌다가 우리는 맨손체조로 마무리하며 아침운동을 끝낸다. 그녀는 얼굴은 통통하여 예쁜데, 몸이 좀 뚱뚱한 편이다. 네팔에는 살찐 여자들이 많다. 아열대성 기후로 이모작 삼모작을 하여 곡식이 넉넉하기 때문인지 사람들은 밥을 많이 먹는다. 달밧이라는 이들의 음식은 콩이나 녹두로 만든 우리의 된장 비슷한 찌개인데, 이것을 쟁반만큼 큰 접시 위에 수북이 담은 밥 위에다 부어서 손으로 주물러서 먹는다. 이곳에 오기 전, 이들의 음식문화를 체험하기 위해 나는 이태원에 있는 인도 음식점에서 이 음식을 먹어 보았다. 네팔은 언어나 음식 의복들이 인도와 많이 비슷하다. 이태원에서 먹어 본 달밧은 맛을 즐길 수는 없었지만, 그런대로 먹을 수는 있었다. 그래서 처음 이 집에 들어올 때는 숙식을 다 겸하기로 했다. 그러나 현지의 달밧은 그 강한 향료 때문에 내 비위로는 전혀 먹을 수가 없었다. 닷새도 못 되어 나는 식사를 따로 하기로 합의했다. 이태원에서 내가 먹은 달밧은 외국인의 취향에 맞춘 것이어서 전통음식과는 거리가 먼 것이었다.

나는 네팔에 자원봉사를 하려고 이곳에 와 있다. 국제협력기구인 코이카에서 알선한 이곳 초등학교에서 음악을 가르치고 있다. 지금까지 서양음악이 전혀 알려져 있지 않아, 400명 학생 중 피아노를 눈으로 직접 본 아이가 한 명도 없다. 외국인 학교에나 한두 대 있을 뿐 이 나라 안에서는 피아노를 구경할 수가 없다. 1910년대나 20년대에 우리나라가 이

랬을까? 우리 곁에는 서양문화를 일찍 받아들인 일본이 있었다. 그러나 아무리 그곳에서 음악공부를 하고 돌아온 홍난파들이 있었어도 이곳처럼 바다가 없었다면, 우리나라에도 그렇게 피아노가 쉽게 보급되지는 못했을 것이다. 이 나라는 이제야 민주주의 뿌리가 내리기 시작하여 바야흐로 국왕이 정권을 내놓기에 이르렀다. 험준한 지형 덕분에 강대국의 침략을 면할 수는 있었지만 같은 이유로 20세기 선진 문명이 뒤늦게 들어오게도 되었다. 몇 도시를 제외하면, 아직도 대다수의 네팔인들은 원시 생활 방식대로 살아가고 있다. 농산품은 자급자족하고 있지만, 대부분의 공산품들은 인도로부터 이곳 카트만두로 들어온다. 기차도 없고 뱃길도 없는 나라이다. 그 도로는 또 얼마나 열악한가. 옛 실크로드를 좀 더 넓힌 이 길로 트럭은 10시간 이상 달려와야 한다.

전공은 안 했지만, 20대 시절 동네에서 피아노를 가르쳐 본 경험이 있는 나는 의욕을 가지고 이 일을 자청했다. 물론 한국을 떠나기 전에 여기 사정을 알고 아코디언을 가지고 왔다. 저학년 아이들에게는 '열 꼬마 인디언'과 '반짝 반짝 작은 별', 좀 더 큰 아이들에게는 '앤니로리', '에델바이스' 같은 곡들을 준비해 왔다. 아코디언 소리에 맞춰 아이들은 열광적으로 노래를 따라 부른다. 나는 칠판에 오선을 그려 가며 도레미파도 가르친다. 학교 지붕을 덮고 있는 양철 판이 날아갈 정도로 아이들은 목소리를 지른다.

어느 날 아침이다.

"굿모닝 어누."

"굿모닝 조 디디."

디디라는 말은 언니라는 뜻이다. 그녀와 영어로 소통하고 있지만, 우리는 서로 동양인의 감정으로 통하고 있었다. 나는 미즈니 미세스로 불리는 것이 어색하여 딸 같은 어누에게 디디라 부르게 하였다.

"어누, 부탁 하나 들어줄래요?"

"네, 무엇인지 얘기해 보세요."

그녀는 주저 없이 긍정적이다.

"네팔 사람들이 누구나 좋아하고 다들 아는 노래가 무엇이 있을까요?"

노래 얘기가 나오자 그녀는 얼굴을 활짝 펴고 즐거워하는 표정이다. 잠깐 생각에 잠기더니

"'렛쌈 삐리리' 에요."

"어누, 지금 좀 불러줄 수 있겠어요?"

그녀는 서슴없이 흥얼거리기 시작한다.

"렛쌈 삐리리 레쌈삐리리~~~~."

"어머 아주 재미있는 노래네요. 나도 그 노래 배우고 싶은데 좀 가르쳐 줄 수 있어요?"

호기심에 가득 찬 그녀는 눈을 크게 뜨며 나를 바라보았다. 그리고는 그녀의 남편이 자기보다 훨씬 더 노래를 잘한다며, 자기 집에 놀러 오라는 것이다. 외국 체류 중에 그 나라 노래를 그들의 언어로 불러 주면 모두 좋아한다. 쉽게 친밀감을 돋우는 데는 최고의 방법이다. '킹스 싱어즈' 가 한국공연에

서 '마법의 성'을 불렀을 때 우리 관중이 보내 준 환호는 얼마
나 대단했던가. 나는 음악 선생이다. 이들의 민요 하나쯤은
꼭 배울 필요가 있다.

며칠 후 나는 그녀를 따라 그녀의 집을 방문했다. 도중에
외국인용 슈퍼마켓에 들려 초콜릿과 과자를 샀다. 그리고 이
곳 아이들이 사족을 못 쓰고 좋아한다는 한국의 초코파이를
또 한 봉지 담아서 그녀의 동네 에칸타꾸나로 내려갔다. 자동
차 길에서 골목길로 들어섰더니, 바로 진흙이었다. 골목 입구
에 우물이 있는데, 딱히 배수로가 없어서 이곳에서 빨래하고
목욕하는 물이 그대로 길 위로 흐르고 있었다. 이 사람들은
옷을 반쯤 입은 채 머리에서 물을 부어 몸을 씻는다. 어누네
는 4층 건물의 다세대 주택에 살고 있다. 건물 안으로 들어가
자 가운데로 복도가 나 있었다. 전등이 달려 있어도 전기가
들어오지 않아 대낮인데도 굴속같이 어두웠다. 맨 꼭대기 층
까지 손을 붙잡고 따라 들어간 그녀의 방 역시 어둡기는 마찬
가지였다. 다섯 평쯤 되는 방에 나무상자로 만든 침대와 싱크

대가 나란히 붙어 있었다. 그 옆으로는 어린아이 키만 한 철제 캐비닛이 있고 낡은 TV가 그 위에 놓여 있었다.

단바라는 이름을 가진 어누의 남편은 25살 난 건장한 티베트 청년이다. 얼마 전까지 호텔 식당에서 요리사 조수 일을 하다가 요즘에는 놀고 있다고 한다. 지금은 어떻게 생활하느냐고 물었더니 일본에 간 형이 돈을 보내 주어 어렵지 않게 살고 있다고 한다. GDP가 300불이 안 되는 나라이니 일본에서 받는 월급의 반달 치만 보내 주어도 일 년은 지낼 만하다. 공무원과 교사의 월급이 100불이 안 된다. 앞으로 무슨 일을 하려고 하느냐고 내가 거듭 묻자, 자기도 외국에 나가 돈을 벌고 싶다고 했다. 아들은 시골에 있는 어머니에게 맡기고 어누와 둘이 한 몇 년 나가 있다 다시 돌아오면, 평생 남보란 듯이 잘 살 수 있다는 것이다. 그러면서 한국에 갈 수 있게 도와줄 수 있느냐며 넌지시 내 눈치를 보며 말을 꺼내는 것이었다. 열심히 살려는 이 젊은 부부를 보고 "노우, 난 못해요."라고 매정한 태도를 보일 수는 없었다. 소규모 자영업을 하는 남편 친구의 공장에서도 외국인 근로자를 쓰고 있는 것이 생각났다. 나는 양쪽 모두에게 좋은 중개가 될 수 있을 것 같아 한국에 가면 한 번 알아보아 주겠노라고 쉽게 대답을 했다. 그리고 어느 가 끓여온 찌아(네팔식 차)를 마시고 나서 우리는 즐거운 노래 시간을 가졌다. 그녀 말대로 담바는 노래를 잘 불렀다. 목소리도 좋고 끼도 있어 보였다. 그가 네팔어로 부른 노랫말을 한글로 발음을 옮겨 적은 뒤 나도 그를 따라 불렀다.

"렛삼 삐리리 렛삼 삐리리 우데라 자우끼 다나마 반자 렛삼 삐리리~~~."

우리의 아리랑처럼 구슬픈 곡조이다. 자기 마음을 몰라주는 야속한 임을 그리는 사랑 노래이다. 내가 배운 렛삼 삐리리는 전 국민이 다 아는 가사지만, 지방마다 개인마다 내용을 코믹하게 바꾸어 여러 형태의 렛삼 삐리리가 있다고 한다. 구전으로 따라 부르는 노랫가락은 쉽게 할 수 있었지만, 청음만 가지고 아코디언으로 연주할 실력은 내게 없었다. 나는 서양식 악보가 필요했다. 그런데 악보가 무엇인지도 모르는 이들에

268

게는 질문 자체가 우문일 수밖에 없어 대신 시내에 기타 같은 악기 파는 곳이 있느냐고만 물어봤다. 어딘가에서 기타를 본 것 같기는 한데 위치는 잘 모르겠다고 했다. 노래를 가르쳐 주어서 고맙다고 하며 내가 일어날 기색을 보이자 단바는 자기도 한국말을 배우고 싶다고 했다. 미리 한국어 공부를 해 두어야 한국 갈 때 유리하다고 한다. 코리안 드림이 있는 곳에는 당연히 한국어 열풍이 따라 있기 마련이다. 내가 한국인임을 알아보는 현지인들은 만날 때마다 종종 '안녕하세요.' 하며 내게 인사를 하곤 한다. 학교에서 꼭 음악만 가르치는 것이 자원봉사가 아니다. 이들이 도움을 필요로 할 때 그들에게 실질적 힘이 되어 주어야 진정한 봉사가 될 것이다. 주 3일 학교 나가는 것 외에는 딱히 할 일이 없는 나는 시간이 많이 남아돌았다. 주말에 한 시간씩 가르쳐 주겠다고 약속을 하고 그 집을 나왔다. 이렇게 하여 나는 어누네 집을 토요일 오후마다 들르게 되었다. 공부는 남편 단바 혼자만 하길 원했다. 칭얼대는 아들 때문에 어누는 아들을 데리고 밖으로 나가 있었다.

내가 이들의 집을 세 번째 방문한 어느 날이었다. 어둠에 길들여진 눈으로 마지막 계단을 향해 올라가는데, 이때 마침 밖으로 나오는 어누와 마주쳤다. 보통 때 차림과는 달리 바지 위에 숄과 함께 덧입는 긴 원피스, 꾸르타를 입고 있었다. 밖에서 스쳤다면 못 알아볼 정도로 보라색 숄을 두른 그녀는 아주 예쁘게 보였다. 아들은 그녀의 손에 들려 있지 않았다. 대신 반짝이는 비즈를 박은 손지갑을 옆구리에 끼고 있었다.

"오우! 어누, 오늘 아주 예뻐 보여요. 어디 좋은데 가나 봐요?"

"친구네 집에요. 친구 여동생이 오늘 성인식을 해요. 쿠마리 파티 가는 길이에요."

"오 그래요? 오늘 맛있는 음식 많이 먹겠네요. 잘 갔다 와요."

내 옆을 스쳐 지나가는 어누에게서 가벼운 향내가 났다. 그런데 그 냄새가 내게 낯설지가 않다. 어디서 많이 맡아 보았던 냄새였다. 어누가 사는 이 다세대 주택에는 내 비유로는 참기 어려운 이들의 음식 냄새가 언제나 내 코를 괴롭힌다. 어누에게서 나는 냄새는 이 건물에 배어 있는 공기와 뚜렷하게 구별되는 향기였다. 어누가 향수를 뿌렸다고는 가당치도 않은 일이다. 로션은커녕 비누도 귀해서 물 세수만 한다는 이들이다. 냄새의 출처가 무엇일까 궁금히 여기며 어누의 방으로 들어서자 나는 곧 그 해답을 알아냈다. 비누 냄새였다. 다이얼 비누. 방금 사용한 것이 분명한 물에 젖은 다이얼 비누가 싱크대 위에 놓여 있었다.

지난 시간에 내준 숙제를 자신 있게 내게 보이며 단바는 한국어 공부에 의욕을 보인다. 자음과 모음을 결합하면 어떤 소리도 만들 수 있는 우리 글자를 띄엄띄엄 읽을 수 있게 되자 무척 신기해 한다. 흰두어인 산스크리스트 문자보다 훨씬 쉽다고 했다. 내가 자기네 글자를 문어 다리가 꼬인 것 같다고 하였더니, 정말 그런 생선이 있느냐고 하며 깔깔 웃는다. 한국어로 영어를 가르치고 영어로 한국어를 가르치는 일은 나에겐 어려운 일이 아니다. 20년 이상 나와 친숙해진 일이다. 나는 교재가 필요 없다. 즉시즉시 그때마다 만들어서 사용한다. 이번에는 인사말을 위주로 한 대화체 문장을 10개쯤 적어서 다음 시간까지 외워 오라는 숙제를 내주었다. 공부를 끝내고 문을 열고 나가려는데 다시 아까의 그 냄새가 나의 후각을 자극했다. 나는 그 냄새를 좋아하지 않는다. 저급한 향내가 싫어서가 아니다. 그 냄새만 맡으면 암울했던 시절의 한 때가 떠오르며 나를 우울하게 만들기 때문이다. 일종의 트라우마다.

원하던 대학에 시험이 붙었는데도 등록금이 없어 입학을 못하고 억지 재수생으로 지내던 때이다. 육 남매의 막내인 나는 위의 두 오빠들이 번갈아 가며 아르바이트를 하거나 군 복무를 자원하여 교대로 대학을 다닌 형편을 알고는 내 힘으로 입학금이 마련될 때까지는 대학생이 되기 어렵다는 사실을 일찌감치 터득하고 있었다. 마침 학교 앞에다 문구점을 차린 큰언니네가 일손이 달린다고 하여 나는 언니네 집에 가 있게 되었다. 등하교 시간에만 북적거리다가도 나머지 시간은 비교적

한가한 편이어서 틈틈이 입시 공부를 할 작정이었다. 가끔씩 주는 용돈이나 받고 그냥 지내면 대학 등록금은 언니가 마련해 줄 거라는 막연한 기대도 있었다. 살림이야 언니가 하지만 마당을 사이에 두고 가게와 안채가 붙어 있어서 뚜렷한 역할 없이 언니를 돕고 있는 나의 처지는 하루 온종일 이 마당을 수없이 왔다갔다 하였다. 바쁜 학기 초가 지나가자 나는 그제야 본격적으로 입시 준비를 하려고 했다. 그러나 올망졸망하는 조카가 셋이나 있는 이 집에서 공부를 하려 했다는 것은 애당초 발상부터가 잘못된 것이었다. 그런데 그때 오빠 친구 한 분이 나에게 아주 매력적인 일자리를 하나 권하였다. 정부기관에서 일하는 미국인 가정에서 입주하여 살며 전화 정도는 영어로 받을 수 있는 아가씨를 구한다는 것이었다. 홈 키퍼지만, 비서나 다름없는 자리에 봉급도 일반회사 여직원보다 많이 준다고 오빠 친구는 말했다. 아이도 없고 두 부부가 다 직장에 나가 낮에는 하루 종일 혼자서 집을 지키는 일이었다. 고교 시절, 영어 웅변대회에서 입상도 하고 영문과에 합격한 적이 있는 나를 알고 있기에 그 분은 내가 좋다고만 하면 그 집에 적극 추천하겠다고 했다. 나로서는 더 이상 좋을 수 없는 기회였다. 말이 나오자, 바로 일주일도 안 되어 나는 북아현동에 있는 미국인의 집으로 거처를 옮겼다. 트렁크를 들고 그 집 현관문을 들어서서 미국어로 인사를 하자마자 나는 곧 미국인이 되었다. 미제 초콜릿과 쿠키를 마음껏 먹을 수 있고, 스팀이 나오는 따뜻한 거실이 내 직장이었다. 내가 식모가 아닌 것이 확실한 것은 나는 음식을 만들지 않는다는 것이었다. 오렌지 주스와 우유, 햄과 계란이 가득 들어있는 냉장고에서 먹고 싶은 대로 나만을 위해서 식탁을 차리면 된다. 웅변을 지도해 주시던 영어 선생님께 내 어머니는 계란 한 꾸러미를 선물하던 시절이었다. 나는 침대가 있는 방을 쓰며 마음대로 나의 전용 트랜지스터 라디오를 들을 수도 있었다. ‘왜 태양은 저렇게 빛나고, 왜 파도는 저렇게 철석 댈까요? 제발 이 세상의 끝이라고 말하지 말아요.’ 그때 유행하던 팝송을 얼마든지 따라 부르곤 하였다. 빨래와 청소는 기계로 하고 주방 세제를 사용하여 씻는 접시들은 단번에 반짝반짝하게 닦아졌다. 집에서는 수세미에 빨래비누를 묻혀 설거지를 하던 것과 비교하면 일도 아니고 재미있는 놀이같이 느껴졌다. 돈도 벌고 시간이 많아 공부도 할 수 있고, 거기에다 영어회화까지 배울 수 있는 꿩 먹고 알 먹는 정도가 아니고 일석 삼조의 좋은 조건이었다.

이들이 한 마디 하면 나는 두 마디로 대꾸하려 들자 이들 부부는 날이 갈수록 목소리의 볼륨을 줄이더니 자기들끼리는 거의 속삭이고 있었다. 내가 영어를 알아듣는 것이 점점 사생활에 불편을 느끼는 모양이었다. 그러자 어느 날 이 집 부인이 정색을 하고 나에게 통고를 하는 것이었다. 저녁 설거지를 마치면 내 방에서 나오지 말라는 것이었다. 공부할 시간이 필요한 나에게는 그것도 고마운 배려로 받아들여졌다. 그러나 슈미즈만 입고 소파에서 서로 끌어안고 노는 그들을 완전히 외면하기에는 내 호기심이 가만 있질 못했다. 영어 히어링 때문이라는 나만의 정당성을 가지고 나는 내 방문을 살짝 열어 놓고 종종 문틈으로 그들을 엿보았다. 어느 날 이것을 눈치챈 부인이 포도주를 많이 마셨는지 "샷 더 도어!" 하고 고함을 지르는 것이었다. 주말은 또 나의 데이 오프였다. 물론 외출할 수 있는 유일의 자유시간이다. 그러나 재수를 목표로 하고 있는 나는 주말마다 놀아서는 안 된다. 그러나 그들은 내가 나가주기를 원했다. 일요일이면 어디든 나가서 시간을 죽여야 했다. 그즈음 우리 집은 수원에 있었기에 매주 가기에는 먼 거리이다.

집에 다녀온 지 얼마 안 되는 날이었다. 집에서 끓여 준 된장국을 너무도 맛있게 먹는 것을 보고 엄마가 된장을 조금 싸주셨다. 미국인으로 살고는 있지만, 나는 이 집 여주인이 사다 준 쌀을 가지고 가끔씩 밥도 해먹고 지냈다. 캔만 따면 비프스튜도 있고, 생선 조림도 있다. 거기에다 단무지만 곁들이면 언제나 식사는 즐겁다. 그날은 집에서 가져온 된장으로 나는 국을 끓였다. 그런데 이날 따라 이 집 여주인이 평소보다 이른 시간에 집에 들어왔다. 현관문을 열자마자 '오 마이 갓!' 하며 비명을 지르더니 끓고 있는 된장 냄비를 화장실로 들고 가서 변기에 쏟아 붓는 것이 아닌가! 당신들 퇴근 전에 얼른 해 먹고 환기를 시키려 했었다고 나는 머리를 숙이며 용서를 빌었다. 다음 주 이 이야기를 전해 들은 가족들은 당장 짐 싸갖고 나오라고 했다. 미국인으로 한 달 반 동안 살았던 나의 일화이다. 그때 나는 다이얼 비누로 매일 세수를 했던 것이다.

어누의 집에서 나온 나는 그 길로 시내의 악기점으로 향했다. 그때까지 렛삼 삐리리 악보를 구하지 못하고 있었다. 왕궁 근처에 가면 타멜이라고 불리는 외국인들이 많이 가는 쇼핑거리가 있다. 이곳에 가면 이 나라에 있는 것은 다 구할 수 있다. 식품을 파는 저잣거리에서부터 민속품은 물론이고 현대 일용품까지 마치 서울의 동대문 시장과 인사동을 한 곳에 합친 것 같다. 악기점을 찾아 들어가 봤더니, '멜로디늄'이라는 이 나라 손풍금 몇 개와 피리 종류 북 종류로만 진열되어 있었다. 이곳에서도 악보에 대해서는 전혀 모르고 있었다. 방법을 물어보니 친절하게도 이 가게 주인이 내게 힌트를 알려 주었다. 외국인 학교에 가서 물어보라는 것이었다. 나는 드디어 자신을 가지고 영국인 학교로 갔다. 토요일이었는데도 다행히 이 학교 선생 한 분을 만나게 되어 어렵지 않게 악보를 손에 넣을 수가 있었다. 내가 집으로 돌아올 때쯤에는 벌써 날이 어두워지고 있었다. 언제 전기가 들어오고 나가는지 가늠을 잡지 못하고 있는 나는 가능하면 항상 해지기 전에 저녁밥을 끝내려고 한다. 길에서 흔하게 팔고 있는 브로콜리와 감자를 사 들고 언덕길을 서둘러 올라가고 있는데 보라색 숄을 두른 여자가 언뜻 눈에 띄었다. 그 여자는 길 건너에서 아래로 내려가고 있었다. 어누였다. 불러 세워 말을 걸려 하다가 배도 고프고 기운도 없어 그냥 지나치게 놔두었다. 아무리 배가 고파도 나는 집에서 조리해 먹는다. 이곳에서 외식을 하면 언제나 배탈이 난다. 항상 미네랄워터를 사서 들고 다니는데도 식당의 위생시설이 말할 수 없이 더럽기 때문이다. 머머라 불리는 이들의 만두가 있는데 다행히도 내가 맛있게 먹을 수 있는 유일한 음식이다. 그래서 가끔 사 먹으면 그때마다 배가 아파 고생을 하곤 했다.

다음날 아침, 대문 밖은 비가 내리고 있었다. 그리 많은 양이 아니어서 후드가 달린 윗옷으로 머리만 가리고 평소대로 아침운동을 나갔다. 어누와 만나는 공터에서 가볍게 뛰며 그녀를 기다렸지만 그녀는 그날 나오지 않았다. 할 수 없이 혼자 동네를 돌고 있는데 여러 번 동네 길에서 얼굴을 익힌 한 아주머니를 만났다. '나마스테' 하고 내가 인사를 먼저 하자, 활짝 웃는 얼굴로 두 손을 공손히 모아 합장을 하며 내게 '나마스테' 한다. 이 아주머니는 영어를 모른다. 나는 짧은 단어만 사용하여 어제 이 동네에 쿠마리 파티가 있었느냐고 물었다. 엊저녁 어누가 이 동네에 왔던 것이 기억이 났다. 그리고 왜 나에게 그 얘기를 하지 않았나, 의아해서였다. 어디서나 환대를 받는 한국인인 나를 데려갈 수도 있기 때문이다. 그러나 나의 손짓 발짓이 무안하게도 그녀는 내 말을 전혀 알아듣지 못했다. 도리어 내가 매일 어누와 운동하는 것을 알고는 왜 내 옆에 그 여자가 없느냐고 묻는 시늉을 했다. 나는 하늘을 보며 비를 가리켰다. 그녀는 나의 동작이 재미가 있는지 소리를 내며 웃었다. 그리고는 내 옆에 같이 다니는 여자(어누)가 못 생겼다고 하는지 나쁘다고 하는지 얼굴을 찡그리면서 나보고 그녀와 달리기를 하지 말라는 것이었다. 어누를 흉보는 듯한 몸짓과 말투여서 나는 그 자리를 피해 가게로 갔다. 내가 매일 먹는 요구르트를 사려고였다. 네팔어로 요구르트를 '더히' 라고 한다. 나는 국그릇만 한 볼에 바나나와 사과 그리고 여성호르몬이 많다는 석류를 담아 이 더히를 가득 부어 먹는다. 여기에 꿀이나 견과류를 섞으면 맛도 좋고 소화에도 좋은 훌륭한 아침 식사가 된다. 냉장 시설이 없는 이곳에서는 야크 젖으로 만든 요구르트를 뚝배기 같은 질그릇에 담아 이동하고 저장한다. 대부분의 가정에서는 그날 먹을 음식을 끼니때마다 길에 나가서 산다. 저장할 방법이 없기 때문이다. 그래서 호박 세 개, 가지 다섯 개, 감자 몇 무더기만 놓고 파는 길거리 장사들이 여기저기 즐비하게 늘어서 있다. 가게에서 계산을 끝내고 나오면서 나는 가게 주인에게 다시 물었다.

"어젯밤 이 동네에 쿠마리 파티가 있었어요?"

그들 말로는 다른 용어가 있지만, 외국인인 내가 쿠마리 파티라고 하면 다 알아듣는다.

"아니요. 그런 얘기 못 들었는데요."

"어제 이 동네로 쿠마리 파티 간다고 누가 그래서요."

"여기 반쉬파티 사람들은 집에서 쿠마리 안 해요. 다들 시내 레스토랑에서 뷔페 차려 놓고 하지요."

얼마 전에 내가 다니는 학교 선생 한 분이 자기 집 안에 쿠마리 파티가 있다고 하여 그 집에 따라가 본 적이 있었다. 이 선생 설명으로는 쿠마리라는 말은 처녀라는 뜻이다. 생리가 가까워 오는 소녀들은 일정한 날을 잡아 약 일주일간 근신 생활을 하게 된다고 한다. 세수도 안 하고, 육류 같은 부정한 음식은 절대 금하며 어두운 방에 혼자 갇혀 있게 된다. 그러다 이 기간이 끝나면 가족과 친지들을 모아 놓고 크게 성인식을 한다고 한다. 붉은색 옷에 팔찌와 귀걸이 등으로 예쁘게 치장한 쿠마리에게 이웃과 친지들은 선물을 들고 와 축하를 해준다. 그리고 즐겁게 먹고 마시는 잔치가 베풀어진다. 일반 서민들은 으레 집에서 이 의식을 치르지만, 요즘 돈 있는 도시 사람들은 밖에서 행사를 치른다고 한다. 그 다음날이다.

"굿모닝 어누."

"굿모닝 조 디디."

그녀도 나를 디디라고 부르는 것이 재미있는지, 언제나 활짝 웃으며 인사를 한다. 그 웃음은 늘 천진스럽다.

"오늘은 날씨가 아주 좋네요. 어제 나는 비가 왔어도 뛰었어요."

"오, 그랬어요?"

"그런데 어누, 운동은 남자들이 더 열심인데 왜 남편과 같이 안 해요?"

"애 아빠는 원래 밤일을 많이 해서 아침에 못 일어나요."

"오, 그렇군요. 그런데 여기 뚱뚱한 여자들 많이 있잖아요. 그런데 그 사람들 운동 안 하잖아요. 그런데 왜 어누는 그렇게 열심히 운동을 해요? 무슨 특별한 목적이 있나 보지요. 미스 네팔 대회라도 나갈 거예요?"

아들이 있는 그녀를 나는 웃기고 있었다.

"사실은요, 남편과 함께 외국 가서 일하려고 인터뷰를 했는데요. 그 사장님이 저보고 살을 빼야만 갈 수 있다고 하더라고요."

"그 사장님 혹시 이 동네 사세요?

"네⋯⋯."

어누의 얼굴이 조금 붉어지는 듯했다. 그제야 나는 어누를 처음 보았을 때가 기억이 났다. 어누가 기웃거리던 집이 바로 그 용역회사 사장 집이었다. 네팔인들은 아무리 작은 집에 살아도 마당에 꽃을 기른다. 힌두교 새벽기도인 뿌자를 드릴 때마다 항상 꽃을 바치기 때문이다. 조그만 쟁반에 쌀, 과일, 꽃잎 등을 담아 신전에 들고 가서 이것들을 뿌리면서 소원을 빈다. 그 사장집의 정원에는 꽃나무가 많이 있었다. 그래서 동네를 산책할 때마다 우리는 자주 담장 안을 들여다보곤 하였다. 그런데 그녀는 나와 다른 의도가 있었던 것 같다. 나는 전날 그녀가 참석했다는 쿠마리 파티에 대해 다시 묻고 싶었으나 그만두었다.

내가 어누의 남편에게 한국어를 가르치러 다니기 시작하
자, 이들은 이틀에 한 번꼴로 내게 선물을 보내오기 시작했
다. 내가 아침밥으로 먹는 바나나와 석류 같은 과일을 그녀가
아침 운동 때 들고 올라오는 것이었다. 그러지 말라고 말렸는
데도 시골에서 보내준다는 더히와 치즈까지 내게 날라다 주
곤 했다. 치즈는 이곳에서 비싸게 팔리는 품목에 속한다. 언
젠가는 내가 코이카 봉사단원과 남쪽 지방에 있는 치투완으
로 삼사 일 여행을 다녀온 적이 있다. 코끼리 사파리로 유명
한 관광지이다. 마침 학교가 쉬는 틈을 타 나도 며칠 휴가를
보내게 되었다. 이른 새벽에 떠나도록 갑자기 잡힌 일정이어
서 미처 어누에게 말할 틈이 없었다. 여행에서 돌아온 날 집
주인 아주머니가 내게 커다란 보따리를 건네주는 것이었다.
어누가 갖다 놓았다는 것이다. 내가 몸이 아파 아침 운동을
못 나오는 것으로 알고 만병통치약이라는 귀한 히말라야 고
산 꿀을 가져온 것이었다. 현금으로 바꾸면 이들의 석 달치
생활비와 맞먹을만한 것이었다. 인정으로 받기에는 너무 과

한 선물이고, 수업료라고 하기에는 더더욱 아니다.

이들이 한국 취업을 원한다는 것을 알고 있는 나는 그동안 여러 사람에게서 많은 정보를 얻어들었다. 요즈음에는 개인 초청은 안 된다는 것이다. 어느 선교사가 귀국하면서 똑똑한 현지 청년 한 명을 한국에 데려가 공부를 시키려 하였지만 한국 비자를 얻는 데 실패했다는 것이다. 간혹 대사관에서 비자를 받고 출국한다 해도 인천공항에서 다시 되돌려 보내지는 경우도 허다하다 한다. 불법 체류자를 막기 위한 정부 지침이라 한다. 어누의 남편 단바에게 한국 가서 일자리를 알아보겠다고 성급하게 대답했던 사실이 내게 부담으로 다가오던 참이었다. 선물로 받은 꿀을 바로 돌려주기에는 너무 인간미가 없어 보일 것 같아 어차피 귀국할 때 사려고 했던 품목이기에 나는 돈으로 돌려주어야겠다고 마음을 먹었다.

아메리칸 드림이 한창이었던 한국의 70년대 초이다. 어렵사리 입학하여 영문과 학생이 된 나는 성인 외국어학원에서 아르바이트를 했다. 요즘의 학원 규모와는 비교도 되지 않는 영어, 일어라고 쓴 쪽 간판을 내건 작은 교습소였다. 내 나이와 비슷한 열 명 안팎의 대학생들이 나에게서 배울 것을 기대하고 저녁마다 모여 들었다. 나 역시 초보를 면치 못하였는데도 그들을 가르칠 수 있었던 것은, 그들은 영어회화 책만을 들고 왔다갔다 하지만, 나는 공부할 다이얼로그를 전부 외워간다는 차이였다. 그 학원은 지금의 동방 플라자가 있는 남대문 바로 옆에 있었다. 길 건너 시청 앞 방향으로 그랜드 호텔이라고 있었는데, 우리들은 늦은 수업이 끝나면 그 호텔 커피숍에서 밤늦도록 프리토킹을 하곤 했다. 물론 원어민 강사와 함께였다. 지금처럼 쉽게 원어민을 만날 수 없던 시절이기에 학원 운영자는 미국인 선생을 구하는 데에 온갖 노력을 다하였다. 특별히 예쁜 얼굴은 아니어도 발음이 또렷한 젊은 여대생이라는 점만으로 원장은 나를 미인계(?)로 사용하였던 것 같다. 원장이 모셔 왔던(그는 물어왔다고 했다.) 원어민 강사 대부분이 미군 장교들이었는데, 이들은 한국 지성인들과의 만남에 의미를 두고 거의 무보수로 저녁마다 나와 주었다. 이들을 호텔 커피

숍에서 만나 학원으로 안내하고 이들의 기분을 맞춰 주는 것
이 내가 해야 할 또 하나의 업무였다. 물론 초대받은 파티에는
특별 보너스로 받은 돈으로 화려한 옷을 사 입고 참석했다.

이 장교들 중에 타마씨 소령이라는 원어민 선생이 있었는데
이 분은 한국 복무기간 대부분을 우리 학원에 나왔었다. 자연
히 나는 이 분과 개인적으로도 친하게 되었다. 내가 맡은 클래
스에는 미국으로 이민 준비를 하고 있는 성인 학생들도 끼어
있었다. 대부분 경제적 여유가 있는 이들은 자기 집으로 미국
인들을 초대하는 일이 잦았는데 이때마다 나는 통역을 겸한
개인비서 역할을 했다. 나의 회화 실력이 점점 중급으로 나아
지자, 나는 공부에 욕심을 부리기 시작했다. 용산 미군 부대
영내에 있는 메릴랜드 대학에서 야간 강의를 듣고 싶어 했다.
타마씨 소령은 이것을 가능하게 도와주었다. 주변의 많은 사
람이 미국으로 떠나고 있었다. 난들 왜 그들과 같은 꿈을 꾸지
않았겠는가? 미 팔군 영내를 드나들게 되자 나는 수시로 타마
씨 소령의 에스코트를 받게 되었다. 미처 학생증 발급을 받기

전이었다. 한 번은 이태원 근처 게이트에서 옆구리에 책을 끼고 기다리고 있다가 소령을 따라 영내로 들어가고 있는데 뒤에서 기지촌 여자의 된소리가 들려왔다. "쌍년아, 잘 해봐라." 물론 타마씨 소령은 못 알아 듣는다. 순간 온몸의 피가 얼굴로 솟구쳤으나 나는 태연한 표정을 지으며 나의 꿈을 보호하고 있었다. 내 입에서 자주 미국이 언급되고 고맙다는 명분으로 학생으로는 과한 선물을 건네주자, 소령은 난처하다는 기색을 보였다. 그가 본국으로 돌아가기에 앞서 학원에서는 그를 위해 송별파티를 열어 주었다. 나는 그의 부인에게 주라고 실크 한복을 준비하여 금빛 나는 포장지로 예쁘게 싸서 그에게 선물했다. 귀국 후에도 그와의 연결고리를 놓지 않기 위해서였다. 이튿날 출근한 나를 원장이 불러서 원장실로 들어갔더니 금빛 상자를 나에게 건네는 것이다. 소령이 놓고 간 것이었다.

그주 금요일, 치투완으로 여행 갔던 일행이 타멜에서 만나 한국 음식점에서 회식을 가졌다. 모처럼 김치와 된장찌개로 포식을 하고 나는 늦게 집으로 돌아가고 있었다. 여덟 시만 넘으면 길거리에 나다니는 사람을 좀처럼 볼 수가 없다. 택시도 이 시간이면 반쉬파티 윗동네를 가지 않으려고 한다. 왕복 요금을 주겠다하며 택시를 잡았지만 집 앞까지 가기가 기사에게 미안했다. 큰 길에서 내려 집으로 걸어가는데 골목 안이 왁자지껄했다. 부부싸움을 하는지, 여자의 울음소리에 섞여 남자의 고함소리가 함께 들렸다. 소리 나는 곳은 꽃나무가 많은 그 사장의 집 앞이었다. 사람들이 빙 둘러서서 구경하고 있었다. 내가 가까이 가자, 전번에 나에게 어누를 나쁘다고 흉보았던 그 아주머니가 나를 알아보고는 두 손을 모아 뺨에 대는 시늉을 하면서, 우는 여자가 그 집에서 주인 남자와 잠을 잤다는 것이었다. 여자는 어누였고 머리채를 끌고 나오는 남자는 단바였다.

문예연구 2008년 봄호

개암나무

"하늘 공중 복판에서 탱크가 내려오고 도락쿠가 둥둥 떠다니는 광경을 본 사람이 멧 사람이나 있갔어? 내가 바로 그 역사의 현장을 목격한 산 증인이야 산 증인. 야, 그 놀라운 장면을 어케 잊갔느냐 말야? 아직도 그때 기억이 생생하게 떠오르고 있는데 말야. 야, 정말 볼만 했다야. 그런 장면 영화에서도 한 번 못 봤으니 내 말을 어드렇게 믿갔어? 그런데 내레 정말 이 두 눈으로 똑똑히 봤다구. 육십 년 전인데도 바로 엊그제같이 또렷또렷해. 야, 정말 굉장했댔어.”

일흔네 살의 고종사촌 오라버니는 정수리까지 훤한, 면적 넓은 이마를 연신 물수건으로 문지르면서 열변을 토했다. 목울대를 덮은 깊은 주름이 목청을 돋울 때마다 아코디언처럼 펼쳐졌다. 시원한 평양냉면 한 그릇을 국물까지 다 비웠는데도 이마 위로 흐르는 땀은 그칠 줄을 몰랐다.

“그 많은 전쟁 영화에서 왜 그 멋진 장면을 안 써먹었는지 도무지 모르갔어. 쌍 비행기야, 쌍 비행기. 머리 한 개에 몸체가 두 개 달린 비행기 말야. 거 왜 요새 신문에 나는 샴쌍둥이 알지? 딱 그거야! 양쪽 몸체에 각각 대형 낙하산이 달려 있어 가지구 그 두 개를 하나로 묶어서 가운데다 탱크랑 도락쿠를 매달아 땅으로 마구마구 내려뜨리는 거야. 그러니 그 낙하산 또한 얼마나 크갔어? 백 명도 넘는 미군이 떨어졌으니 그에 따른 군수물자는 또 얼마나 무지무지 했갔어? 이게 어디 상상이나 가는 일이간? 하여간 거, 데머사니, 우리 고향 숙천 하늘이 하루 내내 새까맣댔어. 형이랑 나랑 과수원 앞에 있는 수수밭 속에 숨어서 온종일 목이 꺾어지도록 하늘만 처다봤다구. 야, 내 평생 또 한 번만 더 그런 구경 해봤으면 좋갔다."

"야래 무슨 말을 그렇게 하네? 또 전쟁이 나란 말이가? 그딴 소리는 농담도 하딜 말라우."

오라버니보다 다섯 살 위인 사촌 언니가 한 옥타브나 더 높은 음으로 동생에게 지청구를 주었지만 그는 귓등으로도 들은 척 안 하며 여전히 전쟁 얘기에 열을 올렸다. 또 다른 전쟁이 이들의 입을 막지 않는 한 이 화두는 평생 끊어지지 않을 것이다. 이북내기들이 모인 자리는 이래서 늘 시끄럽다.

북한식 만두와 냉면으로 유명한 장충동 P면옥은 평일에도 항상 손님들로 만원이다. 오후 세 시가 넘은 시각인데도 이북 사투리로 가득 찬 홀은 여전히 와글북적댄다. 하늘에서 탱크가 내려오는 것을 직접 보았다는 오라버니의 목격담은 누가 들어도 재미있는 얘기다. 다른 사람들은 '믿거나, 말거나' 같은 세상의 기이한 일 중의 하나로 일축해 버릴 수도 있겠지만 나는 그 말을 모두 믿는다. '총 나간다 활 나간다' 하는 이북내기 특유의 리얼한 몸짓을 보이는 오라버니의 흥미진진한 이야기는 계속되었다. 나도 계속 고개를 끄덕였다.

숙천은 우리 할아버지 집이 있는 곳인데 아버지의 누님 되는 고모네 식구들이 함께 살았다고 한다. 우리 가족은 해방 전까지 간도에서 살다가 그곳에서 태어난 나를 데리고 6·25가 발발하기 바로 전 해에 평양으로 내려왔다. 숙천은 평양에서 그다지 멀지 않고 기차역이 있어서 내 아버지는 올망졸망한 어린 자식들을 데리고 자주 그곳을 왕래했다. 돌쟁이였던 나는 아무것도 기억할 수 없지만 언젠가 언니 오빠에게서 숙천 얘기를 들어 알고 있었다. 그들은 행복했던 날들만 기억했다. 넓은 평야 지대에 사과 과수원이 많았다고 한다. 할머니가 담근 사과 김치가 무지무지 맛있었다고도 했다. 그렇게 알고 있는 숙천이라는 지명이 전쟁 사진을 설명하는 초등학교 4학년 사회 교과서에 실렸다. 6·25 전쟁이 일어났던 그 해 9월, 인천 상륙작전에 성공한 유엔군이 10월에는 하늘길로 어마어마한 규모의 공수부대를 평양 근교에 낙하시킨 것이다. 셀 수 없이 많은 낙하산이 숙천 하늘에 가득히 떠있는 광경을 나는 사진 속에서 보았다. 남다르게 각인된 기억이다.

나는 종업원을 불러 빈 냉면 그릇을 치우게 하고 접시 만두 두 개를 더 시켰다. 이북에서 내려온 사촌 두 명과 수십 년 만에 얼굴을 마주한 자리다. 나로선 사실 처음 보는 얼굴이다. 이북 오도청의 도움을 받아 내가 오라버니의 연락처를 알아내어 이 자리가 만들어졌다. 아버지와 고모님은 지금 이 세상에 없다. 예수 잘 믿었다는 고모님은 분명 천당에 가 계실 터이지만 내 아버지는 절대 아닐 것이다. 우리 형제들과 어머니는 아버지와 고모님이 언제 돌아가셨는지도 모른다. 두 가족이 함께 피난을 내려와 얼마간 같이 지내다가 그 후로 소식을 끊고 지내왔기 때문이다. 양쪽 가족이 모두 육 칠 남매나 있었다는데, 돌아가신 분과 외국에 살거나 병중에 있는 형제를 빼고 보니 우리 집에선 막내인 나와 맏이인 언니만이 사촌들과 함께 만나게 되었다. 언니는 올해 여든 살이며 나보다 십오 년이나 위다. 자리에 앉은 네 사람 평균 연령이 칠십 중반이나 되었지만 목청의 강도는 이십대 못지않게 괄괄했다. 모두 건강에 자신이 있어 보였다. 이미 전화 통화로 안부를 주고받았기 때문에 서로 얼굴을 확인하자마자 우리는 엊그제 만나고 헤어진 사이처럼 주저하지 않고 목소리의 톤을 높였다. 서너 살 때의 내 얼굴만을 기억하는 사촌 언니는 내 나이가 육십이 넘었는데도 아무 거리낌 없이 내 이름을 크게 부른다. 그러나 나는 무척 쑥스럽다.

"야, 덕희야. 너는 네 언니를 오마니처럼 잘 받들어야 한다. 대동강 건너올 때 네 언니 아니었으면 넌 살지 못했어. 장정들도 얼음물에 수태 많이 떠내려가는 판에 헝애가 널 업고 대동강 물을 건넜다야. 알간? 야, 헝애가 만주에서 고기 많이 먹고 자라서 키도 크고 힘도 세서 너를 살렸지. 나 같으면 어림도 없었다. 야, 거럼. 내래 혼자 보따리 하나 머리에 이고 건너는 데도 물이 턱밑까지 차올라서 모가지를 이렇게 높이 쳐들고 죽을 둥 말 둥 하다 간신히 살았다야. 야, 그걸 어케 말로 다 하간?"

헝애는 이북 사투리로 언니를 뜻한다. 사촌 언니는 고개를 뒤로 젖히고 손바닥으로 턱밑을 가리키며 물이 입술까지 찰랑찰랑 닿아 아찔했던 순간을 실감 나게 전했다. 그녀는 여전히 높은 음에서 내려올 줄을 몰랐다.

"그 얘긴 저도 들었어요. 그래서 이렇게 제가 언니를 모시고 다니잖아요? 언니 며느리들보다 제가 더 언니한테 잘 한다구요."

9·28 수복 후 압록강까지 밀고 올라간 국군이 중공군 개입으로 후퇴하기 시작한 것은 십일 월 초순부터라고 한다. 일사후퇴는 서울을 기준으로 불린 말이다. 평양 사람들은 압록강변에 진을 친 중공군의 동태를 미리 감지하고 그때부터 벌써 피난을 가기 시작했다. 아버지 형제는 넷이 더 있었는데 다른 형제들과는 의견이 맞지 않았는지 고모네 식구만 우리가 사는 평양으로 나와 이 두 가족이 함께 피난을 떠났던 것이다. 늙으신 조부모님은 집을 지킨다고 고향에 남았다. 모두 잠깐 동안만 난리를 피했다 돌아올 것으로 알았다. 대동강 다리가 폭파된 다음 날 오밤중에 셀 수 없이 많은 피난 인파에 묻혀

우리는 능라도 상류까지 올라가 어스름한 새벽녘에 강물을 건넜다. 그만큼 절박했던 전시였다. 대동강은 십일 월이면 벌써 살얼음이 얼기 시작했다. 옷을 벗어 머리 위에 올리고 발가벗은 채 물속을 건너다가 떠내려오는 얼음덩이에 살이 베이어 피가 줄줄 흘러나와도 아프다고 소리칠 겨를도 없었다고 한다. 아버지들은 머리에 얹은 쌀자루 위에 다시 어린 아들을 또 올리고 물속으로 앞장섰다. 이때 열여덟 살 내 언니는 간도에서 가져온 양털 담요에다 물이 안 들어가게 나를 꽁꽁 싸서 머리 위까지 높이 치켜 업고 강을 건넜다고 했다. 막상 물을 건너온 후에도 많은 사람들이 강가에서 죽어들 갔다. 얼음으로 뒤덮인 강둑으로 올라서려다가 미끄러져 다시 물살에 쓸려가기도 하고 미처 옷을 갈아 입을 사이도 없이 저체온으로 인해 그 자리에 픽 픽 쓰러져 다시 일어서지 못한 사람이 수없이 많았다. 죽음에 직면한 피난민들은 여기저기 민가에 불을 질렀다. 언니는 나를 업고 건넜기 때문에 오히려 추위를 이기고 무사할 수 있었다. 그러나 사촌네는 그렇게 어렵사리 강을 건너오고 나서 그만 아버지와 사별을 하고 말았다. 가족들을 뒤따라오게 하고 앞서 걷던 고모부는 폭탄 파편에 머리를 맞고 그 자리에서 돌아가셨다 한다.

사촌 언니와 오라버니는 주문한 만두가 상에 올려졌는데도 거들떠보지도 않고 이야기에만 몰두했다. 내 언니는 거럼, 거럼, 그랬디, 그랬디만 되풀이하며 연신 고개만 끄덕거렸다.

"그리고 보니 언니와 나는 서로 공생 관계였잖아? 난 그것도 모르고 평생 생명의 은인으로 알고 모시려 했지. 하하하……. 다들 만두 좀 드시면서 계속하세요."

나로서는 처음 듣는 얘기였다. 밤을 꼬박 새워 들어도 지루할 것 같지 않았다. 간도에서 가져온 양털 담요가 나를 살리게 한 일등 공신이었다는 것만 나는 단편적으로 들었다. 똑같이 경험한 피난 얘기를 우리 친형제들은 한 번도 재미있게 해본 적이 없었다. 애당초 우리는 말을 잃고 살았다. 아버지 때문이었다.

지난 오 월, 나는 오박육 일 동안 압록강 여행을 하고 돌아왔다. 두 시간쯤 비행을 하고 공항 밖으로 나왔을 때, 심양 하늘은 온통 황사로 뒤덮여 있었다. 본 고장 황사는 서울의 것과는 비교할 수 없을 정도로 모래 먼지가 두터웠다. 당일 오후에 압록강 유람선을 타게 되어 있어서 관광버스는 수증기가 서린 욕탕 속 같은 도로를 쉬지 않고 달리며 단동으로 향했다. 최종 목표는 백두산 천지를 보는 것이었지만, 우리 일행은 압록강 너머 북한 땅을 가까이에서 바라보는 것에 더욱 마음을 빼앗기고 있었다. 단동까지 서너 시간이나 달려왔는데도 황사는 여전했다. 철의 장막으로 불리는 강 건너 땅을 돋보기로 들여다보아도 시원치 않을 판국이었다. 그런데 허리가 잘린 반도의 옆구리를 빙빙 돌아돌아 뒤통수까지 바짝 다가섰는데 하필이면 황사라는 놈이 예까지 뒤쫓아와 차단막을 치며 우리에게 심술을 부리고 있었다. 나는 뿌옇게 베일이 처진 강 너머 신의주시를 바라보았다. 그곳은 잠실의 아파트숲 같이 고층 건물이 빽빽이 들어선 단동과는 너무 대조적이었다. 강 저편은 적막뿐이었다. 아무 불빛도 아무런 움직임도 눈에 띄지 않았다. 우리가 배를 타고 강 가운데로 나갔을 때엔 먼바다 끄트머리에 낙조가 길게 물 위에 드리워져 있었다. 지는 빛이었지만 강렬한 붉은 기운은 황사를 뚫고 바다 끝 언저리를 핏빛으로 물들이고 있었다. 나는 한동안 그 언저리를 바라보았다. 어떤 신비한 에테르의 기운들이 그 위를 어룽거리고 있었다. 얼마나 그러고 있었던가? 하늘 높이 오르던 그 공기 입자들이 슬금슬금 내게로 다가오는 것이었다. 그러더니 머리를 터질 듯 팽창시키며 내 속으로 들어왔다. 그것은 곧 팽개쳐진 내 의식의 바닥까지 내려가 심장을 마구 쑤셔대기 시작했다. 용암 같은 뜨거운 응어리들이 재채기하듯 식도를 타고 올라왔다. 나는 그것을 토사물처럼 내뱉고 싶었다. 하지만 나 혼자만 있는 곳이 아니었다. 꾸욱 꾸욱 그것을 억지로 삼켜 버렸다. 그러자 단절, 차단, 분노, 복수 같은 몹쓸 단어들이 장마철 부유물처럼 내 의식의 수면 위로 떠오르는 것이었다.

문화센터 여행 동아리에서 만난 일행들은 저마다 애국 애족의 일가견들을 털어놓았다. 기아에 허덕이는 저들 바로 눈 앞에서의 실감 나는 난상토론이었다. 실패한 햇볕 정책을 신랄하게 꼬집는 이가 있는가 하면, 또 다른 이는 탈북자와 꽃제비들의 구출에 평소 관심이 많았다며 NGO와 종교단체들의 최근 활동상황을 해박한 지식으로 일행에게 전해 주기도 했다. 손에 땀을 쥐게 하는 한국판 쉰들러 리스트 같은 감동 서린 이야기도 있었다. 그러자 한 사람이 정부가 왜 통일세 걷는 일에 늑장을 부리느냐고 울분을 토하며 통일기금함이 앞에 있다면 당장에라도 제 주머니를 모두 털어 넣을 듯한 자세를 보이기도 했다. 일행 모두가 핏줄의 연민으로 절절하여 배가 선창에 닿을 무렵, 누군가 '우리의 소원'을 선창하자 한 순간에 따라 부르기 시작했다. 지겹도록 부르고 또 불러 식상하기까지 한 노랫말이었는데 이곳에서는 콧등을 시큰거리게 했다. 겨우 한 소절을 끝냈을까 하는 순간인데 "그 노래 부르면 안 돼요! 날래 멈추시라요!" 하며 여행 안내를 맡은 조선족 청년이 달려오며 고함을 질렀다. 단동으로 오는 버스 안에서 이미 들었던 주의사항이었지만, 특수 여로에서의 돌발적 감상이 일행 모두를 깜박 잊게 한 것이다. 아무리 중국 땅이라 해도 국경지대에선 이데올로기와 관계되는 행위는 그 어떤 것이든지 금지되어 있다. 애국가는 물론이고 태극기를 펼쳐도 안 되고 노래도 시도 절대 소리 내어 읊어서는 안 된다. 백두산에 올라서는 더더욱 안 된다고 했다.

모두 민족사에 얽힌 비극에 대해서만 울분하고 있었다. 아무도 나와 같이 이산가족의 비애를 의식적으로 곱씹고 있는 사람은 없어 보였다. 사실 이 강가에 서기 전까지 나 역시 단절된 지 오랜, 내게는 아무 추억도 기억도 없는 그들에게 역사적 시각 이상으로 관심을 가져 본 적이 없었다. 그런데 지는 해가 핏빛으로 보이던 순간, 항렬이 같고 얼굴이 닮았을 많은 사촌들이 지금 이 시각에도 굶주리고 있을 거라는 생각이 불현듯 들어왔다. 바로 손을 뻗으면 닿을 수 있는 거리였다. 내 혈육에 대한 측은지심이 가슴을 가득 채우기 시작했다. 네 명이나 되는 아버지의 남동생들이 북한에 남아 있다.

내게는 작은아버지들이다. 연로한 1세대는 모두 살아있기 어렵겠지만, 언뜻 헤아려봐도 열 명은 넘을 만한 사촌들이 강 건너 어딘가에 살고 있을 것이었다. 아버지라는 기억 장치를 빼놓아도 저들은 나의 가까운 핏줄이며 내 사촌인 것이다. 굳이 이산가족 상봉을 위해 애쓸 것까지는 아니어도 혹 방북할 기회가 있거나 통일이 된다면 당연히 제일 먼저 사촌들을 찾아보는 것이 내가 해야 할 운명적 과제인 것이다.

초등학교 시절, 이웃사촌이라는 말이 낱말풀이 숙제에 들어 있었다. 이웃에 살면서 정이 들어 사촌 형제나 다를 바 없이 가까운 이웃이라고 참고서에 쓰여 있었다. 나는 사촌이 그렇게 옆집 같이 친한 사이인지 잘 몰랐었다.

"엄마, 우리는 왜 사촌이 없어?"

"없긴 왜 없간? 니북에 수두룩하게 있디."

시장에 나가 장사하느라고 늘 분주한 어머니는 모처럼 만에 엄마 얼굴을 마주 보고 친척을 묻는 내 질문에 성가시다는 듯 퉁명하게 대꾸했다.

"그럼, 남한에는 한 명도 안 살아?"

"너희 고모네 자식들이 있긴 한데……. 그런 건 물어 뭐 하
간? 당초에 애비가 없으면 사촌도 없는 게나 마찬가디야. 다
니저삐리라우. 다시는 그딴거 묻디도 말고 생각도 하딜 말라
우, 알간?"

나는 벌써부터 알고 있었다. 아버지라는 단어는 엄마 앞에
서 절대로 꺼내면 안 된다는 것을.

남쪽으로 피난을 나와 얼마 지난 뒤 어느 날, 아버지는 갑
자기 사라져 버렸다. 처음엔 실종된 것으로 알고 어머니는 미
친 듯이 아버지를 찾아 나섰다. 그런데 나중에 확인해 보니
그것은 아버지 스스로 선택한 자발적 가출이었다. 여기서 이
야기를 멈추면 사람들은 그가 당시 많은 지식인이 그랬듯이
정치적 사상을 쫓아 월북한 것으로 오인할 것이다. 우리 가족
도 처음엔 그렇게 생각했었다. 차라리 그가 그랬었다면, 연좌
제나 국가보안법에 저촉되어 우리가 고통은 좀 받았을 수도

있었겠지만 정신적으로는 이데올로기를 택한 아버지에게 긍지를 가질 수도 있었겠고, 최소한 제 아비를 평생 증오하고 저주하는 피폐한 삶은 살지 않았을 것이다. 아버지는 바람이 나서 처자식을 버리고 도망을 쳤다.

우리 일행 중에는 이미 일선에서 은퇴는 했지만, 그렇다고 노인이라 하기엔 아직 정정한 장년층 분들이 많았다. 그중에는 일간 신문에 칼럼을 썼다는 분도 있고 전직이 잡지사 편집장이었다는 사회 인사들도 더러 있었다. 이 분들의 재치 있는 대화는 버스를 타고 가는 동안 내내 계속되었다. 많은 시간을 버스 안에 갇혀 있었지만, 전문가들이 풀어 내는 세상 돌아가는 얘기는 우리를 지루하지 않게 해주었다.

여행사 패키지와 달리 동아리 회원들은 강의 발원지까지 거슬러 올라가는 압록강 탐사에 중점을 두고 일정을 짰다. 그 발원지가 백두산이다. 이튿날, 버스는 고구려 유적이 남아 있는 집안으로 달리고 있었다. 물길을 따라 상류로 향하는 차창 밖으로 비루 먹은 황소의 불거진 등판 같은 산들이 안쓰럽게 다가왔다. 변변한 덤불 하나 보이지 않는 영양분이 다 빠져나간 민둥산 뿐이었다. 모두 말을 잃고 셔터만 눌러 댔다. 여기저기 찰칵대는 소리가 오히려 민망하게 들렸다. 굶주림 앞에서 터트리는 샴페인 소리 같다. "결국 우리 문제는 남한이 독일처럼 흡수 통일을 해야 하는 건데, 국민들이 전혀 경제적 희생을 치를 각오가 없다는 겁니다."

단동의 유람선 위에서 통일세를 거론하던 목소리였다. 잠시 동안의 숙연한 분위기를 깨고 버스 안은 다시 활기찬 대화의 장으로 돌아왔다.

"어느 기관에서 대학생들을 상대로 통일 문제에 대해 앙케이트 조사를 해 봤더니, 요즘 젊은애들 반응이 어떤지 아십니까? 통일을 원치 않는다는 거예요. 그러지 않아도 실직문제로 목하 고민 중인데, 북한 애들에게 자기들 밥그릇을 뺏기지 않겠다는 겁니다."

"독일은 철학이 살아 있는 나라입니다. 펜이 칼을 이길 수 있다는 인문학적 사고가 오랜 기간 국민의식을 지배해 왔어요. 그 축적된 힘이 통독을 이루게 한 원동력입니다. 어디 이게 하루 아침에 가능한 일이겠습니까?"

"맞습니다. 우리 기성세대들이 빵 벌이에만 정신을 쏟느라고 다음 세대들에게 본을 보이지 못했어요. 덕분에 압축경제는 이루어냈지만, 이제부터라도 원시안을 가지고 첫 단추부터 다시 끼울 정책을 펴야 합니다."

"그 첫 단추가 무엇이란 말입니까? 배곯아 죽어가는 저들을 놔두고 국민의식 계몽부터 하잔 말입니까?"

"바로 된 국민의식이 가장 기본이지요. 그리고 다음이 당근과 채찍을 현명하게 사용하는 것입니다. 우리가 인도적으로 보낸 쌀이 군량미로 변하여 폭탄으로 되돌아오게 한 정책을 성공했다고 하겠습니까?"

대화는 국가정책을 시시비비하며 진부하게 흐르고 있었다. 그러다 어느 한 분이 별안간 조선족 가이드인 김○○ 씨에게 질문을 했다. 북한식 호칭으로 우리는 그에게 김 선생이라 불렀다.

"김 선생 양반, 여기 조선족들은 탈북자들을 통해 북한 인민들 사정을 꿰뚫고 있을 테니 어디 대변 좀 해보소. 북쪽 일반 주민들은 우리가 무엇을 어떻게 해 주기를 바랍니까?"

압록강에서 통일 노래 사건이 있은 후 심기가 불편했던 김 선생은 답하기 곤란한 질문이 아닌 것에 안심한듯 조심히 말을 이었다. 말 한번 잘못해 중국 공안들에게 찍히면 관광안내원 자리마저 위협을 받는 눈치였다.

"쌀 아무리 보내봤자 소용 없습네다. 굶고 있는 인민들 입엔 한 톨도 안 들어가요. 평양 사는 고위층 동무들이 몽땅 다 차지하고 말디요. 거저 인민들은 옥수수 가루나 배급된다고 그럽디다. 그런데 그것도 남쪽에선 낱알로 보내주니깐 옥수수 포대를 멀거니 바라보면서도 입으로 가져갈 순 업디요."

"아니 그럼 그것도 평양 놈들이 다 싹쓸이한단 말입니까?"

"저 산비탈을 보시라요. 아직 파종 때가 아니어서 저렇티, 저게가 다 옥수수 밭이디요. 북에서는 옥수수로 알코올을 빼

내어 휘발유 대용으로 씁네다. 남에서 오는 것두 다 알코올 공장으로 보내디요. 옥수수를 가루로 맨들어서 보내면 불쌍한 인민들에게 좀 돌아갈 게야요. 가루는 이미 열처리가 되어 있어서 알코올이 안 된다, 그럽디다.”

“우리가 그동안 북한 실정을 너무 모르고 있었어요. 아싸아마애요. 보지 못했으니 모르고, 모르는데 어떻게 마음이 제대로 갔겠습니까? 모르는 것은 죄입니다. 대한민국 국민 모두가 직무유기로 범죄를 저지르고 있는 것입니다. 서유럽에는 '착한 사마리아법' 이 있어 죽어가는 사람을 그대로 방치한 채 지나치지 못하도록 제도적 장치가 되어 있어요. 이제 우리부터라도 이 여행을 계기로 북한 바로 알기에 모두 앞장서 봅시다.”

일반인이 잘 모르는 문자를 쓰며 왕년의 언론인이 긴 담론의 끝을 내었다. 그러자,

“저, 선생님. 아싸아마가 무슨 말입니까? 일본 말인가요? 문자를 쓰셨으면 저같이 무식한 사람을 위해 뜻풀이 좀 해주세요.” 좌중의 한 용감한 이가 댓글을 달았다.

"아, 죄송합니다. 제 버릇 개 못 준다고, 제가 괜한 말을 써서, 눈이 멀어지면 마음도 멀어진다는 우리 속담에도 있는 말입니다."

그는 "Out of Sight, Out of Mind."라는 영어 문장에서 각 단어의 첫 발음을 따온 우리 말 사자성어라고 설명했다. 그리고 북한 지식인들이 알면 남한 사람들 주체성이 없다며 손가락질할 거라는 말까지 덧붙였다.

집안에서 국사 시간에 배운 고구려 유적지들을 둘러보고 우리는 장백현으로 향했다. 여기서는 맞은 편 북한 양강도의 혜산시가 빤히 건너다보인다. 강폭이 훨씬 좁아진 것이다. 너와로 지붕을 덮은 다 썩어가는 판잣집들이 골목을 이루며 즐비하게 늘어서 있었다. 가이드 김 선생이 들려준 탈북자들의 25시, 이백만 명 이상이 아사한 98년의 대홍수, 그때 강가 절벽 위에 무리 지어 앉아서 도움을 기다리다 맥없이 강으로 떨어진 왜가리족(흰색 옷을 입고 있어서 중국인이 그렇게 불렀다) 등 지구상 어디에도 있을 수 없는 비극의 현장을 바로 눈앞에 두고, 우리는 7층

호텔로 엘리베이터를 타고 올라가 더운물로 샤워를 하고 잠을 잤다. 창 밖에는 때늦은 진눈깨비가 추적추적 내리고 있었다.

다음 날, 드디어 백두산 산행이 시작되는 날이다. 비는 멈추어 있었다. 그러나 간밤에 내린 눈비로 장백산 북파로 가는 도로가 엉망이 되었다. 곳곳에 낙석이 떨어져 버스 진로를 가로막았다. 그때마다 남자들은 버스에서 내려 운전기사를 도와 커다란 바위를 밀쳐 냈다. 이 틈을 타 용변을 참고 있던 몇몇은 움푹 패인 골짜기 밑이나 큰 바위 뒤를 찾아 잽싸게 일을 해결했다. 중국 명으로 장백산이라 불리는 백두산은 중국 10대 명산 중에 6위에 들어 있는데 등소평이 다녀간 후부터 4위로 오르자, 요즘은 남한 관광객보다 중국인이 더 많이 다녀간다고 한다. 그러나 도로는 서둘러 포장했지만 화장실은 노천에 그대로 방치되어 있었다.

집 안에서 여기까지 오는 동안 중국 측 산자락에 끝없이 이어진 복숭아 과수원을 지나치며 아직 개화되기 전이어서 아쉬워하던 차에 나는 노천 휴게실에서 앙증맞게 핀 작은 꽃을 발견했다. 나뭇가지 끝에 겨울눈처럼 붙어 있어서 얼핏 보면 모르고 지나칠 뻔했다. 2~3밀리미터 정도의 아주 작은 암술대가 가시에 찔리면 솟아나오는 핏방울 같이 선명한 붉은색을 띠고 있었다.

"어머, 이게 꽃이잖아요? 너무 예쁘다." 내가 탄성을 지르자,

"그게 개암나무 꽃이에요. 우리 시골집 뒷산에 개암나무가 많이 있어서 내가 잘 알아요. 우리 고향에서는 열매를 깨금이라고 하는데 크기는 도토리만 하지만 밤보다 더 고소하고 맛있어요." 옆에 있던 한 사람이 명쾌한 답을 해 주었다.

"아, 이것이 깨금 꽃이구나. 이런 꽃도 꽃말이 있을까요?"

"잠깐 기다려 봐요. 내가 검색해 볼게요."

일행 중에서 베스트 드레서로 불리는 한 오십 대 여인이 얼른 스마트 폰을 꺼내 들었다. 그녀는 여행 작가라 했다.

"아 여기 찾았어요. 음—. 꽃말이 화해라고 하는군요. 우리 여행에 의미를 주는 메시지 같지 않아요?"

그리고 그녀는 개암나무 꽃에다 연신 카메라를 갖다 대었다.

천지는 쉽게 그 모습을 보여주지 않았다. 여행 시작부터 황사가 우리 눈을 가로막더니 백두산 발치까지 와서는 또다시 폭설이 내려 정상으로 오르려는 우리의 발을 묶어 버렸다. 천지를 보지 못한 아쉬움을 눈발을 헤치고 찾아간 금강대협곡과 제자하의 절경으로 달래고 우리는 대망의 백두산을 뒤로 했다. 우리가 탄 버스는 자작나무로 빽빽한 원시림을 두 시간 이상 달려 내려와 공항이 있는 장춘으로 향했다. 길림성에서 가장 큰 도시이다.

인천으로 돌아오는 비행기 안이었다. 나는 압록강을 보았고 내 출생지 간도의 산과 들을 밟고 왔다. 졸고 있는 다른 탑승객들처럼 쉽게 휴식으로 들어갈 수는 없었다. 끓기 시작한 용암 덩어리는 결국 어디론가 분출되어야 잠잠할 것이었다. 차라리 끓지 않았음이 좋았을 것을.

아버지가 남쪽의 어느 도시에 새살림을 차린 것을 안 어머니는 평생 동안 아버지를 '그 백당 놈의 새끼'라고 불렀다.

그녀는 이십 년 전 칠십오 세에 돌아가셨다. 임종 전까지 당신의 장례식장에 그가 나타나면 관을 뚫고 나와서라도 귀싸대기를 갈길 거라고 했다. 우리는 그때까지 연락이 닿았던 아버지에게 어머니의 초상을 알리지 않았다. 우리 역시도 원치 않았기 때문이다. 어머니는 강했다. 아니 독했다. 평생 아버지를 저주하는 힘으로 자식들을 먹이고 입혔다. 피난 와서 다시 만든 호적에 그는 사망으로 처리되어 있었다.

내가 열 살 때쯤 되었을 때, 소변이 마려워 새벽 일찍 잠에서 깨어난 날이었다. 머리맡에 있는 요강 뚜껑을 여는 순간 나는 화들짝 놀랐다. 요강에 시뻘건 피가 가득 차있는 것이었다. 옆자리에 누워 자던 엄마가 안 보였다. 다급한 나는 밖으로 나가 변소로 달려갔다. 다시 안방으로 들어가려고 대청마루로 올라서는데, 오빠들이 자는 건넛방에서 엄마 목소리가 들렸다. 그냥 지나치려 하는데 엄마 목소리가 이상했다. 우는 소리 같았다.

"야들아, 흑—. 누이한테만 알려라. 덕희는 절대 알게 해선 안 된다. 너희들은 다 컸지만 갸는 아직, 흑—."

"오마니, 울지 마시라요. 병원에 가면 오마니 병 나을 수 있어."

"내래 이 병 잘 안다. 녀자들만 걸리는 병이디, 내 죽으면 저 불쌍한 에미나이 어떡하간? 흑—."

엄마가 죽는다는 말을 듣자마자 나는 방문을 열고 안으로 달려 들어갔다.

"엄마! 엄마! 죽으면 안 돼! 그리고 내 걱정은 하지 마. 나도 다 컸어. 나 밥도 할 수 있고 빨래도 할 수 있어. 엄마 인제 장사하지 말고 누워만 있어. 내가 다 할게."

그리고 나는 엄마를 부둥켜 잡고 엉엉 울었다. 갱년기에 들어선 어머니는 자궁에 심각한 질병을 앓고 있었다. 하혈이 오랫동안 멈추지 않았다. 매일 아침 피로 가득한 요강을 비우면서, 나는 이 앙갚음을 어딘가 살아있는 아버지에게 언젠가는 꼭 되돌려 주리라고 마음을 꽁꽁 싸매 두곤 했다. 옆 동네로 출가한 언니가 자주 집에 들렀고 오빠들은 새벽마다 신문을 돌리고 여름에는 아이스케이크를, 겨울에는 군고구마를 팔며 그 힘든 시기를 견디어 냈다. 병을 이기고 일어난 어머니는 그악스러울 정도로 우리에게 회초리를 가했다. 그 담금질이 있어 우리는 남들로부터 호래자식 소리 한번 안 듣고 자랄 수 있었다. 그러나 누구에게도 다 어려웠던 그 시절, 결손 가정에는 남보다 더한 궁핍함이 늘 도사리고 있었다. 어머니는 머리에 보따리를 이고 매일 이 동네, 저 동네로 봇짐장사를 했다. 비 오는 날, 엄마 없는 우리 집으로 이웃에서 새어나오는 고소한 부침개 냄새가 날 때나, 밀린 월사금 때문에 종례 시간에 내 이름이 불릴 때마다 나는 이 고통과 수치가 모두 아버지 때문이라고 여겼다.

아버지가 사라졌을 때 네 살이었던 나는 전혀 아버지 얼굴을 기억하지 못했다. 내가 영특하지 못해서인지, 아니면 전쟁통에 너무 참혹한 장면을 많이 목격하여 내 무의식이 이 모든 아픈 기억들을 일부러 지워 버렸는지 머릿속에는 그 혼란했던 때의 일은 아무것도 저장된 것이 없다. 아마 시간이 좀 더 지났을 때인가 보다. 이상하게도 또렷이 남아있는 기억이 하나 있다. 나와 네 살 터울인 막내오빠가 아홉 살 때, 우리는 장호원에서 고모네와 헤어져 충주에 잠시 살았다. 가장이 없는 삼 형제는 날마다 온갖 곳을 다 돌아다니며 땔감을 구해 왔다. 하루는 삼십 리 길이 되는 깊은 산으로 나무를 하러 갔다. 작은 손도끼 하나만 가지고 열 살에서 고만고만한 형제 셋이 전봇대만 한 통나무를 각각 등에 지고 해가 어둑해질 무렵이 되어서 집에 당도했다. 칡넝쿨로 줄을 엮어 어깨 위에 메고 땅 위로 질질 끌며 돌아온 이들의 행색은 말이 아니었다. 그중 막내 오빠가 가장 심했다. 양 어깨는 물론이고 등허리 전체가 피범벅이 되어 있었다. 오빠의 옷을 벗기면서 어머니는 엉엉 소리 내어 통곡했다. 모두 다 그 백당 놈 때문이라고 했다.

　사춘기를 심하게 앓고 난 후 내가 대학에 입학하던 해에 큰오빠의 결혼식이 있었다. 식이 시작되기 전, 나는 너무도 어이없이 놀라운 장면에 정신을 잃을 뻔했다. 감색 양복을 제대로 차려 입은 신랑이 환갑 넘은 노인 얼굴을 하고 있었기 때문이다. 그러나 그는 신랑이 아니었다. 오빠와 똑 닮은 어떤 늙은 이였다. 곧 그 얼굴이 내 아버지라는 것을 알아차린 순간 나는 그 자리에 털썩 주저앉아 버리고 말았다. 누가 먼저 손을 내밀 었는지는 모르겠지만, 아르바이트하여 어렵게 대학을 졸업한 오빠는 어머니 몰래 아버지와 연락이 닿아 등록금 도움을 받 았다고 했다. 사위의 가정사를 알고 있는 장인의 권고로 어쩔 수 없이 결혼을 알렸다는 것이다. 그 자리에 고모님과 사촌 형 제들이 두어 명 참석했었다. 가족사진 촬영과 폐백 자리에 얼 씬대는 그들을 어머니와 내가 난리법석을 떨어 쫓아냈다. 나 는 아버지의 목소리를 한 번도 들어본 적이 없다. 그때 만일 "네가 덕희냐?" 하며 그가 내 이름을 불렀다면, 아마 나는 그 의 멱살을 잡고 악다구니를 퍼부었을 것이다. 그는 한마디 말 도 하지 못하고 그렇게 그 자리를 떴다. 예식장 문 밖으로 밀 려나는 순간까지 내게 시선을 떼지 못하던 늙은이, 그 모습이 내가 아버지를 기억하는 처음이며 마지막 장면이다.

나는 다시 텅 빈 아파트의 일상으로 돌아왔다. 장인이 어떤 사람이었는지 한 번도 물어본 적 없는 남편은 함께 퇴직한 친구들과 산행을 떠났고, 외할아버지가 어떻게 돌아가셨는지 알려고조차 하지 않던 자식들은 모두 분가해 나가 살고 있다. 빈 둥지 안에 존재의 무게를 조금도 느낄 수 없는 빈 가슴이 나를 헛헛하게 했다. 단절이란 상처의 굳어진 딱지 밑으로 어느새 새 살이 밀고 올라오고 있었다. 딱지는 결국 떨어져 나갈 것이었다. 시간은 원초적 질서를 복원시키는 일등공신이다. 어머니가 돌아가시고 큰오빠가 캐나다로 이민을 간 후, 형제 중 누구도 아버지를 기억하고 있는 사람은 없었다. 나는 구기동에 있는 이북 오도청을 찾아갔다.

"야, '김일성 장군 똥장군' 하고 나무 위에 올라가서 고함치던 아이가 너이가?"

만두만 먹으면서 지금껏 사촌들의 얘기를 듣고만 있던 내 언니가 드디어 추억을 들추며 대화 속으로 끼어들어왔다.

"아니, 건 내가 아니고 그때 아홉 살 난 내 동생이 그랬디."

오라버니는 처음 듣는 나를 위해 주먹을 폈다 오므렸다, 팔을 머리 위까지 올렸다 내렸다 하며 실감 나게 설명을 했다. 9·28 수복 후 국군이 유엔군의 힘으로 평양에 밀고 올라왔을 때 어른들이 수군대는 것을 듣고 철없는 아이가 저지른 일이었다. 여전히 공산당 치하에 있을 때라 모두 잡혀 갈까 봐 벌벌 떨고 있었는데, 다행히 신고가 안 되어 무사했다는 것이다. 참으로 아슬아슬했던 찰나였다고 했다.

"그래두 뭐니뭐니 해두, 외삼촌이 나에겐 생명의 은인이디. 내, 걸 어케 잊갔네? 장호원에서 외삼촌이 날 뒷산으로 끌어다 숨겨 주지 않았으면 난 그때 꼼짝없이 양키 놈들한테 당했어."

사촌 언니가 아버지 얘기를 꺼내자,

"그 애긴 관두라우! 다른 말도 할 게 수두룩 닥상인데 건 와 꺼내니?" 언니가 별안간 낯색이 달라지며 성급히 말을 막았다. 사촌들은 언니가 왜 그러는지 알고 있는 듯했다. 갑자기 대화가 중도에서 끊겼다. 아버지가 등장하는 피난 스토리를 나는 들어본 적이 없다.

"언니, 왜 이래? 이젠 아버지 얘기 할 만한 때도 되었잖아?"

"듣고 싶으면 너나 혼자 들어라. 자, 오늘은 그만 여기서 일어들 나자우. 이렇게 만났으니 앞으론 서로 소식이나 알고 지내자꾸나."

"거럼 그래야디, 쉽게 백 살까지 사는 세상이 됐는데, 그 소털 같이 많은 날에 뭐하고 살갔어? 자주 만나서 두고두고 넷 말이나 하구 살자구요. 허, 허, 허."

오라버니가 의도적으로 큰 소리를 내며 웃었다. 나는 계산서를 들고 일어섰다.

가슴에 맺힌 응어리가 뻥 하고 터져나가 시원해질 것을 기대한 만남이었다. 이미 곰삭아서 물처럼 흘려버린 탯줄이었다. 그런데 실핏줄 깊이 숨어 있던 그 원형질이 집합을 하고 세포 분열을 일으켜 이제 대로에 뛰쳐나와 시위를 하고 있었다. 이슈는 '아버지를 찾아내라' 였다. 왜 내 언니는 아버지가 등장하는 장호원 이야기를 못하게 막았을까?

일주일 후 나는 다시 사촌에게 전화했다. 이번에는 오라버니가 아니고 언니에게였다. 장호원에서 무슨 일이 있었는지 알고 싶다고 했다. 그녀는 기다렸다는 듯 내 전화를 반갑게 받았다.

"덕희야, 전화 잘했다. 거럼 그래야디, 내레 아직 정신이 있으니 다행이지, 치매라도 걸리면 누가 네게 이 니야기를 해주간?"

두 가족은 평양에서부터 줄곧 도보로 내려오다 미군 부대가 주둔하고 있는 장호원에 머물렀다. 씨레이션 같은 군용 비상식량을 쉽게 구할 수 있어서 남쪽으로 더 내려가지 않고 며칠을 미적거리고 있을 때였다. 어느 날 미군들이 민가로 색시 사냥을 나왔다. 아버지는 다급한 김에 다 큰 처녀인 큰딸과 조카만을 양손에 붙들고 산속으로 들입다 달렸다. 다시 내려와 얼굴에 검댕이 칠을 하고 헛간에 숨은 아내를 찾았다. 그러나 때는 이미 늦었다. '깜둥이 밑에 깔려있는 여편네 얼굴을 내래 도저히 니저 버릴 내야 니저버릴 수가 없었수다' 그가 새 살림 차린 연유를 설명하며 그렇게 고모에게 말했다고 한다. 깜둥이란 단어가 튀어나온 순간 뻘건 피로 가득했던 요강이 내 눈앞에 떠올랐다.

한 시간 이상이나 통화를 했는데도 사촌 언니는 조금도 지친 기색을 보이지 않았다. 나를 만나고 나서 아버지의 후처인 작은 외숙모의 근황을 알려고 그쪽하고도 통화를 했다 한다. 그래서 새 소식을 알게 되었다며 내게 전했다.

"그 외숙모가 중환자실에서 오늘 내일하고 있댄다. 네 이복 동생이 둘이 있는데 갸네들 이름이 덕혜하고 덕순이라고 해. 큰애가 덕혜인데 아마 덕희 너보다 대여섯 살 아래일 거다. 갸가 그러는데, 제 어머니 돌아가시면 통일 동산에 묻힌 아버지를 꺼내 두 사람 다 화장하여 하늘로 날려 보내겠다고 하더라."

이제 곧 그 태의 본체는 공기 중으로 흩어질 참이었다. 완전히 기화되어 흔적조차 남겨지지 않을 것이었다. 급하게 서두르지 않으면 영영 후회할 일이 벌어질 것만 같았다.

그날 밤 나는 잠을 이룰 수가 없었다. 그러다 어느 순간, 나뭇잎이 파릇파릇 돋기 시작한 숲 속의 오솔길을 내가 걷고 있었다. 길가에는 백두산 기슭에서 보았던 개암나무 꽃이 빨갛게 피어 있었다. 그런데 나 혼자가 아니었다. 깃털같이 하얀 발레복을 입은 작은 소녀 둘이 내 손을 양쪽에서 잡고 나풀거리며 앞장서고 있었다.

“덕희 언니, 빨리 가자. 저기 아버지가 기다리고 있어.”

아이는 오솔길 끝자락에 잔디가 고르게 입혀진 봉분을 가리켰다

“그래, 그러자. 그런데 애들아, 이리 와 봐. 이 빨간 꽃잎이 막 움직이고 있어. 이것 봐! 활짝 벌어지고 있잖아? 어머머! 금세 열매가 맺혔네. 덕혜야, 덕순아, 이게 깨금이라는 거야. 우리 같이 먹어 볼래?”

“응, 언니. 근데 저기 가서 아버지하고 같이 먹자.”

나는 깨금을 한 움큼 주워 들고 소녀들과 함께 뜀박질을 했다.

꿈이었다.

전화를 걸기엔 아직 이른 시간이었다. 그래도 나는 사촌 언니의 버튼을 눌렀다.

"언니, 그 집 큰애가 덕혜라고 했죠? 그 동생 전화번호 좀 알려 주세요."

동쪽 창가로 한 줄기 밝은 햇빛이 기웃거리고 있었다.

통일문학지 2011년 '압록강 따라 가슴앓이 이 천리'에 수록

점(點)

창밖에는 어둠의 너울을 쓴 조각난 하늘이 휙휙 내달리고 있었다. 기체가 뚫고 지나간 허공에는 바람의 무리들이 서로 부대끼며 송곳에 찔린 듯 비명을 질러 댔다. 그 아우성을 꼬리로 내뿜으며 에어로 플로트는 앞으로 날아가고 있었다. 스크린 지도에 표시된 화살표의 위치로 보아 우랄 산맥은 이미 통과한 듯했다. 바로 날개 위 창가에 자리를 잡은 나는 비행기가 금방이라도 산산 조각이 날 것 같아 좀처럼 잠을 이룰 수가 없었다. 판잣집 지붕처럼 더덕더덕 이은 날갯죽지는 작은 롤링에도 요란하게 부딪히며 흔들어댔다. 기내의 의자와 선반에서도 삐걱대는 소리가 났다. 이 러시아 항공기는 베를린에서 출발하여 모스크바를 경유해 지금 서울로 향하고 있다. 다른 항공사에 비해 요금이 저렴하여 약간의 불편은 각오했지만 이처럼 무섭기까지 할 줄은 전혀 생각을 못했다. 나는 좌석벨트를 단단히 고정했다. 잠들어 있는 아들 웅이 것도 다시 한 번 안전을 확인했다. 지면에 닿으려면 아직도 다섯 시간 이상은 더 이 두려움 속에 떨고 있어야 한다.

어머니가 위암 판정을 받았다는 소식을 접한 것은 육 개월 전이었다. 어머니는 오 년 전 웅이가 태어나던 해에 내가 사는 베를린에 왔었다. 그리고 그 이후 나는 어머니 얼굴을 한 번도 보지 못했다. 그 세월의 흔적 위에 병세까지 보태어 있을 그녀의 모습을 상상할 적마다 내 심장은 무거운 바위에 깔린 것처럼 숨을 쉴 수가 없었다. 미리 충분히 예상하여서 어머니 앞에서는 눈물을 보이지 않으려고 나는 마음을 다부지게 먹었다. 지금 그녀는 치료를 포기하고 죽음만을 기다리고 있다. 나는 어머니의 임종을 지키려고 서둘러 이 비행기를 탔다. 어머니의 임종을 지키지 않으면 평생 가슴에 바윗돌을 매달고 살아가게 될 것이다. 부모 도움 없이 아르바이트하여 공부하는 남편이 어렵게 마련해 준 여행 경비이다. 그중에는 유학생 동료들이 장례비 명목으로 넣어준 부조금 봉투도 들어 있었다. 남편은 철학박사 학위를 받기 위해 독일에 왔다.

"도부리 지엔."

러시아 승무원의 안내 방송이다. 좋은 날씨라고 하는 인사의 첫마디인 것 같다. "도부리 지엔", 아버지는 평양에서 러시아어 선생을 했다고 한다. 그의 인생에서 가장 반듯하게 빛나던 시절이었다. 전쟁으로 남쪽으로 내려온 이후로 그는 버젓하게 내세울 만한 직업은 한 번도 가져 보지 못했다. 내가 초등학교 다닐 때 우리 집은 문구점을 겸한 조그마한 구멍가게를 했는데, 학교에 내는 가정환경 조사서의 아버지 직업란에 나는 항상 상업이라고 적어 내곤 했다. 피난 시절, 언니를 임신한 어머니가 만삭의 몸으로 과일행상을 나섰을 때도 아버지는 집 안에서 꼼짝 않고 있었다 한다. 인텔리겐치아의 하얀 손으로 할 수 있는 일은 그에게까지 미처 오지 않았다. 결국 할아버지가 지게를 지고 거리로 나서자 그는 구청 앞에다 사과 상자 두 개를 엎어 놓고 이력서 등을 써주는 대서 일을 시작했다. 아버지가 러시아어가 아니고 영어를 가르쳤다면 어머니는 애초부터 위장병 따위는 앓지도 않았을 것이다.

에어로 플로트는 계속 덜커덩거리며 날아갔다. 그 소란 속에서도 어느 틈엔가 나도 잠깐 잠이 든 모양이다. 어느새 웅이가 깨어나 부스럭거리고 있었다. 실내등이 들어오고 승무원들이 안전벨트를 점검하며 분주히 돌아다니고 있었다. 이어서 현지 시각은 오전 9시이며, 착륙지인 김포공항에는 비가 내리고 있다고 한국어 방송이 나왔다.

"엄마, 한국 다 왔나 봐. 빨리 내릴 준비해!"

이제 곧 맛볼 해방감에 들떠서 아이는 흥분해 있다. 드디어

기체가 어마어마한 굉음을 지르며 지면에 닿았다. 나는 웅이의 두 손을 꽉 부둥켜 잡고 휴! 하며 안도의 숨을 내쉬었다. 아이는 이미 재킷과 구두를 단정히 여미고 막 뛰쳐나갈 기세다.

아버지는 여전히 멋쟁이 차림새였다. 자줏빛 폴라티에 회색 체크 상의를 입고 한 손으로는 검은 우산을 가늘게 말아서 지팡이처럼 바닥에 집고 있었다. 올백으로 넘긴 반백의 머리칼은 굵은 테 안경과 잘 어울렸다. 누구의 눈에도 풍채 좋은 노교수처럼 보인다. 그 옆에 나란히 서 있는 언니와 형부의 모습은 너무도 초라하다. 언니, 진경아, 형부도 나오셨어요? 아버지 좋아 보이시네요, 그래 난 괜찮다, 오느라고 힘들었겠구나, 네가 웅이구나, 내가 네 이모다, 이리 와봐, 와! 이 녀석 되게 무겁네, 너 한국말 할 줄 아니? 한바탕의 감격이 지나갔다. 우리 중 아무도 어머니에 대한 안부는 묻지도 꺼내지도 않았다. 어머니가 기도원에 가 계신다는 것을 나는 이미 들어 알고 있다. 형부가 작은 짐차를 공항으로 가져왔다. 언니네가족의 생계 수단이 되

는 용달차였다. 넉넉지 않은 살림인데도 시간을 내어 처제를
마중 나온 형부의 따뜻한 마음 씀이 고마웠다. 커다란 트렁크
두 개에 지퍼가 터질 정도로 꽉 눌러 채운 나의 적지 않은 짐이
용달차에 실렸다. 웅이와 내가 석 달 정도 넉넉히 지낼 일용할
물건들이다. 물론 어머니에게 주사할 상당량의 모르핀도 그 안
에 들어 있다. 형부가 내 짐을 싣고 아버지의 집으로 떠나자 나
는 언니를 앞세워 기도원으로 향했다. 기도원은 북한산 기슭에
있었다. 버스를 세 번은 갈아타야 할 거라며, 오늘은 쉬고 내일
가자는 언니의 말을 귀로 흘리며 나는 웅이의 손을 붙잡고 버
스에 올라탔다. 축축한 공기를 타고 마늘 냄새가 사방에서 풍
겼다. 웅이를 어느 아주머니의 무릎에 앉히고 나는 흔들리는
버스에 기대어 자꾸 내려 감기는 눈을 부릅떴다.

　봄비답지 않게 사월의 비는 멈출 줄 모르고 주룩주룩 내렸
다. 사월의 모진 비바람이 오월의 꽃을 가져온다고 하지 않던
가? 과연 나에게도 오월은 올 것인가? 지난 겨울, 남편과 나는
시청에 소속된 청소용역회사에서 일을 했다. 겨울 동안 도로

에 쌓인 눈을 치우는 일이다. 다른 시간제 알바와는 달리 근무 시간의 길고 짧음에 관계없이 매월 일정액의 봉급이 나온다. 액수도 상당히 높은 편이다. 독일의 겨울은 한국보다 길고 눈이 많이 온다. 한겨울만 참고 고생하면 남편은 다음 두 학기 동안은 일하지 않고 공부에 전념할 수가 있다. 그러나 이유 없이 많은 보수를 줄 리는 없는 법. 우리는 매일 밤 잠자리에 들기 전 제발 밤 사이에 눈이 내리지 않도록 하나님께 빌었다. 청소 잘하기로 유명한 나라다. 한밤중이라도 눈만 내리면 호출이 시작된다. 우리는 자다가도 벌떡벌떡 일어나 제설차를 타야 한다. 일찍이 간호보조원으로 독일에 온 나는 서른 살이 넘어 베를린 자유대학에 입학하여 교육학 공부를 시작했다. 그리고 남편을 만났다. 직장과 학교를 병행하던 생활이 결혼 후 가정과 학교로 바뀌었다. 임신과 출산의 와중에서도 나는 디플롬을 끝냈지만 8년 전 이곳에 온 남편은 아직도 학위를 못 받고 있다. 그동안 나는 독일에 와서 모은 돈을 생활비로 다 써 버렸다. 어머니에게 효도할 여분은 내게 남아 있지 않았다.

환갑이 가까운 어머니가 아버지와 이혼하고 싶다는 말을 했을 때 나는 별로 놀라지 않았다. 내 결혼식에도 못 오신 어머니가 웅이의 해산 구완을 위해 독일에 오셨을 때 어머니와 나는 포도주 잔을 앞에 놓고 밤이 새도록 많은 이야기를 나눴다.

사과 상자로 시작한 아버지의 대서 일은 비 오는 날은 휴업이다. 그 후 시계 수선과 도장 파는 일을 함께하는 가게에 얹혀 잠시 간판을 걸고 대서방을 차렸지만, 1년도 못 되어 집어치우고 말았다. 아버지는 그 이후 아무 일도 자력으로 해본 일이 없었다. 어머니의 소화불량은 이때부터 시작됐다. 그녀는 수입이 되는 일은 무엇이든지 하며 몸을 아끼지 않았다. 십자매도 길렀고 메추리알도 팔았다. 어느 해에는 노량진 강가에서 수영복과 튜브를 빌려 주는 대여업도 했다. 일손이 모자라 이리저리 뛰어다니는 어머니를 보고도 아버지는 금고 옆에 앉아서 책만 읽고 있었다 한다. 여러 번 업종을 바꾼 끝에 어머니는 동네 시장 골목에다 작은 가게를 하나 내었다. 지물포를 겸한 문방구점이었다. 이제 생활은 겨우 안정되었지만 아버지와 어머니의 언쟁은 그칠 날이 없었다. 봄, 가을 도배철을 제외하면 항상 개구쟁이 아이들의 코 묻은 돈을 만지는 장사이다. 안채의 살림집에서 김치를 버무리고 있다가도 "아줌마 ○○ 주세요." 하는 소리가 들려 어머니가 뛰어나가 보면 아버지에게 맡긴 가게는 텅 비어 있곤 했다. 거스름 동전 한 개도 남겨 놓지 않고 금고를 깊숙이 숨겨 놓은 채, 아버지는 가끔 나들이를 했다. 어머니는 펄쩍펄쩍 뛰었다. 그런 날 저녁이면 아버지는 직장에서 퇴근하는 멋진 충무로 신사가 되어 돌아오곤 했다. 입고 나간 옷은 어디다 버렸는지 단추가 두 줄이 달린 더블 양복에다 파카 만년필을 꽂은 차림이었다. 화신 백화점에서 쇼핑하고 명동의 돌체 다방에서 커피를 마시며 하루를 보낸 얼굴이 환하게 빛이 났다. 목청 큰 어머니 밑에서 장사꾼으로 전락한 구겨진 자존심을 한순간에 회복한 듯 그는 과자 상자를 손에 들고 집으로 들어왔다. 이런 아버지를 맞아들이며 어머니는 예상 외로 화내는 것을 잊었다. 이런 날 밤이면 안방에서는 유난히 크게 부스럭대는 소리가 났다. 어머니는 빳빳하게 풀 먹인 이불 홑청을 좋아했는데 이 소리는 이불을 들썩일 때마다 나는 소리였다. 언니와 나는 오랫동안 이 소리를 들으며 서로 잠든 척하고 있었다. 우리 가족은 큰방 하나를 가운데 장롱으로 막고 두 개의 방으로 사용하고 있었다.

요즘 같은 셔터 시설이 없었던 때이다. 가게 문을 열고 닫으려면 매번 함석판을 댄 문짝을 여섯 개나 떼었다 달았다 해야 한다. 매일 아침 가게 문을 열라고 아버지와 싸움을 하다 지친 어머니는 이 힘든 일도 날마다 혼자서 해내곤 했다. 평상시 같으면 새벽부터 일어나 아침밥을 지어 놓고 가게 문을 열어놓던 어머니도 겨울 방학 중에는 느긋하게 움직였다. 젖은 손이 함석 문에 닿기만 해도 쩍쩍 들러붙는 어느 추운 아침이었다. 가게 문을 열어 놓자 마자 그날 따라 주문한 가게 물건이 일찍 배달되었다. 지물과 문구용품들은 상자마다 무겁다. "여보 빨리 나와 봐요. 짐 좀 안으로 들여놔 줘요." 어머니가 아무리 크게 불러도 아버지는 집안에서 꼼짝도 하지 않았다. 늘 그러했다. "여편네가 이렇게 끙끙거리고 있는데, 멀쩡한 사지 가지고 잠이 와? 기가 차다! 기가 차!" 어머니의 성난 소리가 나는 듯 싶더니 아얏! 하는 비명이 들렸다. 언니와 내가 내복 차림으로 뛰어나가 보니 어머니의 손가락에서 핏방울이 뚝뚝 떨어지고 있었다. 화가 잔뜩 난 어머니가 새끼줄도 자르고 테이프도 뜯고 하다가 거칠게 줄칼을 다루어 손을 베인 것이었다. 우리가 부산을 떨며 간신히 물건 정리를 끝내고 방으로 들어가자 아버지는 도리어 아침밥이 늦었다고 짜증을 내면서 밖으로 나갔다. 어머니가 붕대 감은 손으로 밥상을 차려 놓고 언니에게 아버지를 찾아오라 했을 때 그는 골목 집 식당에서 불고기 백반을 들고 있었다. 이런 우리 아버지의 손에는 보리스 빠스떼르나크나 싸르트르와 카뮈의 책들이 종종 들려져 있었다.

기도원으로 오르는 길은 가팔랐다. 마침 비는 멈추어 있었다. 산기슭에는 진달래가 흐드러지게 피어 있었지만, 비바람에 뭉그러진 꽃잎들이 칙칙한 핏빛으로 변하여 스산하게 보였다. 기적의 동산 ○○ 기도원이라고 적힌 아치를 통과하고

도 환자들의 숙소까지 가려면 또 높다란 계단을 한참이나 더 올라가야 했다. 천국과 가까운 곳이어서인지 실로 좁은 문이었다. 팔순을 넘긴 외할머니가 어머니의 보호자로 같이 기거하고 있었다. 할머니는 나를 보자마자 눈물을 찔끔거리며 내 손목을 끌고 방 안으로 들어갔다. 그 방에는 다섯 명의 환자들이 삶과 죽음이 바투 맞닿은 틈새에서 신의 은총을 간절히 간구하며 몸부림치고 있었다.

어머니의 암은 예상한 대로 간과 장기에도 퍼져 있었다. 만삭의 임부처럼 복수가 찬 배를 내밀고 눕기에도 힘이 부쳐서인지 벽에 비스듬히 기대어 있었다. 그러나 그때까지도 정신은 또렷하였다. 죽음의 음영을 드리운 움푹 꺼진 두 눈 속에는 이해할 수 없는 평온함이 깃들어 있었다. "웅이가 이렇게 많이 컸구나." 하면서 입 가장자리를 힘이 드는 듯 끌어 올려 미소를 지었다. 그 속으로 허연 치아가 가득하게 들어났다. 어머니와 사랑의 교감을 나눌 수 있도록 그녀의 의식을 그때까지 붙잡아 주신 하나님께 나는 감사기도를 드렸다. 욕심이

잉태한 즉 죄를 낳고 죄가 장성한 즉 사망을 낳느니라고 성경에 쓰여 있다지만 나의 어머니가 무슨 욕심을 얼마나 많이 부렸기에 이처럼 팔십 노모를 추월하면서까지 죽음으로 달려가야만 한단 말인가! 어머니의 병은 하나님이 원하는 분량까지 회개와 사랑의 기도가 채워지는 날 고침을 받을 것이라 한다. 적지 않은 암 환자들이 치유되어 그들의 감사헌금으로 이 기도원은 운영되고 있다. 환자들에게는 숙식이 무료로 제공되고 있다. 그러나 보너스의 생명을 간구하는 환자의 가족들은 예배시간마다 선불로 감사헌금을 드린다.

어머니가 이 기적의 동산에 들어온 지도 5개월이 되었다 한다. 병원에서 가망이 없다는 말을 듣자 아버지는 달리 치료할 방법을 찾는, 모든 환자가족이 시도해 보는 일로, 최소한 두세 곳은 더 다른 병원에 가서 다시 진단을 받거나, 여기저기 수소문하여 민간요법을 따라 해본다든지-, 하는 등등의 일은 일체 시도조차 하지 않았다. 어머니에게는 한 가닥 희망의 실오라기도 제공되어지지 않았다. 환자가 그대로 방치되어 있는 것을 보다 못한 외가에서 어머니를 기도원으로 데려왔다. 그동안 아버지는 한 달에 한두 번 잠깐 들렀다가 기도원에서 주는 식사만 꼬박꼬박 챙겨 먹고 간다고 했다. 처음부터 외할머니가 기도원으로 데려갔으니 자기는 전혀 상관하지 않겠다는 태도였다. 그런가 하면 어머니 옆자리에는 아내의 병을 고치려고 회사도 그만둔 채 죽 그릇을 들고 왔다 갔다 하는 사십 대 남편도 있었다.

"내래 아무리 미워하지 않으려고 맨날 기도해도 네 아바디만 왔다 가면 울화통이 터져 죽갔다. 아예 상판때기를 보이딜 말든지 아무리 인두껍을 써도 그렇지 그리 뻔뻔할 수가 있간? 남들처럼 많은 헌금은 못해도 제 밥값은 내고 가야 하디 않갔어? 내래 직원들 얼굴 보기가 민망하다야, 민망해."

다시 오겠다 하고 숙소에서 나왔을 때 할머니가 내 눈치를 살피며 속내를 털어놓았다. 지금까지 외가 식구들이 들를 적마다 놓고 가는 위로금으로 조금씩 숙식비를 내고 있다고 할머니는 덧붙인다. 용서와 사랑의 기도만이 하늘 문을 여는 열

쇠가 되어 하나님이 들으시고 치료의 기적을 베푸신다고 한다. 외할머니는 아직도 아버지를 용서 못한 것 같다. 기도원에는 예배실 밖에도 도처에 성경 구절이 붙어 있었다. '항상 기뻐하라, 쉬지 말고 기도하라, 범사에 감사하라.' '너는 환난 날에 내게 부르짖으라, 내가 네게 응답하겠고 크고 비밀한 일을 행하리라.' '네 영혼이 잘 됨 같이 범사에 잘되고 강건할 지어다.' 나는 마지막 구절을 소리 내어 중얼거리며 산을 내려왔다. 네 영혼이 잘 됨 같이, 네 영혼이 잘 됨 같이…….

이튿날 눈을 떠 보니 오후 세 시였다. 베를린 집을 떠난 지 하루 반이 지나서 어젯밤 아버지 집에 들어왔었다. 이불을 걷어차고 잠에 빠져있는 웅이를 다독거려 주고 나는 천천히 집안을 살펴보기 시작했다. 내가 잠을 잔 방 안은 동굴 속같이 어두웠다. 방이 세 개인 스무 평 연립 주택인데 남쪽으로 난 안방만이 번듯이 크고 현관 옆방이나 주방에 붙은 방은 아주 작았다. 안방은 책상과 침대를 놓고 아버지가 차지하고, 어머니가 쓰시던 현관 옆방을 지금은 어떤 노처녀가 월세로 들어와 살고 있다. 웅이와 내가 잠자는 방에는 달리 창이 없고 뿌우연 유리를 낀 미닫이문이 두 짝 달려 있다. 방바닥에는 매트리스가 깔려 있어 편하게 잠을 잘 수는 있었으나, 내가 가져온 여행가방들은 안으로 들여 놓을 자리가 없었다. 나는 주방 싱크대에 아버지가 놓고 간 메모를 읽었다. "밖에 일이 있어 나간다. 식사는 네가 알아서 해라." 그리고 그 옆에 천 원권 지폐가 서너 장 놓여 있었다. 집 근처 구멍가게에 들어서기까지 나는 그 돈의 가치를 알지 못했다. 겨우 두부 한 모와 파 한 단을 살 수 있었다. 웅이 키보다 조금 높은 냉장고 안에는 언니가 가져온 것으로 보이는 김치통 하나만 덜렁 들어앉아 있었다. 아버지는 거의 매식을 하고 있었다. 그날 저녁, 어머니가 포기한 썰렁한 주방에서 나는 두부찌개를 끓여 놓고 아버지를 기다렸다. 그러나 그는 그 저녁에도 밖에서 식사를 하고 들어왔다.

부엌방으로 내가 입주해 들어온 날 이후로 이제 이 작은 연립에는 사실상 세 가구가 사는 셈이 되었다. 숙식의 방법이 각각 다를 뿐 아니라 무엇보다도 경제적 독립을 서로 지켰다. 노처녀가 아침 일찍 직장으로 나가면, 아버지는 빵과 우유로 아침 식사를 하고 10시쯤 출근을 하듯 서두르며 매일 어디론가 나간다. 그때야 웅이와 나는 거실로 나온다. 늦잠을 즐기는 편이기도 하지만 이렇게 하는 것이 이 작은 공간의 평화를 위해 최상의 질서로 받아들여졌기 때문이다. 늦은 조반을 끝낸 후 나는 버스를 갈아타고 기도원으로 향한다. 웅이 때문에 나는 외할머니를 대신하여 환자 보호자의 역할도 제대로 할 수가 없다. 고작 녹두나 잣으로 죽을 쑤어 보온병에 담아 가기도 하고 어느 때는 냉면을 사서 나르기도 하였다. 식도로 넘겼던 음식을 곧 다시 토해 내기도 하지만 혀에서 입맛이라도 즐기게 해 드리고 싶어서다. 어머니가 그 순간이나마 고통을 잊을 수 있다면 독일에서 가져온 마르크를 아낄 수는 없다. 내가 알기에는 아버지의 월수입은 넉넉하다. 현관방 집세말고도 매달 지하상가에서 나오는 임대료만 받아도, 회사원 봉급 수준이다. 그런 아버지가 십여 년 만에 귀국한 딸에게 반찬값 하라고 준 것은 천 원짜리 몇 장이 전부였다. 내 독일에서 가져온 마르크에는 친정집에서 일용할 양식을 위해 쓰일 예산은 들어 있지 않았다. 아버지는 나보다 부자이기 때문이다.

한 지붕 안의 경제적 독립이라는 원칙은 부모 자식 간의 도덕성을 동물보다도 더 퇴화시켜 놓았다. 제 새끼 먹는 것까지 빼앗아 먹는 짐승이 있다고 했던가? 냉장고에 있는 아버지의 우유를 웅이가 마셔 버렸거나, 어쩌다 내가 외갓집과 길게 통화를 한다 싶으면 이 연립 안은 갑자기 전쟁터로 변했다. 아버지는 고래고래 소리를 지르고 웅이는 악을 쓰고 울어 댔다. 어머니가 더 오래 살게 되면 아니 빨리 돌아가시지 않으면 아버지는 나에게 전가세와 전화요금 등을 포함해 집세까지 요구할 것이다. 겉모습처럼 말끔하게 정리되어 있는 아버지의 실내공간은 아무리 웅이를 조심시켜도 여기저기 늘 어수선하게 널려져 있기 마련이다.

6월이 끝나가는 어느 날이었다. 웅이와 나는 보통 기도원에서 저녁을 먹고 늦은 시간에 아버지 집에 들어오곤 하는데, 이

날은 웅이가 감기 기운이 있어 아버지보다 일찍 집에 들어와 있었다. 나는 쌀을 씻고 있었고 웅이는 블록을 가지고 거실 바닥 위에 죽 늘어놓고 있었다. 이때 현관문이 열리면서 아버지가 들어왔다. 아버지의 손에는 닭튀김 봉지가 들려 있었다.

"야 핸쇈이다! 할아버지, 나 조금만 줘. 나 먹고 싶어."

냄새에 민감한 웅이가 현관에 서 있는 할아버지에게 달려가서 떼를 썼다.

"이거 먹을 것 아냐."

그는 재빨리 봉지를 등 뒤로 가져 갔다. 그러고는

"이게 집이냐, 돼지우리냐?"

하며 볼멘소리를 내뱉더니 그는 웅이가 쌓아 놓은 블록을 발로 걷어차며 안방으로 들어갔다.

"으앙, 내 불럭! 내 불럭 다 망가졌잖아? 할아버지 미워. 으앙 으앙, 엄마 나 핸쇈 사줘. 나 먹고 싶단 말이야."

나는 씻고 있던 쌀 바가지를 내려놓고 아버지의 방으로 쫓아 들어갔다.

"돼지처럼 혼자 먹으니까 이게 돼지 집이지. 사람 사는 집이예요? 애 장난감은 왜 발로 차고 야단이야?"

나는 쇳소리를 내며 악을 썼다. 아버지는 나를 밖으로 밀어내고 나는 문틀에 주저앉아 그의 다리를 끌어 잡았다. 물리적 힘의 대결이 붙었다. 실로 돼지들의 싸움판이었다.

"너희들 내 집에서 나가. 다 나가란 말이야. 당장."

그는 나의 짐가방과 웅이의 장난감을 현관 밖으로 내던졌다. 웅이까지도 던져버릴 것 같았다.

"웅이한테 손대면 죽어!"

나는 주방으로 달려가 식칼을 들고 와서 아버지 앞에 들이댔다. 사람의 껍질은 한순간에 쉽게 벗겨졌다. 그 밤 이모의 집으로 향하는 택시 안에서 나는 운전기사에게 담배 한 개비를 요청했다.

막내 이모의 아파트는 따뜻했다. 웅이를 예뻐해 주는 꼬마 사촌들이 천사 같다. 넓은 거실에서 디즈니 만화를 보며 웅이들은 히히 하하 온종일 즐겁다. 그들은 인어공주에 나오는 '언더 더 씨'를 부르며 이 방 저 방 뛰어다녔다. 그러나 나의 처신은 이래선 안 되었다. 양가 부모님께 통고만 드린 결혼식이었지만 웅이를 낳자 시부모님은 손자를 무척 보고 싶어 했다. 이모네 집에 눌러 있는 것은 결혼 후 처음 상면한 시부모님께 명분이 서질 않는다. 웅이를 보자마자 내 새끼, 내 새끼, 하며 눈물을 글썽이는 시어머니도 안사돈의 형편을 이해하여 며느리를 친정집에 머물도록 허락해 주었다.

이모네 집에 와서 나는 어머니가 아버지의 포악한 휘둘림 속에서 그간 얼마나 피폐한 삶을 살았는지 자세히 들을 수 있었다. 어머니는 정말로 아버지와 헤어지기를 원했다 한다. 고등학교를 졸업하고 가게 일을 돕던 언니가 시집갈 때쯤에는 점원을 두고 장사할 만큼 우리 가게는 규모가 커졌다. 그러나 언니 혼수 비용을 놓고 아버지와 어머니가 왈가왈부하며 다투는 것을 본 나는 이 땅에서 결혼 같은 것은 절대 하지 않겠다고 마음을 먹었다. 백 가지도 넘는 종이 나부랭이 값은 잘도 기억하던 나는 대학시험에 떨어지자 광부들의 뒤를 이어 서독으로 품을 팔러 가는 간호보조원의 대열에 끼었다. 그 후 문방구는 작은 빌딩으로 솟아올랐고, 시장 사람들 모두 아버지를 사장님이라고 불렀다. 그악스럽게 일만 하던 어머니도 점차 가게 일에서 손을 놓고 교회에 다니기 시작했다. 교회에서는 여자들은 남편을 머리로 삼아야 한다고 가르쳤다. 아버지는 담배도 술도 안 한다. 더욱이 오입이나 도박 같은 일은 전혀 모른다. 어머니는 모든 경제권을 남편에게 넘겨주고 일절 관여를 하지 않게 되었다. 그러나 아버지의 경제력은 오래가지 못했다. 그즈음 횡행하던 주식 열풍에 휘말려 가게를 정리하여 주식에 투자했던 아버지는 얼마 안 돼 파산하고 말았다. 겨우 지금의 연립주택과 지하상가 하나만이 남게 되었다. 그래도 그것이면 두 내외가 오순도순 살기에 부족하지 않다.

어머니의 이혼사유는 인간으로서의 기본권 박탈이었다. 아버지가 주식에 실패한 후 어머니는 콩나물 값, 두붓 값 이상의 큰돈을 아버지에게서 받아 본 적이 없다고 한다. 달리 크게 드는 식재료는 아버지 본인이 직접 시장에 가서 사왔다. 어떤 때는 버스비가 없어서 교회도 갈 수 없던 때가 잦았다고 한다. 그런 형편에도 쌀통이나 냉장고 깊은 곳에 조금씩 숨겨 놓은 돈으로 나에게 김이나 멸치 등을 보냈다고 했다. 독일에 살면 독일 사람처럼 살라고 놔두지 뭣 때문에 그런 데까지 돈을 허비하느냐며 아버지는 자식 뒷바라지까지 못하게 했다. 어머니의 위장병은 이때부터 더욱 악화되었다. 어머니가 아버지로부터 손찌검을 당하고 산다는 이모의 증언은 새삼스럽지 않다. 어렸을 때부터 흔히 겪어왔던 일이기 때문이다. 그러나 딸들이 집을 떠난 뒤에 그 강도가 더욱 심해진 것이다. 몇 해 전 이모가 어머니와 함께 목욕하다가 허벅지에 손바닥만 한 퍼런 멍자국을 보았다 했다. 그냥 타박상 같지는 않았다. 더구나 엉덩이 위에는 팥 껍질 같은 작은 상처 딱지들이 군데군데 붙어 있었다. 이모가 다그쳐 묻자 어머니는 아버지가 송곳으로 찌른 자국이라고 실토를 하며 그 때 처음으로 이혼 애기를 꺼냈다고 했다. 삼 년 전 웅이 아빠의 생일 선물로 어머니가 돈을 송금을 해준 적이 있었다. 아버지의 지갑에서 몰래 꺼낸 큰돈이었다. 이것이 들통나게 되자 어머니가 당한 형벌이었다.

"네 아버지는 사람도 아냐. 아무리 수전노처럼 인색하고 이기적인 사람이라도 제 새끼 제 마누라 먹여 살리려고 남들에게나 인색한 것 아니겠어? 보통 그 이기의 범주에 처자식까지는 들어간단 말이야. 살을 섞어 피를 나눈 자기 피붙이에게 어떻게 이럴 수가 있는 거니? 인간이 삼차원의 사고를 하고 동물이 이차원의 세계에 산다면 네 아버지는 완전 영 차원이야. 영 차원! 좌우는 고사하고 앞뒤도 못 움직이는 점 같은 존재 말야. 자기 몸뚱아리 하나만 아는 건 동물만도 못해. 짐승도 이러지는 않아."

어머니 허벅지 얘기를 할 때부터 눈물을 비치며 이모가 맹렬히 아버지를 비난했다.

"그만해 이모, 그래도 내게는 아버지야. 나더러 아버지를 자꾸 미워하도록 부추기지 마! 그것이 그분에겐 생존의 방식인 걸 어떡하겠어?"

아무리 아버지에게 쫓겨났다 해도 나는 이 비난을 그대로 듣고 있을 수만은 없었다. 이모는 곧 감정을 가다듬더니 그간의 어머니 심경을 대신 전했다.

"외할머니와 우리 형제들은 모두 너의 엄마가 이혼을 결심하길 바랬어. 벌써 이혼했다면 암까지는 안 걸렸을 거 아냐? 우리 집에 왔다가 집에 돌아갈 때면 꼭 도살장에 죽으러 들어가는 것 같다고 했어. 그러면서도 장차 교수 될 사위와 네 시집 식구에게 체면을 지키려고 망설이더라. 솔직히 네 엄마 체면 때문이니? 그게 다 자식 체면을 위해서지. 아무리 교회 나가 남편 미워하지 않도록 도와주시옵소서 하고 기도해도, 가슴 속에 박힌 응어리는 그대로 남아 있다는 거야. 지금 그래서 암에 걸린 거래. 남편 미워한 죄로 하나님이 벌을 내리신 거라고 자책을 하고 있어. 이것이 네 엄마의 죄 때문이니? 우리 모두 누구라도 그 상황에 처하면 다 마찬가지 반응을 보이게 될거야."

아버지는 서자로 태어났다. 걸음마를 시작할 나이부터 큰 집과 작은집을 오락가락하면서 축구공처럼 발에 채며 어린 시절을 보냈다. 친할머니는 아버지 출생 때문에 자신의 신세를 망쳤다고 "네 놈이 웬수다. 네 놈이 웬수다." 하며 어린 아들 앞에서 한탄을 했다고 한다. 그 어린 아들은 장성하여 성인이 되어서도 한 번도 자기 어머니에게 어머니라고 소리 내어 부르지 않았다. 요즈음 아버지는 러시아어 학원에 다닌다. 그는 모스크바 여행을 계획하고 있다. 그리고 유료 양로원을 탐방하느라고 그렇게 매일 분주히 나다닌다. 어머니의 병명이 알려진 후부터 시작된 일과였다. 보통 사람은 웬만해서 병원에 못 가던 시절에도 아버지는 조금만 아파도 병원을 찾곤 했다. 그렇게 잘 관리한 몸으로 오로지 자기 한 몸의 윤택한 삶을 위해 이제는 문화생활까지 즐긴다. 그것이 어머니와 함께라면 얼마나 보기 좋을까? 어머니의 병이 돈을 들여 나을 수만 있다면, 나는 아버지와 법정 투쟁을 해서라도 어머니의 몫을 찾아야 한다.

암세포와의 악전고투를 연일 겪으면서도 어머니는 쉽게 의식을 잃지 않았다. 가슴까지 올라온 복수 때문에 숨쉬기조차 힘들어 헐떡거리는 모습은 차마 눈뜨고 지켜 볼 수가 없었다. 어서 빨리 정신을 놓아버리는 것이 차라리 그녀에게도 우리 모두에게도 안식이 될 수 있을 것 같다. 웅이를 위해 트렁크에 넣어 온 시리얼과 살라미도 떨어진 지 이미 오래되었고, 부조금 봉투마저 웅이와 내가 먹고 사는 데 쓰여 바닥이 났다. 나는 처음부터 어머니를 살려달라는 기도는 못했다. 그것은 너무 어마어마한 것이어서 하나님과 별로 친하지 못한 나로서는 감히 부탁을 드릴 수 없었다. 단지 고통을 줄여 달라고만 빌었다. 나는 기도문을 바꿨다. 제발 빨리 어머니를 데려가 달라고.

이모네 집에서 일주일을 보내고 아버지와 악다구니로 싸움을 벌인 뒤, 나는 어머니를 아버지의 큰 방으로 데려왔다. 기도원 사람들은 영혼 구원이 더욱 중요하다고 한다. 이제 그녀는 물 한 방울도 넘기지 못한 채 말라 죽어 가고 있는 중이었다. 내가 할 수 있는 일은 아픔을 참다 못해 방바닥을 기어다니며 울부짖는 어머니에게 독일에서 가져온 모르핀을 주사하는 일뿐이다. 어머니의 생명력도 암세포만큼 끈질겼다.

칠월 중순이 되었다. 계속되는 장맛비로 비닐장판 위로 축
축한 물기가 번들거렸다. 나는 습기를 말리려고 가스보일러
의 스위치를 올렸다. 그리고 오랜만에 웅이와 함께 끈끈한 때
를 벗기려고 욕실로 들어갔다. 외출한 아버지가 돌아오기 전
에 끝내려고 우리는 서둘러 옷을 벗었다. 머리를 감고 나서
샤워기로 비누거품을 헹구던 중이었다.

"엄마! 추워! 물이 차가워!"

웅이가 샤워기를 피해 욕조 밖으로 뛰쳐나갔다. 온수 밸브
를 만져 보았더니 샤워기에서는 계속 찬물만 쏟아졌다. 언제
돌아왔는지 아버지가 보일러를 꺼버린 것이다.

"아버지! 오 분 안에 끝낼게요. 잠깐만 틀어 주세요. 부탁할
게요."

나는 욕실 안에서 바깥을 향해 크게 소리를 질렀다. 찬물을
맞은 웅이는 연거푸 재채기를 했다.

"내가 할아버지 가만 안 놔둘 거야."

하며 검은 부분이 안 보일 만큼 두 눈을 크게 치켜뜨더니

물기도 안 닦고 거실로 뛰쳐나갔다.

"할아버지, 아빠한테 돈 받아 줄게 더운물 좀 틀어 주세요. 네?"

"야 이놈아, 물이나 닦아! 마루 위에 물 떨어지잖아? 여름철에 무슨 뜨거운 물이야?"

웅이가 씩씩거리며 대꾸를 못하고 있자 자신이 지나쳤다고 느꼈는지 아버지는 화제를 바꾸어 웅이에게 새로운 공격을 가해 왔다.

"이거 네가 그랬지?"

"아니에요. 내가 안 그랬어요."

"거짓말 마. 네가 할아버지 미워서 크레용으로 그었지?"

"아냐, 아냐. 난 정말 안 그랬단 말이야. 으앙~~~."

웅이의 울음소리가 터져 나왔다. 나는 미처 비누거품도 씻지 못하고 욕실을 나왔다. 이때 웅이가 아버지에게 와락 달려들면서 팔뚝을 물었다. 아버지는 "윽!" 하며 물린 팔을 빼고는 웅이의 머리를 사정없이 내리쳤다. 거실 벽에 한 뼘가량

그어진 붉은 크레용 자국이 만든 사건이었다. 물론 웅이의 짓은 아니었다. 그날 낮에 교회 사람들이 어머니를 방문했었는데, 그들과 함께 따라온 어린아이가 크레용을 갖고 놀았었다. 안방에서는 고통에 뭉그러진 짐승의 괴성이 터져 나왔다.

자정이 넘은 시간이다. 모두가 다 조용해졌다. 주방에 켜둔 형광등도 수명이 다 되었는지 파르르 떨다가는 껌뻑이기를 계속한다. 그 혼돈의 빛 틈새로 바퀴벌레가 문지방 위를 기어다니는 것이 보였다. 내가 몸을 움직이자 재빨리 문틈으로 숨어 버린다. 나는 잠을 잘 수가 없었다. 어젯밤 언니가 곁에 있어서 숙면을 했기 때문만은 아니었다. 한국에 온 지 석 달이 넘으면서부터 웅이 아빠는 내가 독일로 빨리 들어올 것을 재촉했다. 어머니 임종이 길어지면 웅이를 데려다 놓고 다시 나가라는 것이다. 웅이는 가을 학기부터 유아 학교에 입학할 예정이었는데, 그 절차를 미리 밟아 두어야 하기 때문이다. 심장이 바짝바짝 조였다. 눈으로 볼 수만 있다면 어머니를 데려갈 천사를 마중 나가서라도 빨리 불러들이고 싶었다. 잠들어있는 웅이를 들여다봤다. 잠자기 전까지 할아버지가 무섭다고, 밤중에 또 내쫓으면 어떡하느냐며 분을 못 참고 식식거리다 잠든 터였다. 아버지한테 맞은 머리를 가만히 쓰다듬었다. 밤톨만한 작은 혹이 나 있었다. 머리를 만지면서 베개를 고쳐 주는데, 밑에서 딱딱한 물건이 만져졌다. 식칼이었다. 주방에서 가져온…….

　이튿날 나는 에어로 플로트에 전화를 했다. 베를린으로 돌아가는 가장 빠른 날짜를 부탁했더니 사흘 후로 예약이 잡혔다. 어머니는 자기 시신을 의료용으로 써달라고 미리 기증 수속을 끝내 두었었다. 초라한 장례 절차를 남들에게 보이지 않으려는 의도가 주된 동기이다. 이제 곧 숨이 멈추면 어머니는 들것에 실려 병원으로 옮겨질 것이다. 그 사흘 동안에도 어머니는 돌아가 주시지를 않았다. 나는 다시 덜컹거리는 비행기를 타고 베를린으로 돌아갔다.

　이틀 후, 그녀의 주검은 앰뷸런스에 실려졌다.

상상의 세계와 현실의 거리

이 덕 화 (문학평론가)

1. 작가의 심미적 거리

어떤 작가의 작품들을 읽으면 답답해서 작품 속을 뛰쳐나가고 싶을 때가 있다. 또 어떤 작품은 슬픈 이야기를 하는데도 전혀 감정 이입 없이 그냥 슬픈 이야기로만 독자에게 각인되는 경우도 있다. 조인애의 작품을 읽으면 작품을 읽는 동안 내내 따뜻한 봄바람이 불어오는 느낌을 받는다. 따뜻하면서도 담담하다. 그것은 작품에서의 상상의 세계와 현실의 거리에 적절한 심미적 거리를 가지고 있기 때문이다. 작품에서의 심미적 거리는 중요하다. 작가가 현실의 반영체로서 허구의 세계를 어떤 거리에서 조정하느냐에 따라 작품은 독자에게 하나의 이야기로만 각인되느냐, 감동을 받아 독자의 삶에 영향을 미치느냐로 나뉘기 때문이다. 물론 그것은 작가가 소재를 취사 선택하고, 그것을 어떻게 플롯화하느냐, 그리고 그것을 어떤 거리에서 묘사하느냐와 관계가 있다. 작가가 이야기에 너무 깊이 관여하면, 독자의 상상력을 차단하기 때문에 감동을 받지 못한다. 또 너무 많은 정보를 차단하면 작품이 건조, 감정 이입이 되지 않는다.

[소리재]의 도입부는 미사리에 살고 있는 화자가 명절을 맞아 충주에 있는 큰댁에 장거리 트래킹으로 가겠다는 결단을 밝힌다. 서사 과정은 당연히 거기에 따른 준비나 트래킹을 하는 과정에서 겪은 다양한 체험들이 되리라 기대한다. 그 기대에 절반은 그 과정을 따르고 있다. 팔당대교를 건너고 양평에 들어서자, 시인과 도둑이라는 카페를 보며, 자연스럽게 오스트리아의 작곡가 주페의 '시인과 농부'를 떠올리고, 남편과

신혼시절 그로 인해 심한 갈등을 가졌던 기억을 떠올린다. 그리고 서사는 또 한참 머뭇거린다. 그러다 처녀 시절 대학 입학시험에 떨어지고 용문산 근처에서 하숙을 하고 있을 때의 한 군인과의 우연한 만남과 헤어짐에 대해서 가볍게 스쳐가는 이야기로 회고한다. 그리고 다시 트래킹 과정 이야기를 지리할 정도로 느리게 진행하고 있다. 그러나 서사 과정의 마지막 과정을 치달으면서 또 트래킹의 대단원 마지막 부분에서 반전을 작가는 보여 준다. 결국 그 우연한 만남으로 이어지던 월남 파병 군인과의 느닷없는 이별이 몇 십 년의 세월을 뛰어넘어 현실로 전면에 부각된다. 트래킹의 대단원을 이루는 부분, 여우 고개가 소리재로 된 그 중심에 느닷없이 편지를 끊고 소리없이 사라진 그 월남파병 군인이 있었다. '시인과 농부' 주페의 음악과 시각장애인이 된 월남 파병 군인, 우연한 만남의 그는 시각장애인이 되어 화자 앞에 나타난 것이다. 월남 파병 때 어떤 펜팔 아가씨가 보내 준 시인과 농부를 좋아해 계속 듣고 있다는 그의 말은 화자의 온몸을 굳게 했지만,

화자는 소리 없이 일어나 다시 갈 길을 재촉했고 뒤이어 남편
도 함께 따라 왔다는 것이다.

　[소리재]의 서사의 핵심 단어는 트래킹, 시인과 농부, 월남
파병 군인이다. 그러니까 서사 진행은 트래킹 과정과 처녀 시
절 우연히 만난 월남 파월 장병과의 사이에 나눈 편지, 그들
을 이어주는 '시인과 농부'라는 음악, 그로 인한 남편과의 신
혼 시절의 갈등이다. 어떻게 보면 진부한 흔한 소재라고 할
수 있다. 그러나 플롯에 의해 이야기의 독특한 배치로 인해
전혀 진부하게 느껴지지 않는다. 일테면, 트래킹의 과정을 도
입하면서 그 이야기는 숨어 버리고 트래킹 과정이 전면에 나
오면서 그 진부함이 호기심으로 바뀐다. 그리고 마지막 몇 십
년의 세월을 건너뛰어 그들의 만남에 대한 독자의 호기심을
작가는 과감하게 떨쳐 버리고 화자에게 제 길을 가게 한다.
그럼으로 오히려 독자들을 더 안타깝게 한다. 그리고 그 월남
파병 군인의 일생을 되돌아보게 한다.

　[개암나무] 역시 [소리재]와 같은 구조의 작품이다. 서사의

전면에는 중국의 장백산과 고구려 유적지인 단동과 집안의 여행 서사로 진행된다. 그러나 정작 작가가 할 이야기는 화자의 아버지에 관한 이야기이다. 피난민인 화자의 가족이 전쟁 당시 고생 끝에 겨우 남한에 도착, 안착하자 사라져버린 아버지에 대한 원망과 분노는 여행 서사 속에 묻혀서 조금씩 얼굴을 디밀 뿐이다. 그러다가 말미에 아버지가 가족을 버리고 도망친 이유가 밝혀진다.

두 가족은 평양에서부터 줄곧 도보로 내려오다 미군 부대가 주둔하고 있는 장호원에 머물렀다. 씨레이션 같은 비상식량을 쉽게 구할 수 있어서 남쪽으로 더 내려가지 않고 며칠을 미적거리고 있을 때였다. 어느 날 미군들이 민가로 색시 사냥을 나왔다. 아버지는 다급한 김에 다 큰 처녀인 큰딸과 조카만을 양손에 붙들고 산속으로 들입다 달렸다. 다시 내려와 얼굴에 검댕이 칠을 하고 헛간에 숨은 아내를 찾았다. 그러나 때는 이미 늦었다. '깜둥이 밑에 깔려있는 여편네 얼굴을 내래 도저히 니ㅈ어 버릴 내야 니ㅈ어버릴 수가 없었수다' 그가 새살림 차린 연유를 설명하며 그렇게 고모에게 말했다고 한다. 깜둥이란 단어가 튀어나온 순간 뻘건 피로 가득했던 요강이 내 눈앞에 떠올랐다. ([개암나무] 중에서)

전면에 아버지의 이야기를 부각시켰다면, 아버지에 대한 원망과 분노, 아버지의 부재로 인한 어머니의 고생, 궁핍 등이 이야기의 주조를 이루었을 것이다. 그러나 여행 서사를 주조로 아버지의 이야기를 다른 아버지와 관련된 에피소드로 처리해 버림으로 이야기 자체가 가지고 있는 진부함을 극복해 버린다. 그래서 서사에서 이야기하지 않은 많은 숨겨진 이야기들을 궁금하게 한다. 작가는 서사의 플롯화를 통해 서사의 심미적 거리를 둠으로써 이야기가 가지고 있는 구질스러움을 승화시키는 힘을 보여 준다.

[굿모닝 어누]의 화자는 국제협력단 인 코이카 프로그램으로 네팔에 자원봉사를 하고 있다. 네팔에서도 다른 나라로 노동 이주를 떠나는 붐을 이루고 코리안 드림이 그 사회의 새로운 희망이 되고 있다. 어누는 화자가 산책하다 만난 네팔인인 23세의 결혼한 여인으로 취업을 위해 한국행의 욕망에 사로잡혀 있는 인물이다.

전자본주의적 경제체제가 세계를 뒤덮으면서, 각 나라마

다의 경제성장의 속도에 따라 국경을 넘어서까지 이주 노동자들이 발생한다. 전지구적 자본의 흐름은 한 인간을 욕망으로 물들게 하고 그 욕망에 의해서 자신으로부터 뿐만 아니라 타인으로부터도 소외가 된다. 한 개인이 욕망에 지배되면 인간과의 소통이 불가능하고, 부부와의 불화는 물론 가족 해체에까지 이른다. 이것은 전 세계적 문제로 공동체를 붕괴시키는 위험까지 안고 있다. [굿모닝 어누]는 이 부분이 작가가 하려는 서사의 핵심 부분이지만, 화자의 네팔에서의 생활이 주종을 이루는 이야기로 처리되다 보니 욕망으로 인해 보여주는 적나라함이 숨겨진다.

2. 법의 완강함을 극복한 삶의 건강함

최근 상영 영화, 조디 포스터 감독의 [비버]라는 영화는 아버지의 우울증을 다룬 영화이다. 성공적 삶을 살던 사람이 어느 날 우울증을 앓으면서 직장, 가정, 자신마저 잃게 되는 무

능한 가장의 우울증을 극복하기 위한 과정을 보여주는 영화
이다. 왜 인간들은 잘 살다가 갑자기 우울증에 빠지는가? 프
로이드는 자신 속의 자신이 알지 못하는 무의식의 세계가 따
로 있기 때문이라고 한다. 프로이드의 제자인 융은 집단 무의
식으로 설명한다. 우리 민족에게 집단 무의식은 일상생활의
영역에 깊이 뿌리박고 있는 가부장주의 또는 부계 혈통주의
일 것이다. 가부장적 부계 혈통주의는 우리의 삶의 전면에 파
시즘의 아비투스를 강화시킨다. 위로는 법으로부터의 파시
즘과 밑으로부터의 파시즘이 변증법적 자기 발전을 하며 우
리의 일상을 지배하고 있다.

조인애의 작품 속에는 우리의 삶의 그림자가 어른거린다.
지난날 우리의 삶을 옥죄고 있던 그 완고한 아버지가 버티고
있다. 그 아버지는 다양한 모습으로 그려진다. 그러나 아버지
는 아버지일 뿐이다. 아버지로 인해 궁핍하고 헐벗은 삶을 살
더라도 그에 맞서서 그들은 그들의 삶을 무쏘의 뿔처럼 뚜벅
뚜벅 걸어갈 뿐이다. 결국 나중에 죽음의 골짜기로 가더라도,

오이디프스 콤플렉스에 억압된 자아의 모습으로 드러나지 않는다. 그래서 조인애의 작품은 건강하다.

[點]에서의 아버지는 6·25 전쟁 전 평양에서 러시아 선생을 한 것을 끝으로, 제대로 된 직업을 가져본 적이 없다. 그런데도 평생 문방구점으로 고생하는 엄마를 도와주기는커녕 조금이라도 밥이 늦으면 지청구를 하고 싸르트르나 카뮈의 책만 들고 다니는 한량이다. 자식도 안중에 없고 오직 자신의 입과 자신 치레에만 관심이 있는 사람이다. 그런 아버지를 견디다 이제 겨우 60세 후반에 들어가는 어머니가 마음 고생으로 위암까지 걸렸다.

[벚꽃나무]의 화자는 용산 미 팔군 필그림이라는 합창단에서 만난 미군과의 자취방에서의 밀회를 들켜 보수적인 아버지에게 머리를 깎이고 집에 감금까지 당했다. 결혼해서 같이 살자던 미군은 화자의 깎인 머리를 본 후 한국에서 자취를 감춰버렸다. 이 작품은 몇십 년 후 다시 합창단의 맴버로 한국에 온 미군과의 재회를 기다리며 과거를 회상하는 이야기이다.

두 작품에서 다 폭압적인 아버지 밑에서도 화자는 씩씩하고 당차다. [點]에서는 어머니의 병을 간호하기 위해 독일 베를린에서부터 찾아온 화자는 아버지의 갖은 구박 속에서도 오직 어머니를 위해 자신이 할 수 있는 일은 다한다.

'네 아버지는 사람도 아냐. 아무리 수전노처럼 인색하고 이기적인 사람이라도 제 새끼 제 마누라 먹여 살리려고 남들에게나 인색한 것 아니겠어? 보통 이기의 범주에 처자식까지는 들어간단 말이야. 살을 섞어 피를 나눈 자기 피붙이에게 어떻게 이럴 수가 있는 거니? 인간이 삼차원의 사고를 하고 동물이 이차원의 세계에 산다면 네 아버지는 영 차원이야, 영 차원! 좌우는 고사하고 앞뒤도 못 움직이는 점 같은 존재 말야, 자기 몸뚱아리 하나만 아는 건 동물만도 못해. 짐승도 이러지는 않아."([點] 중에서)

위의 인용문에서처럼 아버지는 자식도 가족도 모르는 짐승과 같은 존재이다. 평생 어머니가 모은 재산을 혼자 호의호식하며 죽음을 앞둔 어머니를 두고도 러시아 학원에 다니면서 러시아 여행을 꿈꾸는 파렴치범이다. 이런 아버지와 끝까지 싸우면서 화자는 죽음에 임박한 어머니를 양로원에서 안방으로 모셔 놓는데 성공한다.

이 작품에서의 아버지는 후처의 소생으로, 어머니로부터 자신을 망친 놈이라는 소리를 듣고 자란, 가족으로부터도 사랑을 받지 못한 자기 자존감이 없는 인물이다. 어머니로부터의 소외를 경험한 인물은 자기 불신이 근원적인 뿌리가 되면서, 타인과의 소통을 거부한다. 그럼으로써 인간으로서보다는 짐승의 수준으로 일차원적인 세계에 머무르게 된다.

[벚꽃나무]의 화자 역시 아버지의 감금과 머리를 깎이면서까지 자신의 순결을 바치겠다고 미군과의 재회를 한다. 화자의 깎인 머리를 보자 충격으로 돌아간 미군에 대한 지극한 사랑은 몇 십 년 후까지 변함없이 뜨거운 가슴으로 남아 재회를 기다린다. 순수함과 진솔함만이 재산인 화자의 건강함은 아버지의 법이 주는 억압에 굴복하지 않는 강인함에서 온다. 또 윤리와 도덕에 짓눌려 자신을 타자화, 자신을 자신으로부터 소외시키지 않는 건강함에서 비롯된 것이다.

3. 불모적 현실과 속물적 세계

조인애의 작품에서는 어떤 절망적인 현실에도 실망하지 않는다는 것이다. 작품의 인물들은 불모적 기운에도 포기하지 않는다. 단지 열심히 자기 갈 길을 갈 뿐이다.[임종파티]나 [빗금]에서는 또 다른 남성들의 가부장적 우월주의, 남성이라는 혹은 장남이라는 것으로 인해 만들어내는 불모적 현실을 보여준다. 그럼에도 불구하고 그 현실을 추스르는 힘은 조인애 작가 특유의 삶을 긍정적으로 받아들이는 건강함에 연유한다.

[임종파티]는 최근 상영한 인도 영화 [청원]의 마지막 장면과 닮아 있다. 영화의 주인공, 최고의 마술사가 14년 전의 사고로 전신마비, 자신과 같은 처지의 사람에게 고통을 덜어 주기 위해 14년간 DJ로 봉사하다 더 이상 고통을 참을 수 없는 시점에서 자신의 고통을 호소하며 안락사를 법원에 청원하나 거절당한다. 그러자 자신이 사랑하는 연인, 간호사에게 안락사를 시켜줄 것을 부탁하며, 마지막으로 '임종파티'를 한

다는 대략의 서사 줄거리이다.

물론 조인애의 [임종파티]와는 상황 설정이 다르다. 조인애의 [임종파티]에서는 노환으로 죽음의 고비를 몇 번 넘기신 98세의 노모의 임종 징후를 느끼고 간호를 하고 있던 막내딸이 가족을 기다리며 노모의 죽음을 축하하기 위해 찬송가와 아코디언 연주로 어머니의 가는 길을 안내하는 어머니의 죽음의 순간을 축하하는 서사다.

고령화가 우리 사회의 중심 문제로 부각되는 것은 자본주의화와 물질주의에 의해서 인간 경시 풍조에 의해서 노인들의 소외 문제가 심각하기 때문이다. 그러기 때문에 노인의 죽음조차 소외된다. 이 작품에서 노인의 죽음을 축하하기 위해 막내딸이 평상시 노모가 좋아하고 선호하는 찬송가 구절을 불러줌으로써 노인의 이승에서의 마지막조차 인간으로서의 정당한 대접을 받는다는 것은 물질주의가 팽배한 현대에서 찾아보기 힘든 예이다.

이 작품에서의 중환자임에도 노모는 자식들의 집을, 처음에는 세 달씩, 또 최근에는 한 달씩 옮겨 다니는 상황에 있다. 마침 노모와 관련된 어떤 어려움도 마다 않는 화자인 막내딸 집에 와서 임종을 맞이하게 된다. 다른 형제들의 도착을 기다리며 '임종파티'를 즐기는 막내딸은 죽음의 순간까지도 노모를 행복하게 해주려는 진솔성이 작품을 감동으로 이끈다.

막내딸을 제외한 가족들의 이기심은 현실을 불모지로 만드는 근원지이다. 마지막 장면에서 노모를 막내딸에게 떠넘기듯 한 오빠네가 임종했다는 사실이 확인되자 곧장 자신의 집으로 모셔야한다는 체면을 세우려는 오빠의 이기심 역시 또 다른 인간 소외를 보여주는 것이다. 막내딸을 제외한 가족의 이기심은 바쁘게 살아가는 현대인들에게 어쩌면 당연한 것인지도 모르지만, 그렇게 생각하는 것조차 인간 소외를 당연시하는 사회 풍조 때문일 것이다.

[빗금]은 강남으로 상징되는 물화된 세계와 고시생인 남편 대신 생존을 책임져야 하는 고통으로 점철된 화자의 삶을 대비시키고 있는 작품이다. 물론 화자 역시 남편에 대한 허위적

욕망이 그녀의 삶을 추동하는 힘으로 작용하고 있다. 몇 번의 낙방에도 불구하고 고시 공부를 하고 있는 남편을 뒷바라지하는 초점 인물의 고통의 뒤에는 남편에 대한 허위적 욕망이 자리 잡고 있다. 그런 의미에서 그녀 역시 속물적 인간이다. 남편의 고시의 합격에 대한 기대는 바로 자신의 허위적 욕망의 다름아니기 때문이다. 그녀의 희생 역시 그 허위적 욕망에 대한 보상의 의미를 가진다.

> "엄마, 아빠가 내 그림책도 사 왔어. 아빠 책 사러 갔다가 내꺼도 산 거래. 집에 가서 보여 줄게……. 근데 아빠는 할머니가 무섭데. 엄마 올 때까지 저기서 기다린댔어."
> 갑자기 보퉁이를 든 두 팔에 힘이 죽 빠졌다. 포장마차로 발걸음을 돌린 그녀의 다리가 후들거리기 시작했다. 어디선가 굴러 온 가랑잎이 발끝에 채이면서 바스락 소리를 내며 부서졌다. 늦가을 소슬바람 한 줄기가 그녀의 가슴을 휩쓸고 지나갔다.([빗금] 중에서)

위의 인용문에서 보여 주는 것처럼, 남편의 화자의 친정어머니가 무섭다고 피하는 행위는 고시가 진정한 삶의 목표라

기보다는 속물적 삶의 방편으로 선택된 것임을 보여 준다. 그리고 '늦가을 소슬바람이 휩쓸고 지나갔다' 라는 인용문에서 보여 주는 것은 속물화된 삶과 그 안에 갇힌 자신에 대한 내부의 반란을 보여 주는 부분이다.

　이 두 작품에서는 우리 사회의 보편적인 삶의 문제를 다룬 장점을 가지고 있다. 보편적인 삶의 문제를 다룬다는 것은 그만큼 작품을 통속적이게 만드는 요인이 되기도 한다. 그러나 이 두 작품에서는 화자의 진솔성을 바탕으로 서사가 진행되기 때문에 통속성을 극복하고 있다. 그 대신 작가와 작품 소재간의 거리가 너무 가깝다. 그래서 작가가 너무 많은 정보를 전달하려는 욕구에 의해 정보의 홍수에 의해 독자의 감정 이입이 차단된다.

4. 자연친화적인 작가의식

조인애의 작품에 나타나는 건강성은 자연친화적인 작가의식에 의해서 온다. 도시와 떨어진 곳에 전원주택을 짓고 자연과 더불어 사는 삶을 최고의 가치로 생각하는 식물성이다. 식물성이기 때문에 상처를 쉽게 받지만 또한 상처 또한 쉽게 아무는 새싹 같이 연약하되, 한없이 새싹을 피우는 존재로 주위에 푸르름을 퍼뜨린다. 조인애는 자연과 한몸이 되고자 꿈꾸는 자유인이다.

[전원의 그늘]은 수필 형식으로 된 사소설 류의 소설이다. 수필과 소설의 사이의 양식, 일인칭 화자 시점으로 그려지는 이 작품은 전원주택을 짓게 된 동기, 짓는 과정, 지으면서의 어려움을 서사과정으로 그리고 있다.

굳이 '엄마야 누나야'를 입에 달고 부르기까지는 않더라도, 푸른 초원 위에 그림 같은 집을 짓고 뒷산에서 머루랑 다래를 따 먹으며 알콩달콩 살고 싶은 사람은 누구나 한 번쯤 가져봤을 것이다. 사람이 만든 도시가 있기 전 신이 만든 산천은 우리 모두의 요람이며 고향이다. 인간의 영혼은 그곳에서야 진정한 평화와 안식을 누릴 수 있기 때문이다.([전원의 그늘] 중에서)

위의 인용문에서처럼 서술한 대로 자연은 인간에게 진정한 평화와 안식을 준다. 자연이 인간에게 진정한 평화와 안식을 주는 것은 자연은 인간을 소외시키지 않기 때문이다. 자본주의적 물질주의가 삶을 지배하면서 인간의 욕망은 무한대로 뻗음으로 물질로부터 자기가 속한 집단, 사회, 가정으로부터, 심지어 자기 자신으로부터 소외를 경험한다. 이런 소외의 경험은 인간의 심리를 비틀어 모든 것을 왜곡과 편견의 시선으로 바라보게 한다. 인간 사회에서의 왜곡과 편견의 시선은 세상사를 힘들게 한다. 그러나 무한한 자연은 조건 없이 인간을 넉넉한 품으로 안아 준다. 무한한 자연 속의 사랑을 통해 자기 소외를 치유받은 인간은 모든 것에 관대하고 넉넉하다. 그리고 긍정적이다.

남향받이 배산임수의 터를 고집, 어떤 불이익도 감수하겠다는 '나'의 전원주택지의 헌팅은 결국 출구가 막힌 맹지를 사게 됨으로 고충을 겪는다. 그러나 '나'는 기다림의 끝에 맹지에 길을 내 주겠다는 옆의 땅을 살 은인을 만남으로써 문제를 풀게 된다. 자연과의 합일을 통해서 자신을 회복하면 타인에 대한 신뢰가 생기고 삶의 모든 부분에서 인내를 통해 기다림으로 이어진다. 신뢰는 자연적인 시간의 흐름에 자신을 맡기게 하고 시간의 흐름은 순리를 따르기 때문에 무리를 두지 않는다. 삶의 건강성은 자신의 독단과 편견에 의한 해결이 아니라 자연의 순리에 맡기는 것이다.

조인애의 작품에서 보여주는 절제된 감정, 구체적이고 감각적인 비유 등으로 인물의 모습, 감정, 풍경은 그림처럼 생생하게 다가온다. 그 문체 또한 밝고 건강하다. 문체의 건강함은 작가가 고르는 단어와 정황 묘사의 따뜻함 속에 그대로 드러난다. 또 상상과 현실의 적당한 거리를 둠으로써 독자와의 공감을 충분히 확보하게 된다. 조인애의 자연과의 소통을 통한 의식은 건강하고 따뜻하다. 그리고 거침이 없다. 그리고 머뭇거림이 없다. 문제의 핵심에 직접적으로 다가간다.

조인애 소설집
소 리 재

초판인쇄 2012년 5월 14일
초판발행 2012년 5월 17일

저   자 조 인 애
발 행 인 서 정 환
편 집 인 백 시 종
주   간 채 문 수
편 집 장 김 정 례
편집차장 박 명 숙
편   집 권 은 경 · 김 미 림
펴 낸 곳 도서출판 계간문예

출판등록 2005년 3월 9일 제300-2005-34호
주   소 서울시 종로구 익선동 30-6
         운현신화타워 207호
E-mail qmyes@naver.com
전   화 ☎ 02) 3675-5633

값 11,000원

ISBN 978-89-6554-044-1 (03810)